【拓展阅读本】

青少版

你一定要读的

中国经典

成长文库

杨家将

（明）熊大木◎原著
李文杰◎改写

北京出版集团
北京少年儿童出版社

图书在版编目(CIP)数据

杨家将 / (明) 熊大木原著；李文杰改写. —北京：北京少年儿童出版社，2010. 5 (2024.7重印)

(成长文库. 你一定要读的中国经典：拓展阅读本：青少版)

ISBN 978 - 7 - 5301 - 2511 - 3

Ⅰ. 杨… Ⅱ. ①熊… ②李… Ⅲ. ①章回小说—中国—明代—缩写本 Ⅳ. ①I242.4

中国版本图书馆 CIP 数据核字(2010)第 079662 号

成长文库

你一定要读的中国经典(拓展阅读本 · 青少版)

杨家将

YANGJIAJIANG

(明)熊大木 原著 李文杰 改写

*

北京出版集团公司
北京少年儿童出版社 出版

(北京北三环中路 6 号)

邮政编码:100120

网 址:www.bph.com.cn

北京少年儿童出版社发行

新华书店经销

河北宝昌佳彩印刷有限公司印刷

*

787 × 1092 16 开本 17.25 印张 250 千字

2010 年 7 月第 1 版 2024 年 7 月第 31 次印刷

ISBN 978 - 7 - 5301 - 2511 - 3/I · 870

定价:28.00 元

目录

目录

第一回 逢继业太祖折兵

唐朝是我国古代一个非常强盛的王朝。在唐朝统治的晚期，地方上出现了许多独立的行政单位，称为藩镇，它们的首领叫做节度使，节度使掌控地方的军事、政治和经济，势力一步步膨胀。与此同时，因为唐王朝末期的统治非常腐朽，国内爆发了声势浩大的农民起义，唐朝统治遭受了巨大的打击。最终，一位强大的地方节度使——朱温趁机取代了唐王朝，建立了新的政权——梁，为了与之前南朝的梁相区分，这个政权又称为后梁。在这之后，国家的主要地区又先后被四个短命的王朝统治，分别称为后唐、后晋、后汉、后周。而其他地区则出现了十个地方政权。人们称这一分裂的时段为“五代十国”。五代十国时期，中原政权分立，外部则面临北方刚刚崛起的少数民族——契丹的威胁，内外争斗不断，国家处于极度不安之中。

◎［节度使］

唐代中期之后设立的地方军事首领，主要掌管边镇和关键地区的军务。后来权力扩张，慢慢成为地方霸主，抗衡中央，最终导致唐王朝的覆灭。

五代末期，一位名叫赵匡胤的后周将领取代了后周的统治，建立了宋朝。赵匡胤后来被谥为宋太祖。他即位后，东征西讨，削夺了中原大部分的地方政权，使得国家慢慢归于统一。

◎［谥］

古代帝王、公卿和其他重要官员死后，朝廷根据他们生平行为给予一种称号，表示褒奖和纪念，称为谥。

此时，在中原北部，今天的山西地区，十国之一的北汉仍割据一方，延续着独立的统治。北汉的国主名叫刘钧，手下有一名大将杨继业。杨继业的父亲杨信，在乱世中独霸一方，自封麟州（今陕西神木）刺史。之后，杨家归顺了北汉。

宋太祖登基之后，他手下将领石守信进谏说：“现在北汉威胁我边境，希望陛下能够御驾亲征讨伐北汉，这样，将士们才能勇往直前，保证胜利。”太祖接受了石守信的建议，发兵北上。北汉主得到消息后，任命杨继业为先锋，抵挡宋军。杨继业娶佘氏为妻，生下七儿二女：渊平、延广、延庆、延朗、延德、延昭、延嗣、琪八姐、瑛九妹。杨家众多儿女都熟读兵书，善于骑射。这天，北汉军进发到一个叫白坂河的地方扎寨，对面则是宋营所在地董泽。杨继业派杨延广往宋营下战书，约定次日交战。

◎［陛下］

陛为宫殿的台阶，陛下是臣下对君王的尊称。

这时，宋军已在董泽驻扎五天，太祖正在盘算破敌之策，忽闻汉主遣人下战书。太祖将来使杨延广召入帐中，读罢他上呈的战书，冷笑着说：“我看你们太原不过是一个弹丸之地，攻下它有何难处！回去告诉你的国主：早早投降，还不失封侯。如果负隅顽抗，等我活捉了他，再想求生就难了。”延广得到答复，退出宋营。在辕门，正逢太祖手下将领王彦升、遵训二人回营。

◎［辕门］

古代帝王巡守、田猎时，用车子作为屏障，出入的地方，仰起两辆车子，使两车的辕相向交接，形成半圆形的门，称为“辕门”。后来也指领兵将领的营门或官员衙署的外门。

原来，在伐汉之前，太祖曾有过一番准备。任何战争，事先情报工作非常重要。在大臣们动议伐汉时，宋太祖曾派王、遵二人装扮成西夏的马贩子，潜入北汉都城太原，窥测地理及周边形势。此时，王、遵二人回来赴命，向太祖呈上太原周边地图。太祖看后，心中有了底，于是召来手下将领桑锦和米轮，吩咐桑锦：“今夜领兵三千，到白坂河左侧的大汀洲埋伏。等到明天午时，朝白坂河方向杀来。”又吩咐米轮：“领兵三千，到白坂河右侧的鸡笼山埋伏，候明日未时朝白坂河杀来。”太祖又命高怀德引兵三千，在大汀洲接应桑锦，张令绎引兵三千，往鸡笼山接应米轮，又命王守贞、李继仁明日领兵一万，抄出白坂河后杀进，曹彬领兵五千接应守贞。太祖派兵完毕，诸将各自前往实施。

◎［午时］

古代一天的计时之一，为中午11点至下午1点。

◎［未时］

古代一天的计时之一，为下午1点至下午3点。

北汉主升帐后对手下将领说："南军这次前来的形势，与以往不同，我们必须出奇制胜。"刚说完，杨延广恰从宋营归来，将太祖的话向汉主禀明，同时，向北汉主禀告他出宋营辕门时的遭遇："臣在返回时，遇上两个人正进入宋主的帐中，那两人很像前天在这里卖马的人。我一路寻思，他们肯定是宋主派出的奸细，来此窥探地形。"这时，杨继业跟着上奏说："既然我们了解了这一情况，那么请大王调兵抵御，我们一定能将宋主活捉！"汉主问："难道你知道他们的计划？"继业回答说："在白坂河的左侧有大汀洲，右侧有鸡笼山，这两处可以设伏。宋人既然已经窥探到这一地形特征，一定会遣兵埋伏于这两地。我们可以等他们埋伏已定之后，调兵在中途拦截他们，使他们不能进攻。"汉主接受了杨继业的提议。继业得旨后，退出军中，吩咐手下的渊平、永吉说："明天五鼓时分，你二人各领兵五千，同去左侧十五里路上等待。但听信炮一响，一人杀往大汀洲去，一人往回杀。"又吩咐延惠、张德说："明日五鼓，亦各领兵一千，同去右侧十里路上等待。信炮一响，一人杀往鸡笼山去，一人杀回，不得有误。"又派遣妻佘氏，打白令字旗，领兵一千往白坂河后接战。

次日，太祖与北汉主二人相会于两军阵前。双方各自表白了一番，都说正义属于自己，对方应该马上投降。结果当然是话不投机，谈不到一块儿。太祖不耐烦，向左右喊道："谁为朕擒此贼？"宋将右边李继勋，左边王全斌，应声而出。北阵上继元、继业两骑则齐出接战。四将交战数十回合，不分胜负。

此时，太祖令放信炮，亲自出战。太祖信炮的意思很明白，就是让埋伏于白坂河两侧的伏兵一齐杀出，夹击汉军。这边阵中的杨继业看到太祖亲自出阵，心想，我若能抓住太祖，则胜过斩杀百将。于是奋勇抢过阵来，迎战太祖，太祖亦抖擞精神迎敌。战过三四十个回合，只见宋人埋伏之军杀了过来。太祖一看，更有信心。杨继

◎ [五鼓]

我国古代夜晚计时的一个单位。古人把从黄昏到拂晓的时间分为五个时段，每个时段约两个小时。五鼓又称五更，一更指晚上8时左右，二更指10时左右，三更指12时左右，四更指凌晨2时左右，五更指凌晨4时左右。

◎ [信炮]

战争中，按照作战计划事先约定好的号炮。

◎ [朕]

本来是第一人称代词，即"我"的意思。在秦朝以前，一般人都可以自称朕。秦始皇统一六国后，群臣认为，天子应该自称"朕"。在此之后，"朕"就成了皇帝专用的自称。

业故意诈败而走，等太祖追赶正紧的时候，继业忽然拈弓搭箭，向太祖胸前射去。太祖的坐骑昂头跳起，将箭衔着，但也将太祖掀翻在地。继业正想上前，忽然太祖手下大将潘仁美杀到，挺枪直取继业，太祖趁机上马逃回。继业用枪刺仁美之马，使他滚落在地，继业顾不得伤他性命，便又接着追赶太祖。太祖看到仁美落地，继业又打着红令字旗来追赶，心中暗暗叫苦，这时，宋将李继勋、王全斌二将正赶来救驾。原来，李、王二将在太祖放出信炮后杀进北阵，追赶汉主。因听到北兵喊叫："先锋射死了宋主！"二人大惊，急忙勒马杀回，来救太祖。太祖惊慌地说："潘仁美马中此贼之枪，先锋快去救之。"李继勋闻言，拍马去救。

杨继业为追赶太祖，杀入宋军阵中，左冲右突，如入无人之境，又令手下军士高喊活捉宋主。北汉主之前因被李、王二将追赶，心惊胆战，只恐自己身有不测，于是鸣金收军。这边太祖亦鸣金收军，回营问道 ：“之前安排的三路伏兵不见一人杀到，这是为何？”刚说完，三路败军回报说 ：“左侧渊平、永吉领兵伏于中途，信炮一响，一人迎战桑锦，一人回战高怀德。右侧延惠、张德领兵埋伏于中途，信炮一响，一人迎战米轮，一人回战张令绎、王守贞。李继仁被一打着白令字旗的女将接战，那女将勇不可挡，王守贞差点就被她杀了。幸亏李继仁将画戟砍去，那女将才抛了守贞。继仁与守贞两个夹战，那女将全无半毫惧怯。后来北汉军中又有二将杀到，王守贞、李继仁败走回阵。”太祖听完，惊叹说 ：“朕起先还欺北汉无谋，现在看来，他们行兵布阵不比东吴逊色呀！对方主将会是谁呢？真让朕日夜不安。”

太祖再查点军士，发现宋军白天一战，伤折一万，太祖为之伤悼了一阵子。这时，他手下大臣曹彬提议说 ：“敌人今天想着我军兵败，因此一定不加防备，我们不如趁今夜他们不备去劫他营寨。”太祖说 ：“朕也有此意。但恐怕对方白天带兵的那个将领谋略甚高，料到我们这一招，此行只能损兵折将。”曹彬说 ：“不要紧。我只带几千名敢死军，假装去劫寨。他们如果有埋伏，一定会杀出，那时陛下再率领大队人马掩杀，我们里外夹击，对方一定失败。他们即便有智谋，哪里想得到这一层呢？”于是，太祖命曹彬、石守信率领五千敢死军前去劫寨，又命王审琦、王彦升、李继勋等领三万人在后接应。

杨继业回营，见了汉主问道 ：“臣正要活捉宋主，您因何鸣金收兵？”汉主说 ：“我心中突然发痛，因恐发生不测，故而收军。”继业说 ：“宋兵今天虽然受挫，但并没有太大的损失，我料他们今晚一定来劫寨，我们可集体出寨，留下一座空营，不与宋兵交战。他们如果施放信炮，咱们也跟着施放信炮，到时候根据情况决定交兵。”汉主说：“他们来劫寨，我们可以趁黑掩杀，为何要交兵呢？”继业回答：“宋主用兵，与曹贼无二。他一定会派敢死军先行攻入，敢死军兵锋难挡。到时我们只放炮呐喊，引诱他大队兵马杀进，他在内之军奋勇杀出，自以为内外夹击，实际上则自相杀戮，效果岂不比我们出兵掩杀要强？”说完，汉主大悦，随即吩咐大家下去安排。

◎［曹贼］

即东汉末年的丞相曹操。后人认为他身为汉相，却挟持汉帝，号令诸侯，并替他儿子做好了篡汉的准备工作，因此称之为“汉贼”“曹贼”。曹操用兵诡谲，有着卓越的军事才能，曾为《孙子兵法》作注。

当晚，曹彬、石守信率领敢死军杀入北营，施放信炮。只听得北营亦放炮呐喊，曹彬等以为有军杀来，随即向外杀出。王审琦等外围的大队人马也只当北兵杀出，径行杀进，黑暗之中，不辨对手，都不知道其实是在与自己人交兵。闹了一夜，等到第二天天亮，才认出原来是自家之兵，双方正要收兵，杨继业却驱汉兵杀出，砍伤宋军甚多。太祖听到这一消息，非常痛心，问道：“对方是何人主谋？朕一定将他生擒。”石守信奏报说：“此人名叫杨继业。每逢出战时，他会打着红令字旗，因此大家称他为令公。他妻子姓佘，人称佘太君。”太祖长叹一口气说：“朕也听闻此人英勇善战，北方称其为无敌将军。不想他还有这般智谋。朕若能得此人归顺，何愁四方不平呢？”于是开始琢磨怎样生擒杨继业，让他归顺宋朝。

继业收军回营后，夜观天象。第二天进汉主帐中奏禀说：“臣昨夜仰观星象，见月离于毕，很快将会有雨季到来，不利于宋军长久在此。”汉主长叹一口气道：“虽然如此，但宋君受禅于周，伐蜀讨越，无往而不胜。想来必定是得了天意，我们如果一味抵抗，不过增加了生灵的痛苦，到时若上天降罪，就难以逃活了。现在天下之地，宋已经得了九成。我们还能支撑到什么时候呢？”继业看汉主已有降意，点头说：“主上所论极是。但要归顺大宋，恐怕还须出奇兵大杀一阵，让宋军不能太得意，我们才能如愿。不然，他们一定不会放弃战事，罢兵南撤。”汉主道：“那将军就斟酌着办吧！”继业于是唤来延广，让他领三千铁石弓兵，到董泽右侧山下埋伏，

◎［月离于毕］

中国古人将黄道和天赤道附近的天区划分成二十八个区域，称作二十八星宿，毕宿是其中之一。“月离于毕”即月球经过毕宿，古人认为，月离于毕表示雨季将要到来。

等明天信炮一响，则驱兵齐出放箭。延广领计而去。

次日天晴，太祖又遣兵挑战。将至中午，天空忽然暗了下来。太祖收军，继业乘势驱兵，一路赶杀，直逼宋营。延广听到炮响，催军发射弓弩，射死宋兵不计其数，夺了许多马匹枪旗。汉主下令收军，对继业说："卿果然神见！"宋太祖回到营中，得知继业预料今日有雨，早就设下了埋伏，对众将叹息说："不想此人精通天文地理，看来有此人在，北汉不能用武力强取。如今雨季来临，我军在此难以久持，不如南归，日后再用怀柔手段招降北汉并杨家父子。"说完，太祖下旨起兵南撤。

人物点击

赵匡胤

宋朝第一位皇帝，公元960—976年在位。生于洛阳夹马营的一个军士家庭。其父赵弘殷，曾是后唐、后晋、后汉、后周四朝的禁军将领，受家庭熏陶，自幼爱好骑射、练武。后来归于后汉将军郭威的帐下。郭威后建立后周，成为周太祖，赵匡胤任禁卫军长，成了柴荣的部下。柴荣即位为周世宗后，赵匡胤因屡立战功，深得世宗的信任，并成为禁军高级将领。世宗子柴宗训在位时，赵匡胤下属发动"陈桥兵变"，建立宋王朝，改元建隆，后被谥为宋太祖。其生活朴素，但对大臣和功臣均给予优厚的待遇。他在位期间，扫平地方割据政权，逐渐统一中原，结束了国家自唐朝末期以来的分裂局面。同时，太祖礼遇文臣，使得宋朝成为中国古代文化最为繁荣的时代之一。

第二回 识大义令公归宋

宋太祖在征伐北汉的时候，想出的计策屡次被杨继业识破，宋军也因此被北汉多次打败。太祖设法招降杨继业，也不可得，因此只能班师回朝。太祖登基后九年，忽然犯了重病。太祖的弟弟——晋王赵光义进宫来向太祖问安，太祖对他说："贤弟仪态非凡，将来定能做一个太平天子，然而一定要得到贤能的人在身边辅助才行。朕征伐太原时，曾遇见一位名叫杨继业的将军，人称杨令公。此人上知天文，下知地理；兵家六韬三略，无不精通。行兵列阵，莫不在行；智勇双全，天下少有匹敌。只可惜，朕当时没能招降他，收入麾下。他日贤弟打败北汉，得到此人，可将用兵之权交付给他。"太祖又对晋王说，"从前因太后身患重疾，朕曾前往五台山上香许愿。现在朕估计，朕的病大概很难好了。如果朕不幸离世，你就代我前去吧！太后曾经对朕说：'你之所以能取后周而代之，主要是因为后周世宗柴荣去世后，留下幼小儿子继位，无法服众。将来，你可先将皇位传给光义或其他兄弟，最后再还给你的儿子德昭。'太后的遗命，深刻在朕心中。贤弟要遵朕的话，将来继位为帝，不要负朕之所托。"

◎ [六韬三略]

六韬指姜子牙著《六韬篇》；《三略》是下邳神人所作。二者都是中国古代的兵书。后来用来泛指兵书战策。

这天夜里，因感觉自己时日不长，太祖召唤赵普入内，嘱托后事。太祖对赵普说：“今日卿在此做证，朕谨遵太后立长为帝的遗命，将皇位传给晋王。今后当轮次传给其他兄弟，不要辜负朕的苦心。”说完，将盟书写好，放在金滕盒中。然后，太祖屏退赵普和左右大臣，单独召晋王于卧榻之前，嘱咐后事。当晚，太祖驾崩，光义即位。这就是后来的宋太宗。

◎［驾崩］

古代皇帝死了称为“驾崩”。古代的人忌讳说“死”，对皇帝更是如此。因此将皇帝之死委婉地说成是“驾崩”。

太宗即位后，接受文武百官朝贺完毕，大赦天下，改年号为太平兴国元年。封弟廷美为齐王，太祖的儿子德芳和其他诸子或为郡王，或为节度使。文武大小官员，各升一级。赵德芳小名八哥，人称八王，最为贤德。

这天，太宗召见群臣说：“先帝留下遗旨，命朕一要攻取北汉，二要往五台山上香还愿。卿等以为何事优先呢？”曹彬说：“现今国家甲兵精锐，驱之以取北汉，如摧枯拉朽。北汉一旦被攻破，再往五台山上香比较好。”太宗点头同意。于是，他命潘仁美为北路都招讨使，统领崔俊彦、李汉琼、刘遇春、曹翰、米信、田重进，分道讨伐北汉；命党进为先锋，又派郭进领兵三万往白马岭，截断辽国救兵。众将领领命而去。

太宗兵屯绛阳，与北汉对峙月余。这天太宗升帐，取来太原地图，看完后，派遣崔彦俊、石守信各领兵五千，埋伏于太行山下，等到汉主败阵而回，即截断其归路。又遣李汉琼、刘遇春各领兵五千，埋伏于阴丘，等汉主败亡到该地，即截住勿使其投奔辽国。再遣曹翰、王全斌领兵三万，第二天从东攻击汉军；遣桑锦、米信领兵二万，从西攻击汉军；遣先锋党进、李继勋率铁骑一万，明日从中路杀入北汉军中；派潘仁美领兵十万，攻打太原城。

第二天，北汉探马报明汉主说：“宋兵分三路杀来。”汉主惊道：“往日宋兵北犯，幸有继业在，杀得宋兵不敢正视我军。现今继业正在病中，谁来替孤破敌？”说完，不禁潸然泪下。这时，从群臣中走出一人，厉声说：“主上为何像女子一样哭啼？宋军虽有攻城之策，我亦有守城之谋。请让我替主上破宋。”大伙一看，原来献策者为宰相郭无为。汉主问道：“卿有何良策破敌？”郭无为答道：“请主上授我以遣兵权，臣自有破敌良策。”汉王于是当众宣布：“宋兵逼近我军营寨，形势甚为危迫。现在，孤命宰相节制众军，尽力退敌。众军如有不用命者，不必奏闻，即以此剑斩之。”无为接过宝剑，即唤继嵎、李勋，领兵三千从左翼杀出迎敌。又唤楚材、薛陀佳，领兵三千从右翼杀出迎敌。又唤渊平、方伯、任牛领兵一万辅驾，从中杀出。又唤张明为先锋，领兵三千，先出迎敌。

宋兵三路一齐杀到，宋党进一马当先，恰遇汉先锋张明，交马数合，被党进一刀斩于马下。汉兵先锋被杀，丢盔弃甲，纷纷奔逃而去。宋兵一拥而上，汉军急速后撤。等到汉主走回太原，见宋兵正在围城，故不敢回，而往太行山方向退却。将至山下之时，忽然听见一声炮响，万弩齐鸣，箭如飞蝗，汉主坐在马上哀叹：“不想此处有兵，阻断我等归路。孤无栖身之所矣！连累诸将为孤受苦，于心何忍！”说完拔剑就要自刎。诸将苦苦劝说：“莫若奔走白马岭，投奔辽国，再作打算。”汉主从之。走到阴丘，又见宋将李汉琼在前截住去路，北汉君臣吓得魂不附体，汉主闭眼长叹：“吾命休矣！”忽然，背后喊声大震，北汉君臣一看，原来是佘太君领兵杀来，汉军心稍定。

◎［弩］

古代一种使用机械力量放箭的弓，比一般弓的威力要大。

佘太君进前，问道：“太原城怎么样了？”汉主说：“太原被宋兵围住，孤不敢进城。”佘太君说：“既然太原尚未丢失，妾当杀出一条血路，护驾入城，等待辽兵来救。”汉主应允。于是佘太君打着白令字旗，当先冲杀，宋兵望见，纷纷闪避。杀到太原城边，赵文度见是汉兵，急忙开门迎接。汉主坐定，对佘太君说道：“今天如果继业在军中，怎么会让宋兵如此横行？”叹罢，又问君臣：“辽国救兵为何一直没有到？”此时，一小卒进内禀报说：“日前兵败之时，小人诈作宋军，混进宋营，探知宋主派遣郭进领兵三万，屯

于白马岭，阻截辽兵。辽将耶律沙、敌烈领兵二十万，至白马岭，前有一大涧。为赶时间，辽兵纷纷抢渡。但等他们登岸尚未站稳之时，郭进驱军杀出。辽兵纷纷投涧，死者甚众。”汉主听完，又发出几声感叹。

这时，又报宋将潘仁美前来挑战。佘太君道：“待妾出马，杀败几员宋将，他们就不敢如此嚣张了。”于是挂甲出城，与潘仁美交锋。只一回合，佘太君佯装不敌，急忙策马回阵，仁美紧追不舍。佘太君趁此抽箭，搭在弦上，扭身射向仁美。仁美大腿中箭，坠落在地。佘太君策马回头，来砍仁美。仁美的部将洪先一看形势不妙，上前与佘太君交战，结果被佘太君一刀斩于马下。洪后见佘太君斩其兄长，遂上前与佘太君交锋，结果也被佘太君斩下。宋将党进在西门攻城，听见佘太君斩了洪先兄弟，遂杀奔南门来救。与佘太君交战数十回合，不分胜负。这时，佘太君将绊马索套住党进马脚，用力一扯，党进人马俱皆跌倒在地。佘太君正要上前擒住党进，忽听阵中鸣金。佘太君无奈，收兵回城，问汉主道："主上为何收兵呢？差一点就可以生擒党进。"汉主说："孤看到曹翰一军杀到，又见王全斌、米信、桑锦、曹彬从四面赶来，担心你有失，因此下令鸣金。"佘太君又叹了几声。

◎［鸣金］

金是指锣一类的金属制品，可以用来敲击发声。古代战争时，以击鼓作为前进的号令；鸣金作为停止军队前进或后撤的命令。

宋营中太宗得知佘太君射中潘仁美，又斩了洪先兄弟，绊倒党进，心中大怒，督令三军攻打太原。汉主和将领军士被困在城中，粮草一天天减少，外面又看不到救兵，于是人心不稳。太宗观察到这一情形，于是亲写诏书，向汉主劝降，承诺保证他的安全和富贵。汉主本来就认为天命归于宋，早有归降之心，现在看到太宗写书劝降，保证自己的爵位和富贵，于是连夜遣李勋奉表投降。

◎［诏书］

古代的皇帝布告天下臣民的文书。

太宗接受汉主降书后，对他进行了封赏，问他道："卿之大将继业为什么没有出现在战阵中？"汉主说："他因患病，现在太行山养病。"太宗说："朕现在下诏，拜继业为代州刺史。卿派一心腹之人，同使臣一起前去宣诏。"汉主于是派遣佘太君与使臣同行。

◎［刺史］

汉朝时设立的官职，最先由中央下派到地方巡查郡县政务，后来成为一地的地方长官。

使臣到太行山后，佘太君对使臣说："夫君性情刚烈，等我先去通报他，大人随后而来。"此时，继业的病已经痊愈，正准备起兵下山，忽见佘太君回来，于是问她："我军与宋人交战胜负如何？"佘太君回答："现在已经献城投降了。"继业大惊失色，说："为什么不驱兵决一死战？战不能取胜，为社稷而死，见先君于地下，也可以无愧。为何要甘心屈膝，北面事人，受后世唾骂呢？"佘太君说："宋主遣使臣携带诏书，拜夫君为代州刺史。妾特先来相告。"令公怒道："使者是来送死的，等我亲手杀了使者，然后起兵杀下太行，救回主上，夺回太原。"佘太君急忙劝谏说："夫君不可做此取祸之事啊！我看宋主仪态不凡，果真是真命天子。”但令公一句也听不进去。

不一会儿，使臣到了。令公持刀要杀使臣，被佘太君一把抱住。令公听闻汉主降宋，急火攻心，加上旧病刚愈，禁不起刺激，于是大叫一声，昏倒在地。众人将他扶起，默默无言。佘太君让使臣下山，回太原禀报。使臣回到太原，向太宗进奏说：“继业不肯归降，还要杀臣，幸亏佘太君拦住。此人敢抗皇命，请发兵问罪。”太宗道：“真乃忠义之士，朕甚爱之。他既能忠心事汉，也一定能忠心事我大宋。”于是再遣党进携诏前往太行山招降令公。

次日，党进到山中，继业仍然不接受太宗封赐。此时，汉主又遣一近臣前来劝说：“主上特派我来规劝将军。将军今天若不遵命归营，就相当于反臣。”继业道：“我本希望保全臣子名节，为何反而以悖逆责备我？”于是进一步提出，“既要我归降，烦请面奏宋主，请从我三事，我可以下山归降。不然，绝不屈从。”对方问：“是哪三事？”继业说：“第一，我现居于汉主部下，不接受大宋皇帝赐给的职位；第二，我只听宋君的调遣，而不听其宣诏；第三，我处置部下所属的将领军士，无须请旨。”于是，使臣回去禀报太宗三事。太宗得知继业提出的条件后，心想，暂且顺从他的条件，他日我诚心待他，厚恩以结其心，不愁他不受宋职。于是再令使臣前往太行山招之。继业看自己的要求得到应允，于是命家兵载了辎重来见太宗。

太宗见令公仪表堂堂，恰似猛虎形状，大喜：“朕得太原，哪比得上得继业！有了继业，何愁四方不安！”于是吩咐下人拿出自己穿戴的甲胄，亲自授予继业说：“朕今天得见将军，实在欣慰。朕没有什么像样的宝物作为见面礼，只有这身甲胄，伴朕度过了半辈子的戎马生涯。如果将军不弃，就请收下，权当见面礼吧。”继业眼见此景，感慨万千，心想：不想宋主如此礼贤下士，难怪天下归心。于是单膝跪地，对太宗道："继业何德何能，敢受陛下如此深恩？只求日后常伴陛下左右，为陛下了却天下之事，肝脑涂地，亦不敢辞。"太宗大喜，赶紧扶起继业，下令排筵犒赏继业一家。酒至半酣，太宗说："朕受先帝遗命，要前往五台山上香还愿，不知前面还有多远，路上是否会遇到险阻。将军是否愿意同朕前往，一路保驾？"继业本来对太宗的举动不太在意，但初次接触后，发现太宗诚心对己，自己忖度，认为太宗乃真帝王，便倾心悦服。此时太宗问及愿不愿保驾往五台山，继业回答说："蒙万岁厚恩，臣愿保驾前往。"太宗大喜，即命党进、潘仁美等引大军向五台山进发。

人物点击

杨继业

又名杨业，原籍陕西，长期生活在太原，北宋名将。从小就擅长骑射，熟读兵书。原投在北汉王帐下，后来归顺宋朝。征战中勇猛无敌，多次率宋军击败辽人，被辽人称为杨无敌。在一次征伐辽国过程中，被奸臣潘仁美陷害，被困山谷，遭到辽军包围。因为孤立无援，最后粮草断绝。在最后时刻，仍奋勇杀敌。最终因不愿降辽，撞死在李陵碑前。杨继业娶佘氏为妻，生下七儿二女：渊平、延广、延庆、延朗、延德、延昭、延嗣、琪八姐、瑛九妹。个个英勇善战，忠心国事。成为保护宋朝、抗击外敌的骨干力量。

第三回 杨家将幽州救驾

却说太宗得了继业保驾，即开拔众军，往五台山而来。在五台山降香还愿，了却太祖心事。太宗和群臣游过五台山，意犹未尽，于是询问五台山上的长老："不知北地是否还有胜过此处的寺宇景致？"长老担心太宗贪玩，误了军国大事，于是回答道："五台寺庙，并非仰赖民间财物所建，本是唐朝则天娘娘拨款修筑的。天下的寺院，以这里的为最好。"太宗点头道："想来也是，假如不是朝廷的钱粮，怎么会有这么大的规模呢！"忽然，潘仁美奏称："听说北地有个昊天寺，赛过五台。"太宗好奇地问："昊天寺在何处？卿既然知晓，不如陪朕游玩一番，岂不是一件美事？"八王连忙劝阻说："昊天寺在幽州，与辽国接壤。如果辽人知道了，发兵前来劫驾，陛下岂不危矣？请陛下休要听潘仁美之言，还是即日班师回朝为好。"太宗听完不悦，对八王说："卿放心，辽人看朕取太原就像折断树枝一样容易，肯定早就心惊胆战了，如何还敢兴兵相犯？"于是下旨，朝幽州境内昊天寺前行。

◎ [幽州]

中国古代"九州"之一，地理范围大概包括今天的北京、河北和辽宁的一部分。一直都是中原王朝抵抗北方少数民族入侵的军事重镇。在五代时，被后晋的石敬瑭割让给契丹。契丹人将幽州作为他们的"南京"。

辽国为了准备与宋国的战争，早在宋辽边境布下了无数的探子。这天，辽国细作贺君弼发现太宗带领宋朝臣民前往昊天，星夜派人将此事奏报萧太后。萧太后得知消息后大喜，遣使会同临近五国的番王，紧急发兵来围困宋国君臣。

太宗离了五台山，临近宋辽连界之所，前军报称：“北辽有兵杀到。”太宗问何人前往迎敌？只见渊平滚鞍下马应声道：“小将愿往。”太宗高兴地说：“有虎父即有虎子，朕有杨家父子，辽兵何足惧哉？”于是命渊平领兵三千迎敌。渊平得令出马，和辽将麻里庆忌交战。十余回合，庆忌大败逃去。渊平收兵，保驾进入幽州城。

当天晚上，太宗和众人在幽州城中，正要休息，发现城北喊声震天。到天明，宋军借着光一看，原来辽兵已将幽州团团围住。太宗道：“朕一时玩心太重，以致今日有此一难。”言罢，杨继业奏道：“这里距雄州甚近，陛下可马上遣人召魏直、杨雄引兵来救。”太宗道：“辽兵将城围得甚紧，怎么派人潜出呢？”一旁的渊平自告奋勇，太宗遂命渊平前去召唤救兵。渊平告辞上马，领军杀出南门，被两辽将拦住，没战几个回合，辽将败走。渊平不追，直往雄州飞奔而去。

渊平赶到雄州，被魏直迎到衙内，看了太宗手诏，即与牙将杨文虎、杨清等引军十万前往幽州。到离城十里之处，渊平对魏直说：“将军暂驻于此，小将杀进城去通报一声，好做个里应外合。”魏直道：“此计正合我意。”于是渊平上马，直杀入城中，报知太宗。太宗下令说：“救兵现已到了城外，明天里外一起举事，不得有误。”继业奏道：“臣还有一计，能保陛下无危。”太宗问道：“卿有何良策？”令公曰：“陛下可令臣的第四子延朗假装陛下，出北门城，而臣则保陛下出南门，如此可脱此险境。”太宗点头，同意依计而行。

于是令公命六郎保驾，五郎保八王，二郎、三郎在左右救应，七郎为先锋，军中若有迟慢不遵令者斩。这时，阶下一人说：“臣亦有活捉辽国萧太后之计。”众人一看，进奏乃王殷。太宗说道：“卿说说看，有何策可以活捉萧太后。”王殷道：“令公父子保驾出城，而臣则留在城中擂鼓呐喊，以助声威。等陛下离了幽州后，臣献城诈降。萧太后对臣必加任用。等到他日陛下发兵来讨，臣在内传递消息，一定能活捉萧太后。”太宗点头同意。

次日，令公保驾出城，太宗感慨地对他说：“卿为朕操碎了心。”令公道：“保驾之事，臣虽肝脑涂地，也在职分之内，陛下何出此言呢？”太宗悄悄往南门撤走，同时假装向萧太后献降书，说要出北门投降，萧太后自然不会深信。她派人打探消息，探子回报说，幽州北门大开，推出一辆逍遥车辇来，宋主坐在车上，头戴皇冠，身穿黄袍，盖着一把黄罗伞。辽国军士一看，以为是宋主出降。不想，继业留下王殷守城，杨家父子五人和诸将都保驾出南门去了，只派遣三百敢死军与渊平护着四郎摆驾出北门诈降。辽将天庆王接近车辇，对里面说：“请大宋皇帝下车相见。”四郎不应。天庆王又道：“宋主无礼，既来归降，为何不下车？”不想渊平在后，拈弓搭箭，将天庆王一箭射死。这边四郎催众军赶出，到了护城之外，又遇上了辽将韩得让。得让不知渊平射死天庆王，仍然以为来的是太宗和他的属下，于是在马上欠身施礼。四郎不应，目视执伞者。伞柄是条长枪，拿伞的人明白了四郎的意思，将伞柄交给四郎。四郎即抽出枪来，往韩得让项下一刺，得让即刻落马而死。四郎跳上马，与三百敢死军往南杀去。萧太后听知宋主诈降，又杀了韩得让、天庆王，心中大怒，催军朝南追杀。

杨继业等保着太宗从南门出城，走到五十里路外，太宗问道：“不知四郎现在如何了？”令公道：“陛下不必担心，只注意自己前进即可。”正说着，忽遇韩延寿引一军拦住去路。太宗大惊，手足慌乱。六郎道：“陛下勿惊，小将可败此贼。”说罢，出马杀退延寿，保驾行走至乌泥丘。太宗下马坐定，查点众军士，发现不见令公、七郎，于是感叹道：“因为朕的缘故，导致父子兄弟离散，真是令人悲伤。”又对六郎说，“卿如何能忍心呢，还不快去救你父兄？”六郎道：“臣保圣上安全，难以兼顾父兄，不是忍心看他们不见而不去救助。”这时，太宗起身瞭望，只听有一处呐喊声甚急，于是对六郎说：“听此呐喊声，似有你父亲在内。你现在当尽孝去救你父亲。”六郎道：“臣若离开，谁保陛下平安？”太宗道：“朕自有计策。你速去救助。”六郎于是上马往呐喊之所而去。

太宗遣六郎去救继业，自己则与诸将退入高州城中。不久，一伙辽兵蜂拥而至，将高州城围住。太宗登上城楼，只看见城下辽将耶律仲光一马当先，向城上喊道：“宋君早早投降，免受刀枪之苦。”太宗道：“六郎不在，有谁能破此围？”刚说完，忽然看到城北三骑赶到，一阵冲杀，将辽兵驱散。原来是令公、六郎、七郎引兵来救太宗。

与此同时，萧太后大获全胜，王殷打开幽州城门投降。萧太后入城后，与群臣商议立都城于幽州。萧太后问道：“宋主用计逃走，留下来的，有几人被擒？”众将道：“生擒十人，都是宋国名将。”萧太后于是命令将被俘将领拥出。手下将被俘十将推出在阶下，众将矗立不跪。萧太后骂道：“南蛮，既然被俘为何不跪？”众人怒目而视，愤恨不已。这时宋将中传出洪亮的声音：“不小心误入你等贼人之手，只等一死，为何要跪？”其他宋将一看，应答者原来是杨延朗，不禁为他捏了一把汗。太后大怒，命人将他们推出斩首。众将毫无惧色，延朗亦大怒说：“砍了我们，万事便休，为何发怒！”说完伸出脖子等人动手。萧太后见其言辞激烈，神采不凡，与其他将领不同，甚是喜爱，于是对萧天左说：“不想南国也有这等激昂之人，我看他谈吐不凡，将来必为英雄。我想为琼娥公主招赘此人，你看如何？”天左道：“接纳叛将，释放降者，是王者所为。娘娘不但不追究他冒犯之罪，反而招赘为婿，足见我大辽王者气象。娘娘所见极是，臣完全赞同。”萧太后又道：“不过我看这个人，刚烈无比，恐怕他不会答应。即使答应了，也恐以后生变，还是不招为好。”天左道：“太后深恩厚泽，足使天地动容，想必此人日后一定能服从太后，为我大辽所用。”萧太后笑了笑，对天左道：

◎［南蛮］

古代时期，生活在中原地区的人认为周边民族野蛮，没有开化，因此称东方少数民族为夷，南方为蛮，西方为戎，北方为狄。南蛮，是对南方少数民族的蔑称。辽国自认为自己代表文明，因此，称南边的宋朝也为蛮。

“你是个不错的媒人，过去跟他讲讲，看他是什么态度。”于是天左领旨，向杨延朗告知此意。延朗心想：“我君父尚在，为何要轻生寻死呢？不如暂且顺从他们，留在这里窥伺敌情，等待时机，以图报复，远比盲目寻死强得多。”想到这里，他语气缓和地对天左说：“幸蒙娘娘免死，已经感激不尽，怎么敢奢望与公主婚配？”天左道：“太后看君身材魁梧，状貌出众，将来必为英雄，因此才有这一想法。不然君如何得以死里逃生？我看君还是不要坚决推辞的好。”延朗于是答应了下来。天左向太后禀明延朗答应婚事的情况，太后大喜，命人放开延朗。她亲切询问延朗姓甚名谁，哪里人氏。延朗心想，我若说实话，她肯定饶不了我。于是灵机一动，回答说：“臣姓木，名易。家在汴梁。”原来，繁体“杨”字左右部首拆开，即为“木”、

“易”二字。太后接着问延朗在宋国担任什么职务，延朗回答说：“臣为代州教练使。”太后道：“果然英雄出少年。”于是命令下人为延朗准备衣冠，择日与琼娥公主成亲。

再说太宗回到汴梁，宣杨继业进殿，抚慰他说：“朕陷于危境中，幸赖你们父子之力才得以脱险。但是，渊平等人是生是死，现在还不知道。”杨继业道：“渊平生性耿直强悍，我想他生命多半不保。”说完，一旁的侍臣上奏说：“逃回的军士说萧太后对渊平射死辽帅天庆王一事非常恼怒，派遣重兵将渊平部重重围住，渊平与河东三百敢死队全部遇难，并无一人逃脱。杨二郎延广被辽兵射落于马下，后被众军践踏而死。三郎延庆被一阵短剑军乱砍而死。四郎延朗被辽兵绊倒坐骑，生擒而去。延德现在也不知下落。”太宗听完之后，悲伤地说：“卿数子遭到杀戮，都是寡人之罪。如果不是因为要救寡人，他们何以年纪轻轻就送掉性命！”说完，哽咽哀悼，伤心不已。杨继业劝道：“杨家蒙圣上深恩，誓以死报。现在臣子因为王事而丧命，可谓死得其所。陛下您不要太过伤心了。”太宗说：“卿说的是什么话？这次蒙难，如果不是你们父子力敌，朕早就命丧黄泉了。你杨家功勋卓著，朕要进行封赏，纪念你们的功勋和忠烈。”言罢，杨继业告辞退出。

第二天，太宗下诏，封杨令公为左领军卫大将军、无佞侯、雄州节度使。封杨延昭为仓典使，杨延嗣为潞州天党郡节度使。又追封渊平等人为侯，以表彰他们的功勋。又因六郎之名犯武功郡王赵德昭之讳，于是赐名为景。又将金花柴郡主婚配给六郎，以表彰其独力救驾的特殊功勋。然后，太宗再令在天波门外金水河边，建一所天波府，给令公一家居住。太宗封赏完之后，杨令公等人谢恩退出。待天波府建成安置下家眷，杨继业即前往雄州赴任。

◎ [郡主]

王的女儿被称为“郡主”。六郎所娶的柴郡主，是后周世宗柴荣的女儿。柴家在宋朝被封为王爵，因此柴荣的女儿称为柴郡主。

辽国的耶律休哥等人听说耶律呐在汾阳战胜宋兵，遣人奏报萧太后，请求进兵，以夺取汴梁。萧太后上朝与众臣商议南下之事。

右相萧挞懒奏道："小臣愿领兵二万前往，夺取宋国的金明池、饮马井、太原城。如果宋朝肯还此三处地方还则罢了，如若不然，我们就起全国之兵，攻其土门。"萧太后点头同意。挞懒得旨，与大将韩延寿、耶律斜轸引兵从瓜洲南下。辽国起兵的消息传到汴梁，太宗怒道："辽贼骑兵屡次犯我边关，朕现在决定亲征，以雪洗幽州之耻。"宰相寇准出奏："车驾频繁出动会亵渎陛下万乘之尊，损害陛下的威望，让辽国对我们心生藐视。依臣之见，命一大将征辽足矣，又何必让圣驾亲出呢？"太宗问："那谁可领兵前往？"寇准回答说："潘仁美熟悉边疆形势，不如让他统军前往征伐。"太宗当即表示同意，随即降旨，授潘仁美为招讨使、统军都元帅，领兵征剿辽国。

潘仁美领旨回府，面露忧心之色。其子潘章问道："听说父亲大人领兵北伐，威势和权力达到极点，为何还闷闷不乐？"仁美说："军中缺少先锋官，所以忧心啊。"潘章说："父亲忘了吗？杨继业可以当先锋之任。往日佘太君差点要了您的命，现在有这么好的机会，不正好可以用来报仇吗？"仁美一听，大喜。第二天向太宗进奏道："请陛下授杨继业父子为先锋官，随同臣征剿辽国，辽当不难破矣。"太宗允准潘仁美的奏请，遣使臣往雄州向杨继业父子宣诏。

人物点击

宋太宗

宋朝第二个皇帝，太祖赵匡胤的弟弟。本名赵匡义，后因避太祖名讳改为赵光义。22岁时，参与"陈桥兵变"，拥立赵匡胤为帝，后来又参与了太祖统一全国的大业。太祖死前，传位给赵光义。赵光义以兄弟身份继承皇位，此后北宋皇帝一直为赵光义后代，直到南宋，才又改为太祖后代继帝位。

第四回 继业撞死李陵碑

宋太宗颁诏，命使臣前往雄州传继业父子到仁美营中听用。使臣离开汴梁，寇准即赴八王府中奏报说：“潘仁美对令公恨之入骨。现在却举荐令公为先锋官，恐怕是想借机害死令公。如此一来，只怕误了军国大事。”八王闻听大惊，随即入朝向太宗进谏说：“往日令公放箭射了仁美，现在却举荐他为先锋，只恐仁美心怀私怨，于军不利。”仁美即向前辩白说：“臣与令公虽往日有仇，但现在既然一起为王事效命，就像是一家人，臣哪有害自己家人之理？”太宗听他这么说，内心仍有疑虑，于是命呼延赞为救应，使潘仁美等领兵十万即日开拔。

潘仁美一边带领大军开拔，另一面又派人前往雄州，催促杨继业五日内尽快前来军前听用，并说为了保密，让杨继业父子不许走官道，只许走小道绕行前往。传令者到雄州向继业父子宣读了潘仁美的命令，继业暗想，雄州到代州阵前，少说也要十日，如今恰逢雨季，路途泥泞，又不让走大路，就算插上翅膀，恐怕也不能赶上五日的期限。潘仁美命我父子五日内赶往，这不是明明要害我们吗？本欲向太宗禀明实情，但又恐战事未开，自己军中先出现冲突，于军不利。又想，我父子快马加鞭赶到阵前，奋勇杀敌，现在两国开

◎ [鞭]

中国古代的一种短兵器械。有软硬之分，硬鞭多为铜制或铁制，软鞭多为皮革制成。一般所称的鞭，多指硬鞭，适用于马战。

战，主帅当以杀敌为重，那潘仁美想来也不至于不通人情。想到这里，继业顿感释然。他命六郎收拾行装，即刻起程。父子三人一路上风餐露宿，冒雨前行，到哪里都不敢停歇过久。这天傍晚，继业父子赶到黑风山，如果避开大路，这正是前往代州必经的一座山。继业看天色已晚，雨在短时间内也难骤停，担心黑夜贸然进山，会迷失方向。于是找到山下一处镇子，想在那里歇息一晚，明天再出发。继业父子三人来到镇上，发现镇上百业萧条，行人极少，且多老弱。继业拦住路边一位老人问道："老人家，不知这镇中为何如此冷清？"那老人打量了一眼继业，又听他是外地口音，于是缓缓地对他说："先生您有所不知。这镇叫做城隍镇，距离县城有百八十里，附近那座大山叫黑风山。本来这里的人都靠附近那座山为生，打些猎物，伐些木材，与外地人往来交易，营生也算过得去。不想前月山中来了一位什么孙姓的山大王，带领好些喽啰，占了山，从此不许我们进山伐木打猎。您想，我们以山为业，没有山中的东西，我们吃什么喝什么？于是镇上青壮年集合了附近村中的一些人，带着铁器，同往山中去论理。结果那些人毫不讲理，不但不许我们再进山，还把镇上去往山中的人都打得半死。我们派人到县里报官，县太爷说这里离得太远，也不向上奏禀，派兵弹压，只是让我们自己小心。镇上和附近村中的年轻人一看，不能在这里继续等死，于是都出外谋生了。这不，镇上就冷落了下来。"继业一听，气不打一处来。想着定要为乡亲除掉这个祸患，于是他让那位老人安心，等明天他们进山去看看情况。六郎在一旁劝道："我们现在赶到阵前，恐怕已经延迟了时日，如果再在这里耽误，怕是潘大帅怪罪下来，我们担当不起。"继业道："我等武夫，食朝廷俸禄，就当想着保一方平安。眼前这个事，不能不管。"于是三人留在镇上歇宿。

◎ [喽啰]

山寨中山大王手下的小兵，后来也指跟随强盗、贼寇，帮助他们做恶的人。

　　第二天一早，继业父子便拍马赶路，奔往黑风山。到了山上之后，发现山里阴森森雾霭霭，这时，只见前面闪出一队彪悍军马，拦住去路。为首的是一名大胡子，手提长矛，朝继业父子大喝道：“我乃山中孙大王。此山是我开，此树是我栽，要想从此过，留下买路钱。”六郎冷笑道：“这山你开了多久？怕是不到一月吧！”那大胡子非常恼怒，举矛便来刺六郎。杨家父子虽是便装，但哪里把这些山贼放在心上。六郎看那矛刺来，只稍微一躲，夺过矛来，轻轻一拽，那贼人就翻下马来，摔成了泥鳅。再欲起身来斗，却被六郎用矛重重一拍，动弹不得。那些喽啰一看头领被人打成这样，于是丢下兵器，顿作鸟兽散。六郎对大胡子喝道：“从今往后，不许你聚众抢夺民财，不然，让我们再次碰到，绝不轻饶。”那人千恩万谢，逃离而去。继业父子于是继续赶路。

几日后，大军来到代州，代州傅昭亮等率众迎接。仁美入公馆坐定，问道：“你知道这边哪里可以安营扎寨？”昭亮回答道：“从此往西北不远，有地名为鸦岭，可作为下寨之所。”仁美遂引军至鸦岭扎寨。营寨刚刚安扎不久，军士报称，韩延寿领兵挑战。众将道：“如今我军经过长途跋涉，刚刚扎下营寨，体力不济，不应出战，还是等先锋来后再做去处。”仁美不听，心想，区区辽贼，谁去战不是一样。于是亲自披挂上马，与韩延寿对阵。仁美令刘均期出战，交战只一回合，刘均期中鞭，负痛走回。仁美又命贺怀出战，结果战不到二十回合，贺怀中箭，败回本阵。仁美见二将都不敌韩延寿，于是亲自杀出。战不到十合，也败回本阵。

次日，仁美升帐，对众将说道：“韩贼本事很高，目前很难破之，怎么办才好呢？”王钦道：“除了杨先锋，别人恐怕很难战胜此贼。”仁美道：“杨家父子为何还没到呢？”说毕，军士报杨令公父子参见。父子三人下马入帐，仁美怒道：“军令，将士不按期到者理应斩首。如今你是先锋，位置尤其重要，现在既已违反军令，该如何处罚？”于是命令刀斧手将杨家父子推出辕门斩首示众。

六郎急忙向前奏报说：“辽国兵分三路杀至三关，小将父子三人将辽军战退方来，因此违了期限，还请太师宽恕。”呼延赞在一旁劝道：“请元帅暂且免了杨家父子之罪，等明日出阵时，准其戴罪立功。”仁美听从了劝告，于是放了令公父子三人。仁美暗想，呼延赞在军中维护令公父子，我就难以谋害令公。于是心生一计，对呼延赞说：“军中正缺弓箭等物，烦你往代州一趟，取来听用。”于是呼延赞辞别潘仁美，往代州取物。

◎［代州］

中国古代地名，主要位于今天的山西境内。

次日，令公进帐参见潘仁美，献策说：“辽军掳掠了蔚州、朔州，现在二城空虚，可命吾儿六郎领兵埋伏在二城连境之所，以截断辽国接应的军队。我则领一军袭击蔚、朔二州之山后，如此，辽国大片土地就唾手可得了。”仁美骂道：“老匹夫，你打得好算盘！你父子三人远离阵前，避开兵锋，却令我在此当敌。”令公解释道：“不要紧，可让呼延赞保护元帅于深沟高垒中，以拒韩延寿。过不了几天，我自会领得胜之兵回来破敌！”仁美道：“舍近取远，如果不能取胜，反而伤了我军锐气。”说完，小卒来报辽兵在外索战。仁美命令公出马。令公道：“今日时辰不利，我南方人凡事都要择吉日，应忌讳此时出战。再说敌锋正锐，不如暂且避之，等其军心稍懈，我们再驱兵杀出，一定可获全胜。”仁美说：“现在你为先锋，却胆怯如此，找什么时辰、吉日之类的借口来推脱，如何激励众军？不要多说了，快点披挂出阵！”护军王侁看令公推脱，也感到不解，说：“将军素称无敌，今日却推拖不战，难道有别的什么想法？”令公道：“杨继业绝非怕死之辈，但今天时机不对，出战只会白白造成损失。我本是太原一员降将，本来就该死，幸蒙皇上不杀，且委以重任，现今岂有避敌不战之理？我只是在寻找有利战机，立功报答陛下而已。然而你们都怀疑我有异志，不肯拼死力战，我还能说什么？只能先走一步了。但是我要强调，你们可在陈家谷之地埋伏弓弩手，在我遇到危难时出手相救，不然，我将死无葬身之地。”说完，令公领兵出寨，沉痛地说：“元帅只知道泄私愤、报私仇，却不管军国大事！”

◎［吉日］

本意为吉利的日子。古人习惯在大事之前，通过占卜测试吉凶，只有占卜结果为某时适合做某事，才会放心去做。

辽国元帅斜轸闻杨继业出战，派遣萧挞懒设伏兵于半路，同时遣土金秀出战。令公命六郎出马，与土金秀交战。只四十合，土金秀败走。父子三人引兵赶杀过去。潘仁美欲害令公，因其临去有设伏之言，于是假意让王侁等在陈家谷列阵。一上午过去了，不得令公的消息，于是潘仁美使人登上眺望台观察，不见令公等人。大伙以为辽兵被令公打败，想和杨家父子争功，于是离开陈家谷，急速撤回。行走二十里，忽听闻杨继业父子败退，仁美暗喜，却并不下令回到陈家谷，而是直接引兵退回到鸦岭。

◎ [眺望台]

古代两军交战时，在军营中设立的高台，主要用于观察敌情。

却说令公与萧挞懒一边交战一边退走，到达狼牙谷时，不见宋军一兵一卒，于是抚胸大骂道：“潘仁美老贼，活活陷害我父子！”辽国主将韩延寿率兵，将令公父子重重围住。七郎说：“哥哥保着父亲在此坚持，等弟单骑杀回，去叫救兵。”于是上马闯阵，辽兵不防七郎单骑杀来，被七郎一气杀出谷口而去。七郎回到鸦岭大寨，直接往帐前禀告说：“小将父兄现在被辽将围于陈家谷，请元帅尽速发兵相救！”潘仁美不紧不慢地说：“你父子不是向来号称无敌嘛，现在怎么会被人围困呢？”七郎解释说：“不是小将父子不能死战，实在因为元帅你不听我父亲的劝谏，不肯在谷口设防，我们才会遭此大难。”潘仁美大怒，说：“你这畜生，居然把过错推给我。今天你私闯帅帐，已经犯了军令！”于是喝令军士将七郎推出斩首，以正军法。刘均期等将领劝道：“七郎虽然有罪，但看在昔日有保驾之功的分上，暂且饶了他吧。”潘仁美这才将七郎放了。当天夜晚，潘仁美吩咐军士用酒灌醉七郎，将他绑在树上，以乱箭射杀。七郎身中七十二箭而死。七郎死后，潘仁美令陈林、柴敢将七郎尸身扔于河内。

陈、柴二人奉命将七郎抬向河边，一丢下去，尸身就倒漂上岸。陈林大惊道：“七郎英烈，却含冤而死，这肯定是天意，让忠魂不散！再说，七郎从前曾有保驾之功，朝廷将来如果查出杨家父子蒙难的

真相，我们就会大祸临头。不如我们直接回到汴梁，将此事告知八王，这样也免日后发生祸患。”柴敢想了一会儿说：“只怕雁门关难过。”这时，只见北方一人骑马而来，二人仔细一看，原来是杨六郎。六郎问道：“我七弟回去取救兵，你们可知道？”二人于是将昨天之事告知六郎，六郎听完，放声大哭。陈林说：“将军不要伤心，可速往汴梁奏明皇上，我们两人替您做证。”六郎说：“我父亲如今被围困在谷中，危在旦夕，我怎么能离开呢？”想了一会儿，说，“如果我去找潘仁美取救兵，又会送死。请你们二人将呼延赞将军请出来，我要和他商量。”陈林说：“呼延赞将军往代州取军器，现在还没回来。”六郎道：“既然这样，我就往去代州的路上迎他。你们暂且回寨，千万不要把我回来取救兵的事泄露出去。”说完，辞别上马而去。

陈、柴二人将七郎尸首掩埋好后回寨，正要禀告潘仁美，忽听一卒进来回禀说：“六郎本来单马回寨，现在不入本寨，直接往南去了。”仁美道：“谁去将他抓回？”陈林、柴敢应声说：“我们去。”仁美于是拨给他们三千兵丁追赶六郎。

却说六郎一直往南，在路上遇见呼延赞，哭着说：“请叔父救我。”延赞不明就里，道：“有什么苦情？”六郎于是将发生过的事情一一禀告。呼延赞道：“我们先去救你父亲，然后奏明朝廷，为七郎申冤。”这时，陈林、柴敢领兵赶到，将仁美的举动告知二人，六郎道：“那你二人现在怎么办呢？”陈林说：“我等怕他人领兵伤害将军，因此潘仁美刚才问有谁可追赶将军时，我们自告奋勇，率军前来。现在正好带领人马去救老将军。”六郎向二人称谢，遂与呼延赞等往陈家谷而去。

杨老令公派七郎、六郎前去取救兵，很久也没有消息。因害怕身边的军士被困太久，饿死在谷中，于是引兵出战，恰遇辽将土金秀。交战数合，金秀诈败，令公因饥饿难当，认错了路径，以为走的是出路，于是一直追下去。时间一长，看不到土金秀。抬头一看，原来进了一处狭窄的山谷，令公一看地势不妙，于是引众军奋勇杀出，砍死辽兵百余人。再要策马前进，却发现其马因饥饿疲惫，不能向前，于是令公藏匿于深林之中。耶律奚底朝林中袍影射之，正射中令公左臂。令公大怒，出林赶杀辽兵，辽兵四散逃走。令公向前走到一处，遥见前山有一座庙宇，于是引众军前去查看，原来是汉降将李陵之庙。

◎ [李陵]

字少卿，陇西成纪人。西汉将领，名将李广之孙。曾率军与匈奴作战，战败后投降匈奴，汉朝灭其三族。之后一直留在匈奴。

耶律奚底恐令公英勇不可挡，造成辽军大量伤亡，于是传令众军，不要逼近李陵庙，只在谷口围困，等到宋军粮绝饿死，就可轻而易举地打扫战场。杨令公接连三日见辽兵挑战，于是对众人说：“皇上对我恩情太重，我时刻期待守卫边疆、讨伐敌国作为报答。不料却被奸臣陷害，导致我军兵败。我还有什么面目苟活于世？”又说，“你们都有父母妻儿，大可不必和我一起战死，可想办法回去禀告天子，代我陈述冤情。”军士心存感激，对令公说：“我们愿意和将军同生共死。”令公想：“现在我们百余人外无救援，内无粮草，辽兵将我们重重围住，恐怕难逃此难。再说我平日号称无敌，如果被辽国人擒获，岂不是奇耻大辱！与其受辱，不如现在早死的好。”令公拿定主意，于是向南跪拜，口中念道：“望陛下保重龙体，老臣今生不能还朝面见陛下了。”说完，取下头上的紫金盔，撞李陵之碑而死。此时令公五十九岁。众军士见令公撞死，激愤难当，于是奋起杀出山谷，结果几乎全被辽兵砍死，只有二三人逃走。

人物点击

杨七郎

名杨延嗣，杨继业第七子，人称杨七郎，黑脸环眼，性情暴躁。曾经在宋太宗被围时前往救助。后来，杨七郎同父亲杨继业一起，随潘仁美北伐辽国。因潘仁美设计陷害，杨继业与七郎被困在谷中。为求取救兵，七郎冲出重围，不料来到军中，却被潘仁美灌醉，然后被绑在树上万箭穿心而死。

第五回 诉冤屈六郎回京

呼延赞等人领兵往陈家谷来救令公，在路上遭遇一员辽将。六郎问："来者何人？"对方答道："我乃野龙也。"六郎道："你知道吾父现在何处？"野龙回答说："你父迷失道路，杀进一处山谷，被我等围住，不能出来，于是撞李陵碑而死。现在，他的首级被土金秀斩了，已送往幽州献给萧太后去了。我得他的金刀在此。你敢来抢夺吗？"六郎听罢大怒，纵马直取野龙。战不到三合，野龙被六郎斩于马下。六郎下马，取了令公的金刀，大哭，呼延赞劝道："现在你哭死也是枉然，不如想办法回京辩冤。我等帮你救父，也违反了仁美老贼的军令，现在肯定无法回寨了，只能落草，等你的消息一来，就同你回去作证。"于是，六郎与呼延赞相别而去。

六郎单人单骑出谷，正好遇上辽将黑嗒，交战数合，忽发现山后一骑杀来，手中持有一斧，劈死黑嗒，杀散众兵。六郎一看，是他五哥杨延德。兄弟二人下马，相拥而泣。延德道："此处是辽贼巢穴，不可久留，且随我进山说话。"于是，六郎跟五郎到五台山寺中坐定，六郎道："当初与哥哥战败离散以后，没有一点消息，怎么会到此出家呢？"延德说："当天鏖战辽兵，形势威迫，我料想很难脱身，于是削发为僧，来到了五台山。日前听人说宋辽交兵，又看见陈家谷口杀气腾腾，我心惊肉跳，放不下心，特下山来看看。不知父亲在何处？”六郎于是将令公和七郎遇害之事向五郎说了一遍，五郎大哭说道：“父弟之仇，不共戴天！”六郎说：“小弟现今回汴梁，正要奏明皇上报此冤仇。”五郎道：“不必回汴梁了，现在我们就带领五百僧人杀到仁美营中，将老贼碎尸万段，岂不更好？”

六郎道：“不可如此。潘仁美是皇上钦封的元帅，我们杀他，就是反了朝廷。这样不仅不能申冤，反而结了冤。”五郎说：“既然这样，我在此为父亲和七弟追荐，你快回京奏明皇帝，并替我代拜母亲大人。我今生既入佛门，恐怕不能尽人子之孝道了。”六郎于是拜别五郎回京。

六郎行至黄河边，去向把守官索要路引。待一见到那把守官，六郎大惊。原来那官不是别人，正是仁美之侄潘容。仁美怕六郎逃回，之前就让潘容在此把渡。六郎一看不妙，于是朝东北方向而去。潘容见是六郎，跃身上马，加鞭追之。到一湾内，六郎见没有船只，就沿河而走。忽然见芦叶内有一只渔船，坐着两人，六郎于是朝渔船喊道：“渡我过河，我付给你们船钱。”那船上老者问道：“你到哪里去？有什么公事吗？”六郎道：“小生汴梁人氏，因母亲病危，现在要急赶回家看看。”那老人认出是六郎，横舟将他接到船上。潘容在后叫喊：“那人是贼，你们不要渡他过河。”艄公不听，只管往河心划去。潘容拈弓，正欲发射，不料芦叶中走出一汉，将潘容一棍子打落在马下，连人带马，落入河中。六郎的船又靠近岸边，接着那汉子上船，一起过了河。三人引着六郎到一庄上，入于堂中，便向六郎拜礼。六郎亦答拜对方，说：“蒙各位救命之恩，无以为报，各位怎么反向我施礼呢？”只见其中一位后生说：“恩公你忘了吗？小人原居太原，母死无钱安葬，夜入恩公府中，盗了些财物，被令公拿住询问。小人将实情说出，令公怜悯小人，赐给钱办理了母亲后事。后来小人因为家贫，到此捕鱼为生。正好遇恩人遭难，有机

◎ [追荐]

人死后，生者为死者追福的一种仪式。

◎ [路引]

古人经过关隘等重要地段时，需要向当地长官出示一种凭证后方能通行，称为“路引”，相当于今天的通行证。

◎ [小生]

读书人的自称，一般形象清秀、英俊。

会相报大恩。”六郎问道：“请问您尊姓大名？”那人回答：“小人名唤郎千。这位老者，是我父亲。这个年轻人，是我弟郎万。”六郎听罢，谢过郎家父子，留宿一晚即往汴梁而去。

前线宋军战败，杨继业力战不敌，撞死李陵碑。这一消息不日便传到了汴梁，太宗听闻继业战死，宋军败绩，迅速召来文武官员商议：“杨家父子，忠心于国。现在朕听说他们死于王事，感到无比心痛。”八王在一旁进言说：“之前呼延赞回京备办粮草时曾经对臣说：‘主帅潘仁美与杨继业不和，经常寻找机会陷害杨家父子。’臣当时就感觉不安，没想到现在果然兵败。陛下应当追究主帅潘仁美丧师之由，让后人知道惩戒。”太宗点头称是，随即下诏给群臣，要追究此事原由，给天下臣民一个交代。

仁美在军中听到这一消息，坐卧不安，与手下商议说：“现在朝廷要追究我败军之故，听说杨六郎现在正要赴京陈明此事。如果主上知道此情，呼延赞又给他做证，恐怕我等性命难保。”手下人称：“大帅事不宜迟，如果等到六郎前往御前告发，我们就百口莫辩了。不如先下手为强，乘六郎现在还没到汴梁，大帅可派遣人到黄河渡等他，在那里将六郎解决，斩草除根，免得萌芽后患！”仁美从之，即遣三名心腹军人，密往黄河渡等候去了。潘仁美又想，现在主上已经开始怀疑我了，光派人截杀杨六郎恐怕还不够，应多派人回京散布传言，说杨家父子造反，这样，我才能逃脱干系。于是，潘仁美唤过手下心腹兵士，对他们说：“你们化装成继业手下战败的兵士回到京中，到京后散布说，杨家父子试图通敌，临阵犹豫不敢向前，被我强令带兵迎敌。结果杨家父子不肯出力，中了辽军的圈套，杨继业被敌军杀死，杨七郎大闹军营，扰乱军心，被我执行军法。”那三名军士听完后离开营帐，迅速赶往汴梁。潘仁美自己则写好奏表，称杨继业父子反叛朝廷，幸好被他及时识破，才使得宋军减少了更大的损失。表章送到汴梁，太宗对潘仁美的疑心顿减，开始怀疑八王的话。回到后宫，潘妃忙迎上前，对太宗道辛苦。太宗愁眉不展，将潘仁美表章中所奏之事和之前八王与众臣的话都告诉了潘妃。潘妃一听，一脸的委屈地道："臣妾在此伺候陛下，臣妾的父亲在阵前杀敌报国，不想居然有人那样污蔑臣妾的父亲。"说到这里，潘妃开始哭哭啼啼，"他们说臣妾的父亲挟私报复，臣妾的父亲身为大元帅，会那样不明事理吗？天下是陛下的天下，臣妾是陛下的人，试想，臣妾的父亲那样做，对我大宋有什么益处，对陛下有什么益处？八王因自己的抱负得不到施展，总是看不惯臣妾父亲得到陛下的信任与重用。那帮朝臣，惧怕八王的威势，居然也都毫无原则地附和。陛下您圣明，可不能听他们信口雌黄啊！"太宗听了潘妃的话，觉得有几分道理，又见潘妃哭哭啼啼，心中生出无限的怜惜，于是对她说："卿不要忧虑，朕自有主张。"于是吩咐下去，说杨家父子在阵前通敌，现在先将杨家上下押往天牢，等待处理。八王等人听说这个消息，前往宫中苦劝，不想太宗完全听不进去。八王等人只好离开。

六郎这一日行至汴梁城外，腹中饥饿，下马入店，买饭充饥。只听得集市中人三三两两议论说杨家父子反了。潘元帅奏明朝廷，太宗听说之后大怒，将杨家府家属全部拿往法曹，正要定罪问斩。幸好经八大王奏保，暂时囚于天牢，只等派人查访清楚，如若果真反了，再问斩不迟。六郎听说这一消息，大吃一惊。心想：父亲冤死李陵碑前，母亲被囚于天牢，不想我杨家饱受冤屈至此。于是六郎悄悄入城，只在酒馆安歇，而不敢进天波府。

此前辽国萧挞懒屡次奏请萧太后发兵，攻取宋国。萧太后正要下旨派兵南下，忽有一人说："宋国文臣武将，数之不尽，怎么能指望一战而得捷，就说中原可图呢？臣窃以为不可。然而臣有一计，能让娘娘将宝座搬入汴梁，而宋人则无法防守。"众人一看，原来是左贤王贺鲁达的嫡子贺驴儿。萧太后问贺驴儿说："卿有什么计策，

◎ [嫡子]

古代男子可娶很多妻妾，正妻生的儿子称为"嫡子"，其他配偶所生的，称为"庶子"。嫡子在家中地位较高，继承遗产时，也有优先权。

如此之妙？”贺驴儿回答道：“臣假扮宋人，潜入汴梁，凭着一身的学问，一定能打进到宋君左右。等到宋国稍有间隙可乘，臣即遣人报信，这时娘娘兴兵南下，才能保证战事万无一失，中原唾手可得。”萧太后大喜，说道：“如果能够成功，我一定分封你土地，让你成为诸侯王。只是日后你潜入汴梁，改变装束，我们难以相认。”于是萧太后命在他的左脚心刺“贺驴儿”三个朱砂字为记。又问：“你此去改成什么名字？”贺驴儿道：“臣改名为王钦，字招吉。”次日，萧太后与群臣商议，左丞相萧天右奏称：“王钦此计可行，请陛下应允。”于是萧太后令王钦即日起程南行。王钦准备齐整后来向萧太后辞行。萧太后看见王钦一副宋人的打扮，笑着说：“卿化装成南人，真可以假乱真了！不过此去，一定要严守机密。”王钦回答说：

“臣自有方略。”于是辞别萧太后，直奔雄州而去。

六郎这日在街头无聊闲行，口中将冤屈吟唱了出来：“谁走告天子，为我作主张。”唱完，听到前面有一人，也在吟诗，听得最后两句是“剥落文章空满腹，飘零何日是归期。”于是六郎向前来到此人面前，见此人生得十分俊雅，头戴儒巾，身穿罗衣，腰系丝绦。六郎作揖而问：“先生是何处人氏？有什么愁思，要行歌于市呢？”那人答道：“小人乃雄州人氏，姓王名钦，字招吉。因为屡次应试不第，故而在此闲步散心。”说完反问六郎：“请问足下大名？”六郎没有隐瞒，遂将父弟冤死的情况向此人一一说明。招吉听罢，不胜愤恨，说：“将军何不奏明天子，请求为令尊申冤，反而只在背地里怨恨，枉自悲伤？”六郎道：“我本想前去奏明，但心中着急，几次提笔作疏，都不觉泪如雨下，湿透纸笺，因此未能上奏。”招吉道：“此事有何难处？小生不才，愿代将军书之。”六郎道：“君肯垂念于我，真三生有幸。”于是邀招吉于住处，买酒款待，尽诉平生之苦。招吉假装动容叹息，问：“谁是陷害令尊的首恶？”六郎说：“潘仁美是主谋，他手下的护军王侁、部下刘均期、贺怀俱都难以饶恕。”招吉遂逐一写出，递给六郎。六郎看罢说：“先生才高八斗，一定会在仕途上有所作为，现在只是时机未到而已。”于是再次买酒致谢。六郎说：“等我将奏疏递入，再专程到府上拜谢。”说完，招吉辞别而去。

次日，六郎带着写好的奏疏前往朝中，正遇到七王出朝。六郎想，现在皇上被谗言所惑，不如让七王代我递奏，这样也容易说话一些。于是向前拦住七王，大叫申冤。七王见是六郎，就将他带到府中询问。七王回府坐定，问道：“潘仁美奏称，你父子反了，是真的吗？”六郎跪下回禀：“正为此事来奏。”即递上奏疏，交给七王。七王接过奏疏，细读起来，奏疏不但将令公、七郎遇难原委详细道出，且极富情感和表现力。七王看完问道：“疏词绝佳，是谁代你写出来的？”六郎回答说：“是雄州一儒生，姓王名钦，字招吉。”七王道：“此

◎［罗衣］

轻软的丝织品所编成的衣服。

◎［儒生］

儒本来指儒家，为中国古代百家学说之一。后来儒家定于一尊，儒者泛指读书人，儒生就是年轻的读书人。

人现在哪里？”六郎回答：“寄居于东阁门龙津驿。”七王遂命人召之。不一会儿，召王钦于府中。七王和他对话，王钦应对自如。七王大悦，对六郎说：“你可去击鼓鸣冤，更容易申辩冤屈，记住，不要被奸党发觉。”六郎接疏，拜别而出，直接往朝外击鼓，被守者带进宫内，面见太宗。

人物点击

呼延赞

复姓呼延，并州太原人，北宋军事将领，出生于将门。曾经在征讨后蜀的过程中立下战功。在宋朝征讨北汉时，呼延赞冒着危险奋勇攻城，曾四次从城墙上摔下，极大鼓舞了宋军士气，增强了宋军攻取北汉的信心。后来宋朝北伐辽国，呼延赞被任命为大将，他立志消灭契丹，恢复国土，在自己的身上甚至嘴唇中都刺满“赤心杀契丹”几个字。在《杨家将》故事中，他和杨家子弟一起征讨辽国，一起遭受奸臣潘仁美陷害，最后又帮助杨家洗刷了冤情。当真宗要杀杨六郎时，他和宰相寇准等想出对策，用死刑犯人的首级瞒过朝廷，对杨家有救命之恩。

第六回 寇准智问潘仁美

六郎进宫，向太宗递上奏疏，太宗接过，打开浏览一遍，大怒，骂道："欺君奸贼，还反奏杨家父子反了！谁去拿此贼来京问罪？"阶下一人站出，自荐愿往。众人一看，原来是朔州马邑县党进，现任殿前太尉之职。八王奏道："党进去捉拿潘仁美，但阵前元帅责任重大，不能一日缺少，必须命人代之。"太宗问："谁人可当此职呢？"八王回答："杨静这人不错。"太宗随即降旨，宣杨静上殿。杨静拜太宗毕，奏道："臣担心潘仁美抗旨，拒不交出帅印，到时如何处置？"党进在一旁禀告只需如此如此，便可得印。太宗听完大喜，党进即与杨静二人辞别而出。

二人辞别君臣出京，这一天到了雁门关。党进对杨静说："下官先进寨去，明公稍停片刻再进来。"党进跃马入寨，潘仁美正在和刘贺等议事，忽听左右来报："朝廷遣使臣到了。"潘仁美等于是出帐将党进迎入帐中，相见施礼毕，双方坐定。党进说："太师前奏杨令公父子造反，圣上现已将杨家满门捉拿，关入天牢，只等太师回去之后，即可处决。不料前几天有奸细来京，奏称太师结好辽国的萧太后，不但不发救兵援助杨家父子，反而设计陷害他们。又说太师的帅印，现在已经献给辽国萧太后了，圣上大怒，

◎ [雁门关]

位于山西省代县，即宋朝代州境内。依山傍险而建，矗立于勾注山上。是中国古代中原王朝和北方民族对峙的重要关隘。汉朝与匈奴，宋与辽都曾在此激战。雁门关附近有杨令公和佘太君的祠庙，至今尚存。

下诏让我宣太师回京，与奸细对质。当时我出来奏说：‘边关太远，事情很难有个准，不如让臣先往查看。如果帅印还在潘仁美手中，那么说他勾结辽国的话就是诬陷，也就不必让太师回京对质了。’太师现在可否把帅印拿来给我看看？”潘仁美道：“世上还有这样诬陷人的！”随即吩咐人拿出帅印来递给党进看。党进接过帅印在手，脸色一变，对潘仁美说：“跪听圣旨宣读。”潘仁美不明就里，赶紧跪下，只听党进念道：

“奉天承运，皇帝诏曰：朕委杨静为帅御边，党进捉拿潘仁美、刘贺王等监禁太原，听候处置，违命处斩。钦此。”

党进读完，潘仁美道：“我犯了什么罪，圣上为何要将我拿问？”党进怒道：“你自己所为之事，还假装不知？参奏你的是杨六郎。”潘仁美道：“原是他父子反叛朝廷，现在反来诬陷我等。”党进道：“你还是回京和他分辩去吧，也不用在此多费口舌。”说完，小卒来报说新元帅到。众军迎接新帅入帐，施礼拜见完毕，党进将帅印交给杨静。杨静接过帅印，问潘仁美：“呼延赞何在？”仁美回答说：“从杨家父子反后，他一直没有什么消息。”党进道：“元帅还是先将他们一干人等锁解太原囚禁，其他的事以后再说。”杨静喝令左右锁拿潘仁美等人，交给党进，押往太原。

党进等人押着潘仁美一干人犯，不日到了太原，太原府通判迎党进到馆歇息。府判行过参拜礼之后，党进道：“圣旨命将潘仁美等四人分开安置。”府判得命，将潘仁美安置在皈依寺，将刘、贺二人关押在太医院，将王侁关押在申明阁。党进这才放心回京复命。潘仁美也悄悄派遣人进京，请他女儿潘妃向太宗辩解。

一日，潘仁美在寺中游玩，偶然看到雪云长老领众僧出寺，好半天才回来。潘仁美问雪云长老说：“适才你领众僧到哪里去了？”雪云答道：“是去迎接新任的府尹了。”仁美道：“你知道新府尹姓甚名谁？”雪云道：“是左丞相寇准。”仁美惊问：“左

◎［府尹］

为一府的长官。宋代设立开封府尹，掌管一府的政务。

丞相为何会贬谪到太原？”雪云道：“听说他惹怒了皇上，因此才贬官到此。”仁美暗地里想：“这寇准老儿是我往日的同僚，等我整桌酒席，邀他相叙，说不定可以探问朝廷的事情。”于是，潘仁美次日在寺中置酒，让雪云去请寇准来寺一叙。长老持书进府，当堂跪下，禀告说：“潘太师特遣贫僧来请府尹大人到寺中饮酒一叙。”寇准怒道：“我此来正为审问这老贼。你这厮好大胆，还敢代他来请我。”于是喝令左右拿下，重打四十大板。长老急忙求饶道：“只因府判大人让贫僧好生服侍太师，贫僧实在不知还有这般内情。求府尹大人饶恕贫僧。”寇准道：“你既然不知，姑且饶你。但是，你必须依我的吩咐行事，不然，我定将你这秃驴活活打死！”长老忙点头道：“愿依照府尹之计行事。”于是寇准唤他近前，吩咐他如此如此。说完，即命他先回寺中。

长老连声答应，回到寺中，告知潘仁美说：“寇府尹答应您，说随后就来。”言罢，外面报称寇老爷到。潘仁美出寺，接入正堂坐定。饮过数杯后，潘仁美问道：“杨六郎潜回京城，在圣上面前说下官害他父子，可有此事？”寇准道：“那小畜生确实曾经到宫外击鼓鸣冤，后来幸好遇到潘娘娘替太师作保，才使得圣上没有听信他的话。不过八王在旁力助杨六郎，圣上碍于八王的面子，才吩咐将太师暂时安置起来。下官为太师力争，被八王弹劾，说下官与太师结党，圣上这才将下官贬到此处。下官看圣上的意思，是要听潘娘娘的话，想必太师日后不会有什么大罪。只是下官有一事，要埋怨太师办得不妥。”潘仁美道：“老夫与丞相是旧日同僚，没有得罪丞相，丞相却为何怨恨我？”寇准道：“下官不怨太师别的事情，只怨太师当初没有杀掉杨六郎，以致造成现在的祸患。如果太师当时将杨家父子一网打尽，看他今天还有什么人来报仇。”仁美连连称是道：“丞相说得在理。当时我派人捉拿他不得，不想怎会被他逃回到京城。”寇准道：“下官听说杨

◎ [贬谪]

古代的官吏被降职，派到远离京城的地方做官被称为“贬谪”。

◎ [太师]

与太傅、太保一起被称为“三公”，辅助皇帝管理国家教化，是一种地位非常崇高的职务。

令公被太师算计，这里没有旁人，太师可否把算计杨令公之事说给下官听听。”仁美原没想到寇准会来套他说出实情，又因饮酒饮得半醉，于是对寇准说：“丞相与老夫平日交情极深，对丞相说了也无妨。当日令公被老夫逼着出兵与辽军对阵，他叫老夫在陈家谷埋伏下弓弩手，老夫却未发一兵，等到他杀败了回来，发现并无伏兵，于是误入狼牙谷，撞死在李陵碑下。七郎回来取救兵，被老夫灌醉，绑在树上，令众军用乱箭射死。”寇准道：“太师莫用假话来哄我。”仁美道：“老夫对丞相才说出实话，如果是他人在前，老夫绝不吐露半句。”话音刚落，只见寇准拍案而起，怒骂道：“老贼陷害忠良，欺君误国，还冒奏朝廷，说杨家父子反了，伤天害理，天地不容。”于是喝令左右：“将潘仁美拿下。”从人应声而入，当场将潘仁美拿住。潘仁美使劲挣脱，大声争辩道：“这寇老儿发酒疯，为何拿我？”寇准侧过头向外喊道：“雪云何在？”只见雪云长老从窗外转入，递上供词说：“领府尹钧旨，刚才太师说一句，贫僧即写一句，并无差错。”潘仁美叹道：“不小心被寇老儿套出口词，如何是好？”

雪云长老将口供递上，寇准看完，命长老读给仁美听。读完，仁美道：“醉酒之人口中的话怎能当做凭据？”寇准道：“酒后吐真言。”仁美道：“你小小的太原府尹，凭什么断太师的事情？”寇准冷笑一声说：“老匹夫你竟然敢抗拒！”于是唤进随从：“取过诏书，宣给老贼听。”只见随从恭敬地拿出圣谕，念道：“朕命寇准为太原府尹，专门勘问潘仁美陷害杨家父子一案。”

读罢，寇准道：“你这老贼，我为府尹，就是为勘问你陷害忠良之事。”仁美曰：“现在并无杨家亲人对质，这口词也不能作数。”寇准于是唤道：“六郎何在？”只见六郎应声而入，见到潘仁美，怒骂：“老贼！你将我父陷死于狼牙谷，又射死我七弟，今天还想抵赖？”仁美道：“小匹夫，你潜回京城，见你家人被囚，害怕自

已难逃干系，于是往御前诬称是我陷害你们，奸贼！该当何罪？”六郎道：“你这老贼，事情已明明白白，还敢在此狡辩！”寇准道：“这寺中非勘问之所，将这老贼带到府堂，用刑具加以拷打，他自然招供。”寇准心想，等明天升堂，讯明真情，看你如何抵赖。于是命人将潘、杨二人带下。

次日，寇准升堂，命左右押出潘仁美，绑于阶下。又唤随从吩咐道：“你假装去请刘贺等人前来，就说酒席齐备，太师已等候多时，速去速来，千万不要走漏消息。”随从领命，先到申明阁，会同王侁，又到太医院见刘贺道：“府尹大人相召，太师已去，就等三位将军了。”三人于是跟着一起到府，直入正堂。只见潘仁美绑缚在地，已吓得魂不附体。寇准喝令将三人拿下。三人向前禀道：“大人拿下我等，不知所为何事？”寇准道：“我也不知道什么事，你们先听听皇上诏书吧！”于是命随从取出诏书念了一遍。三人听罢，默然垂首。寇准道：“害人者最后只能害了自己，天道昭彰，岂容得奸人作恶？尔等老实交代，免受皮肉之苦。”仁美道：“唤杨六郎前来，我要和他对质。”六郎在廊下听到潘仁美如此说，早就忍不住了，哭着站出来说：“你挟私仇陷害我父子，误国误军，怎能硬抵不认？”仁美假装镇定道：“你休要胡说，我有证人在此。”六郎道：“要什么证人！我自己在此，你还乱说。”潘仁美叫过几个军士，对他们说：“你们将杨家父子的反情，禀告给府尹大人听。”那几个军人跪下禀道：“禀告告府尹大人，元帅确实不曾陷害过杨家父子，杨家确实反了朝廷。如果太师虚情捏奏，小人们甘愿受罚。”寇准道：“谁问你们！你等都是老贼心腹，来作伪证。”喝令左右道：“每人重责五十大板！”六郎道：“老贼不提证人，我差点也忘之。当时潘仁美射死我七弟，让陈林、柴敢二人弃尸于河。得此二人作证，看老贼有何话说。”

寇准听完，吩咐将仁美监禁起来，派人往鸦岭营中查访陈、柴二人的消息。去人回报，鸦岭营中并无此二人。寇准遂张挂榜文在外，但有人知七郎之尸埋在何处者，赏金百两。张榜数日，看榜的人不少，私下议论说：“若有知情者，岂不做得一场好生意。”忽然后面三人来看，向前揭了榜文，恰遇六郎。原来是呼延赞、陈林、柴敢三人。他三人听闻寇准正审问仁美，要寻找七郎尸首为证，于是前来揭榜。六郎将三人引入太原府，见了寇准。寇准问道：“你二人将七郎尸首埋于何处？”陈林回答说：“就埋在桑干河西南一株大榕树下。”寇准即差数十人同陈林、柴敢去取七郎尸首。二人领众人到桑干河，果掘得七郎尸首，不数日，抬到太原，报与寇准知道。寇准命一干人等同去验尸，只见七郎满身是箭，

◎ [榜文]

中国古代各级政府公布政府决策时所贴出的公告。

七十二支攒簇心窝。寇准大哭道："英雄良将，为何不得上天庇佑，反遭此惨祸？"众随从见了，也无不伤心落泪。

寇准验尸完毕，遂唤仁美怒道："七郎为何而死？如今你还有什么说的？"仁美道："事情不是我做的，是王侁设谋害死了七郎。"寇准令刀斧手将王侁推出斩首。寇准又问："设谋者虽然是王侁，但是主使者是你。你陷害忠良不说，还捏词诬告杨家父子造反，这是欺君大罪！"仁美低头不语。寇准喝令将潘仁美推出斩首。正欲来斩，忽报使者到，下马宣读诏书："奉天承运，皇帝诏曰：勘问潘仁美诬陷忠良既得实情，现当押往京城拟罪。"使臣读诏毕，寇准将仁美等槛押赴京。六郎道："此贼赴京，一定得到宽宥，我杨家冤仇难伸，如何是好？"寇准道："他欺君误国，难以饶恕。六郎放宽心。"说完，即刻吩咐起程，将潘仁美并一干人犯押送回京。

◎ [槛押]

槛指笼子。槛押就是用笼车将犯人押往目的地。

人物点击

潘仁美

潘仁美，北宋初年大将，在灭南汉、南唐、北汉过程中立过功。在宋与北汉之战中和杨家结仇。后来宋太宗伐辽，任潘仁美为帅，杨继业为先锋。潘仁美仗着自己的女儿是皇帝的贵妃，利用权力使杨继业深陷辽军埋伏中，后导致杨继业撞死在李陵碑前。杨继业之子杨七郎出来搬取救兵，被潘仁美用箭射死。之后，潘仁美又诬陷杨家父子反叛朝廷。最后，潘仁美陷害杨家的实情被查清，被判处流放远地。但因杨六郎报仇心切，最后潘仁美被杨六郎所杀。

第七回 八王献计斩奸佞

寇准一行押着潘仁美等人犯，不日回到京城，上殿向太宗递上潘仁美供词，并将杨家父子死难情况向太宗一一陈明。太宗听罢，大怒道："老贼欺君罔上，罪该万死。但看在潘妃情面上，且免他一死吧。"于是命将仁美等各杖一百，贬于雷州。追封杨令公为卫国公，七郎为殿前指挥使、醴泉侯；呼延赞擅离军伍，降三级；陈林、柴敢不该领众落草，各杖八十。断完后，众人都各自散去。

六郎听得如此结果，出到午门外放声大哭，谓八王曰："臣父子蒙如此冤屈，臣苟活有何意义！"于是欲撞死在午门。八王赶紧制止他，邀他进府商量，忽报潘娘娘到。八王令六郎暂到后堂躲避，自己亲自出府迎接潘妃。茶毕，潘妃道："老父年迈，路途遥远，难保无虞。今日特来相告，请殿下垂念老父，想办法将他安置在京城。"八王道："娘娘请回，我这就进宫面奏圣上。"潘妃辞去，八王吩咐六郎，只需如此如此，杨家之冤就可得雪，六郎领计去了。

八王进宫面奏太宗道："臣昨天夜里做了一场不祥之梦，最近定有横祸。求陛下赐臣独角赦，让臣领去躲过此劫。"太宗马上书

◎ [独角赦]

皇帝赐给臣下用来辟邪和赦罪的器具。

赦赐给八王，八王谢恩告退。忽听得近臣奏报："杨六郎将潘仁美三人杀了，现在提头在午门外等候。"太宗听了大怒，吩咐侍卫锁拿六郎，立即押赴法场斩首。这时，八王回来说："陛下刚才赐给臣独角赦，臣现在请求以它来赦六郎之罪。"太宗道："斩潘仁美等人，原来是八王的计策。"遂宣六郎进殿，言道："念卿此前保驾功大，此罪就赦免了罢。但你未得朕的命令斩杀重臣，也不能随便宽宥。朕发配你到郑州，好好反省去吧。"六郎谢过太宗，告退而出，收拾行李即前往郑州。

太宗因之前在太后及太祖面前答应择兄弟中长者而立，最后再传位八王，故一直未立储君。日子一长，朝中大臣难免议论。这天，冯拯上疏，请求太宗立定皇储，太宗大怒，将冯拯贬官岭南。之后，再没人敢在朝中对太宗提起此事。

七王看太宗不立自己，于是找来王钦商量说："圣上现已年迈，齐王也快不行了。前天冯拯劝圣上立东宫，结果遭到贬谪，难道圣上不想立长，而想将皇位传给八王？"王钦回答说："一定是这个意思。不然，为什么不立殿下为储？殿下如不早下手，到时可就后悔莫及了。"七王道："你有什么良策，可让我被立为储君？"王钦道："依我之见，如果不害死八王，皇位恐怕很难得到。"七王道："此策不可行。圣上宠爱八王，万一我们谋划泄露，反而连累了自己。"王钦诡异地说："殿下不要怕，臣有一密计，可保万无一失。"七王道："你不妨说来听听。"王钦凑到七王耳朵边，悄悄地说："殿下可命人到街上寻一个极巧的银匠，打造鸳鸯壶一只。一边盛药酒，一边放好酒。趁此春日美景，请八王来赏花，然后我拿过壶为八王斟上药酒，为殿下斟上好酒。八王喝了药酒，立即就会死去，跟从之人问起，我们只推说是中风，谁知道他是被药死的呢？"七王道："此计甚妙。"于是派家人到街上寻找手工巧妙的银匠。

◎ [东宫]

太子居住的宫殿，同时也用来代指太子。

家人寻至城西，看见有一胡银匠手艺精巧，于是将其唤入府中打造酒壶。打完之后，七王接过看了一番，王钦道："我们先将银匠杀掉，免得日后他将此事泄露。"七王吩咐左右心腹之人用好酒灌醉胡银匠，杀掉后，埋在后花园中。王钦对七王说："殿下现在可派人持书去请八王，约他明天到后园中赏花。"于是七王派遣下人到八王府中递送请帖。

八王看毕请帖，吩咐来人说，明天一定前往。次日，八王前往七王府，七王亲自出门迎接，带八王来到大厅坐定，下人斟茶给八王，小叙片刻，七王将八王邀入后花亭中石桌旁坐下，只见后园花开如锦，春光很是灿烂。

七王道："你我虽为兄弟，但平日很难见面长聊，今天借此明媚春光，多坐一会儿，我二人互诉衷肠。待会儿我兄弟可喝个一醉方休。"八王道："这几日贱躯偶感不和，不能饮酒，我们少叙片时就是了。如果不是兄弟之情，今天我就不来了。"七王忙问道："弟既身体不畅，正要痛饮，才能解除病痛呢！"于是令侍从先酌一杯药酒于八王面前。本来八王身体不适，一闻药酒之味，慌忙用袖子将鼻掩住。这时，忽然刮来一阵狂风，将桌上金杯吹倒，药酒全部洒在地上，迸起红光。左右人等心中慌乱，八王趁机辞别回府。七王见诡计未能得逞，害怕八王知道，感到非常懊悔。王钦劝道："殿下不要惊慌，我想八王未必知道实情。今后我们再想办法害他不迟。"

有一天太宗得了重病，情况危急。寇准、八王等进宫问安。太宗见群臣都来了，就对他们说："先帝遵从太后立长之命，将皇位传给朕。不想朕突发疾病，恐怕很难总理朝政。现齐王等人已早死去，只有八王年纪适合。朕现在遵太后遗命，将皇位传给八王。"八王奏道："皇上青春正盛，人心归顺。满朝谁敢胡说？请皇上保重龙体，就算百年之后意欲归政，也当传位给太子。如果皇上一定要将皇位传给臣，臣就披发入山，不再回朝。"

◎ [百年之后]

由于古人讳言"死"，因此用"百年"代指死亡。百年之后就是指死后之意。

太宗看八王不愿接受皇位，沉思很久，对寇准说："八王执意不受，爱卿认为朕的皇子中，谁能当天子之位？"寇准答道："择君以为天下之主，不能和妇女商量，不能和太监、朝中大臣商量，陛下可自己行事，看谁比较成器，能担重任，就可把位子传给他。"太宗又召赵普单独进前，屏退左右之人，问道："朕想传位给八王，八王不肯接受。爱卿说怎么办呢？"赵普道："先帝传位给兄弟，已经是一个失误，陛下岂能仿效先帝，再有失误？"太宗于是复召寇准，对他说："朕本意将天下交给八王，无奈八王坚辞不受。朕

想将天下让给元侃，卿认为怎样？”寇准拜贺道：“皇上万岁万万岁，臣为天下臣民得到仁明的新君而高兴。愿陛下不要再问外人意见，需早做决断。”

太宗又对八王说：“朕死后，爱卿尽心辅佐你皇弟。现朕赐给爱卿丹书铁券、免死金牌十二道，如果国家出现乱臣贼子，卿可用金锏打死，不得稍有纵容。在诸将中，朕看杨六郎杨景忠贞可靠，可将兵权交给他，日后对他要加以重用，不能随意贬黜他。”八王跪拜毕，不一会儿，太宗驾崩，终年五十九岁。

◎ [金锏]

锏是古代的一种兵器，类似于鞭。这里的金锏是指黄金或其他金属制成的锏，由太宗御赐给八王，用来处罚奸臣。

太宗驾崩后，文武百官拥立七王元侃为皇帝，是为真宗。新皇帝接受朝贺完毕，即尊母亲李氏为皇太后，封王钦为东厅枢密使。谢金吾为枢密副使。为八王进爵诚意王。从此，朝廷军政大事都由王钦决断。

这天八王出朝，忽然遇到一人，拦住八王的轿子告状，大喊冤屈。八王问道：“你有何冤屈？”只见这人哭诉说：“小的父亲胡银匠，日前新君欲谋害千岁，召小的父亲入府打造鸳鸯壶。其壶打造完毕，小的父亲就被王钦谋死在府中。小的有冤无处伸，只得求乞千岁爷做主。”

八王听完，怒道：“当天我见那药酒倒在地上火焰腾腾，心中犯疑。果然是王钦从中作梗，这贼子好狠的心肠！”八王于是接过状纸，命左右拿出一锭银子，赏给胡银匠之子，然后自己再次回到偏殿。

八王来到偏殿，见王钦正与真宗议事，上前奏道：“臣刚才离开朝门，遇到胡银匠之子，他告王钦害死其父。臣接了他的状纸，请陛下过目。”真宗惊道：“王钦从未离开朕的左右，哪有谋害他父亲之事？王兄休听信小人之言。”

八王道：“王钦为了害臣，而将胡银匠灭口，让他冤屈而死，实在可恶。臣对陛下忠心耿耿，陛下为何听信谗言，谋害忠良？

如果臣想当皇帝，还需等到今天吗？”王钦在一旁说：“八王殿下不喜看到小臣和陛下议事，自恃为皇兄，因此捏造虚情，欺压小臣。八王既说小臣谋害他人，那么先帝在位时怎么不说，却等到陛下登位，才讲出实情？再说，世间哪有像王爷这样来午门毁谤皇上的臣子！”

真宗没有反应，八王怒不可遏，抽出金锏，往王钦脸上一打，正打着鼻子，王钦鲜血直流，绕着殿中柱子躲避八王，八王随后追来。真宗赶紧上前说：“皇兄看在朕的情分上，饶了他这一次吧。”八王这才止步，指着王钦骂道：“你如果再敢胡作非为，坏我国家之事，本王一定打死你这畜生！”言罢，对真宗奏道：“陛下不要责怪臣，臣受先帝重托，今天秉公除奸，全是为了陛下的社稷着想，不是出于私情。”真宗自知理亏，也忙安慰八王。

◎ [社稷]

社是土地之神，稷是谷神。土地与粮食在古代中国有重要的意义，因此，社稷用来代指国家。

八王告辞，退出殿外，王钦跪在皇帝面前大哭。真宗说：“八王是顾命大臣，再说他讲的句句是实，你不该去顶撞他。再说连朕都让他三分，何况你一个臣子？今后你多多避开他就是了。”

王钦跪谢，回到府中，恼恨八王，寻思报仇之策。于是修书一封，差人星夜送往幽州，奏明萧太后说太宗已死，新君幼弱，朝中空虚，可以乘此机会兴兵伐宋，一举拿下中原。

萧太后看了王钦的信，召来群臣商议。萧天右奏道：“云川耶律休哥屡次奏请伐宋，现在我们如果趁宋国新君刚立之时发兵，当攻无不克。”

土金秀在一旁说：“宋太宗知人善任，守御边庭的必然是智勇双全之将。现在不能因王钦写来一封信就决定伐宋。臣认为，只有探明对方强弱，才不会误事，不会虚耗钱粮。”

萧太后问道：“依卿之见，用什么方法可以探知对方虚实呢？”土金秀说：“麻里招吉的枪法，麻里庆吉的刀法，与臣之箭法，无人可以抵挡。臣等愿意举兵于河东界上，娘娘修书给宋国，约他们与臣等对阵。宋人如果能够抵抗，那我们不妨晚一点再进兵。如果他们毫无抵抗之力，我们就立即发动。”萧太后听完大喜，于是修书一封，遣人送往汴梁。

人物点击

八贤王

名赵德芳，宋太祖之子。乳名八哥，人称八贤王。太祖死后，本应传位给他的儿子德芳，但最后根据太后意见，又考虑到自己的儿子太小，于是将帝位传给了弟弟赵光义。赵光义即位后，封德芳为郡王，人称八王。八王头脑清晰，正直敢言，在朝中享有贤名，因此又被称为八贤王。太宗临死前，曾赐给八王免死牌和金锏，告诉他国家如果出现乱臣贼子，不得纵容，可直接用金锏打死，因此八王在朝内的地位非常崇高。也正是由于这个原因，在杨家子弟多次被奸臣陷害时，八王都挺身而出，帮助杨家解围。

第八回 杨家兄妹争显威

辽使来到汴梁，将国书交给真宗，真宗展开一看，原来是萧太后约请宋朝“观兵”，实际上就是用武力较量一番。寇准奏道：“北方人善于刀箭，他们声称观兵，臣料想，不过是比试刀箭而已，请陛下挑选一员能者与辽国一会，打消他们窥伺我大宋之心。”真宗道：“朕看这朝中没什么良将，只有杨景一人，现人在郑州，也不知道他最近如何。”寇准回答说：“陛下赶紧遣使者到郑州将六郎调回。”真宗允奏，随即派遣使者到郑州去调回六郎。

使者既到郑州访问，郑州太守言杨六郎很早之前就已经回京了。使臣回来报告真宗，真宗随即遣人往天波府征召六郎前来。使臣到府，佘太君接过圣旨，对使臣说：“我儿很久前去了郑州之后，这许多年，并无音信回来。”使臣将佘太君之言回奏真宗，真宗听闻后闷闷不乐，于是召见八王问道：“杨六郎已回，但却隐藏不出，该怎么办好？”八王奏说：“让臣前往天波府探听探听再想办法。”随即辞出宫中，直接前往天波府。八王来到天波府，见到佘太君，就问六郎之事。佘太君回答道：“我儿在郑州，一直没有音讯。今日殿下亲临，老妾怎敢隐瞒？”八王又道：“如今新天子即位，有圣

◎ [国书]

国家元首就国家关系和其他重大问题，向另一国的国家元首发出的正式文书。

◎ [殿下]

本意为殿阶之下。由于古人对王、皇后、太子不敢直呼其名，只能由殿阶之下的人传话，因此，用殿下代指王、皇后、太子，作为尊称。

旨征召六郎入朝，正是杨家报国的好机会，为何藏匿不出呢？”佘太君看八王把话讲到了这个份儿上，就说：“请殿下稍等几天，待我派人到郑州访寻。”八王于是上殿回奏真宗，说六郎确实不知下落。真宗听闻之后，一脸忧郁。

次日，真宗接到晋阳守臣表奏，称辽兵掳掠财物，杀伤百姓，请求朝廷早日发兵防御。真宗看表完毕，问道：“谁人能退辽兵？”寇准回应说：“贾能武艺精湛，可以担当退敌之任。”真宗于是让寇准为正统军，贾能为副使，领兵三万，前往晋阳与辽军对阵。寇准等人领旨，即发兵前往河东。

佘太君听闻寇准、贾能领军前往晋阳与辽兵对阵，乃从密室唤出六郎，对他说：“贾能算什么能人，怎能击退辽兵？我儿当尽速前往，以救国难。”原来，六郎因为之前斩杀潘仁美等，被流放到郑州，心中尚有不平，虽早从郑州回到汴梁，但不愿出来面见真宗。此时听佘太君如此开导，六郎说：“儿愿意前往，但需要一两人同行。”一旁的杨八姐、杨九妹便道：“我姐妹与哥哥同行如何？”六郎道：“你女流之辈怎能上得战场？”八姐道：“我们假扮士卒，跟随众军行进，谁又能发觉我们？”六郎应允。他兄妹三人辞别佘太君，一路往晋阳进发。

那辽国将土金秀兵屯河东界上，每日劫掠，扰得宋民无法为生。这日忽报宋兵到了，土金秀即与麻里招吉等议曰：“如今杨家将已经快全部凋谢了，宋国还有什么人敢与我等比试！”正说话间，看到南面旌旗蔽日而来。宋兵一到，就摆开阵势与辽军对峙。只见辽军主将土金秀全身披挂，立于阵中间。麻里招吉居右，麻里庆吉居左，一字向南摆开。南阵上寇准、贾能两马齐出，寇准质问对方说：“宋辽两国分立，已非一日。辽国为何屡次兴兵侵犯，扰我边境？”土金秀答道：“俺太后娘娘因宋君刚刚登基，希望和他一同打猎，同时订立盟约，世代友好。今天，新天子怎么没有亲自来呢？”寇准

◎ [旌旗]

旗帜。古人出征，会打出各式各样的旗帜，以壮大声势，因此，经常用“旌旗蔽日”来形容军队声势浩大。

道："我大宋新君即位，在朝中与大臣们商量治国之策，每天忙得不可开交，哪有时间和你们搞会猎？"土金秀还未回答，只听得麻里招吉大声道："我们今天不耍嘴皮子，只凭武艺，看谁能夺旗斩将。你军中如果有智勇之将，就让他出来和俺比试。"说完，贾能握住枪，纵马向前，喝声道："你这奴才，好生欺人！看我今天与你比试！"两下鼓声震天。麻里招吉与贾能交马十合，不分胜负。招吉佯败而走，贾能紧追不舍。忽然，招吉扭身回马一刺，贾能落马，坠落在地。招吉冲过阵来，正要害贾能性命，忽从宋军中冲出一骑青骢的女将，战只三合，女将寻机将红绵套索一抛，招吉遂被绊落下马，被女将活捉过来。寇准大喜道："你姓甚名谁？"只听那女将答道："妾乃杨令公长女八姐也。"寇准大喜道："将门女子也是出色战将！"于是吩咐手下为其记功。

土金秀见招吉被捉，大怒，正要出马交战，只见麻里庆吉拍马出阵骂道："南蛮，快快放出我兄，我饶你不死！"说完抡刀直杀到宋阵来。这边赵彦见了，也舞刀接战。战只两合，赵彦不能抵挡，拨马走回本阵。

庆吉一路赶来，宋阵中又冲出一女将舞刀迎敌。两人战有数合，那女将斜挥一刀，将庆吉砍于马下，枭首来见寇准，寇准问："你是何人？"那女将答道："妾杨令公次女，九妹是也。"寇准又道："你姐妹武艺出众，真是我大宋之福！"也吩咐手下记录其姓名功绩。

土金秀一看宋将连胜两战，大怒，跃马出阵道："宋人如果真有能耐，就出来比试箭法！"只见宋牙将杨文虎出马言道："我与你比试一番。"这边土金秀拈弓搭箭，连发三矢，皆中红心。辽军一齐喝彩。文虎也走马连射三箭，却只中一个。金秀曰："你们箭法输了，当还我招吉。"文虎曰："我不过偶尔箭输，如果比枪法，则定不输给你。你可敢应战？"金秀怒道："匹夫，休要夸口！"

随即提枪出马，交战数合，即刺伤文虎，文虎败走回阵。金秀冲突过来，正要伤文虎，六郎望见，出马迎敌。

金秀抵挡不过，回马叫道："宋将且休要比枪，请射红心。"六郎停枪笑道："你的箭法有什么特别吗？还敢在众军面前夸耀。"说完，向胯后取出硬弓，走马一连三箭，俱中红心。南北军士都在一旁啧啧称羡。六郎道："你不是自夸箭法高明吗？我今天就将此弓交给你来射，看你是否能够射中。"随即让军士将弓递给土金秀。金秀接过弓，使劲打开，却发现弓丝毫不动，大惊，心想："这人如此神力，真是神人降生。"正要拨马回走，寇准出阵言："我今天暂时将所擒之将还给你，你回去告诉你们太后，以后不要无理兴兵。如再被我在阵前碰见，定不轻饶！”于是命左右将招吉衣服剥去，让他赤身裸体回到北营。土金秀羞愧满面，急忙退回营中。

杨六郎回到军中，见了寇准，寇准说：“今天之事，要不是将军来得及时，我们恐怕就要血染沙场了！老夫不日回朝，一定保奏将军。”六郎施礼相谢。

次日，寇准命拔营回京，并先行派人入奏真宗。真宗听闻奏报，即宣六郎升殿，慰劳他说：“卿之前藏匿不出，朕寝食难安。现在听说卿退却辽军，朕喜而难寐。”六郎叩头拜谢。真宗问寇准说：“给将军授个什么职好呢？”寇准道：“宜授节度使之职。”真宗于是下旨命杨六郎为高州节度使。六郎一听，辞谢道：“臣往日败兵而归，罪过太重。蒙陛下不弃，再次委任，深恩厚德，报之且无由，如今略建微功，岂敢接受节度使之职？”真宗道：“你父子忠心事主，先帝称道不已，本来打算重重封赏，不想令公却过早升仙，未能遂先帝之意。如今卿又有退辽之功，接受此职，再合适不过，为何推辞呢？”六郎奏道：“微臣蒙陛下知遇之恩，授臣要职，不如暂且授臣为佳山巡检吧，其他职位，臣实在不敢接受。”真宗道：“将军不要尊荣，却甘心居于卑位，却是为何？”六郎答道：“臣希望为巡检，有三个原因。一者，臣本是遭到流放之人，私自跑到边关，立了微功，就被授予节度使，这是在开幸进之门，让国人都想着侵越职分，而指望通过一两项功劳获得财富和高位；二者，佳山与幽州地界相近，臣可以寻机直捣辽国巢穴，收复大宋疆土，以绝万世边患；三者，听说那里有几个绿林好汉非常勇武，臣欲收服他们，使其改邪归正，以除民害。”真宗叹道：“不想将军如此忧国忧民，这真是社稷之福啊。”于是准六郎之请，下命王钦拨五千军士，让杨六郎领去，镇守佳山。

◎ [沙场]

战场的代称，可能与中国古代的战争环境有关。古代的大型战争，多发生在中原汉族王朝和周边少数民族之间，战争多在西北的戈壁、沙漠进行，因此后来就用沙场代指战场。

◎ [知遇之恩]

多指皇帝对臣下给予的赏识和重用的恩情。

王钦领旨后，到府衙拨出五千老弱病残军士，让他们跟随六郎出征。六郎一见这些老弱军士，怒道："佳山是何等险要之地，用这样的军士何以迎敌？"在随行军人中，有一人姓岳名胜，因王钦只拨老弱病惨的军士跟随六郎，岳胜心想，与其在汴梁虚度时日，不如跟随杨六郎到佳山，寻机立功。于是心生一计，将姜黄水抹在脸上，等王钦前来查点时，只说自己是个病军，必要让王钦选出，跟随六郎。

这岳胜是济州人，生得面若凝脂，神清气朗，抡动大刀，万夫莫敌。外号为花刀岳胜。而王钦一见岳胜脸黄，只道他是个病军，于是挑出去跟随六郎。此刻岳胜见六郎说军人无用，于是出军前道："你生在将门，自以为无人能比。我今天与你比试一番如何？"六郎想，这人还真有勇气。于是对岳胜说道："可以。"遂提枪上马，与岳胜交战。战有十余合，六郎惊道："不想此人有如此本事。既然仓促间难以取胜，不如用计擒之，以服其心。"

于是六郎佯败而走，岳胜紧追不舍，不防六郎忽然转身，一枪向岳胜斜刺过来。岳胜赶紧闪开，不想六郎原为虚张声势，只见他顺手一枪，正中岳胜坐骑。那马疼痛难当，将岳胜掀翻在地。岳胜慌忙起身，对六郎道："小人得罪，乞将军饶恕。"六郎道："你的身手不错，当竭力助我镇守佳山。我自当保奏朝廷，为你授职。"岳胜谢道："小人来此，本欲跟将军立功。幸得将军提携，一定竭力相报。"

六郎得岳胜为部下，无限欣慰，于是回到天波府中向佘太君辞行。佘太君道："你只当个巡检，岂不是让你父亲蒙羞矣？"六郎解释说："佳山与辽国相近，正好建功立业，他镇就没这个条件了。凡职只要立功便可，何必在乎高低？"佘太君于是备好酒菜为六郎送行。饭毕，六郎领军往佳山进发。

这日，六郎率众军到了佳山寨，原守军士迎接六郎入厅。施礼后，六郎问道："辽人屡兴边患，此地尤甚。因此天子遣我镇守。你们要恪遵号令，否则，我将军法从事。"众人应允而退。

人物点击

佘太君

佘赛花，封号太君，杨继业之妻。从小生长在一个武将家庭，受其父兄影响，年轻时就已擅长骑射、精通兵法、文武全才。嫁给杨继业后，佘太君协助丈夫驻守边关，并组织家中男女仆人习武，使他们成为不亚于边疆士兵的准军事力量。杨继业归宋后，在征辽过程中被潘仁美陷害，佘太君努力为丈夫和儿子申诉冤屈。杨继业战死后，佘太君的几个儿子死的死、走的走，但她表现得非常坚强，仍支持儿子六郎的抗辽事业，让他为君分忧，精忠报国。她对杨家几代儿女教育、训练有方，使他们成就了巨大的功业，成为杨家将故事中的重要人物。她还曾带领杨门女将出征，是杨门女将的核心人物。

第九回 六郎定计收孟良

次日岳胜出寨游玩，看见前面高山树木茂密，于是向旧日军士问道："那座山叫什么山？"军士道："说起那里，真真惊破人胆。"岳胜又道："敢是山中有狼虎？"军士道："比狼虎厉害。"于是以手指道，"转过那山，有一处地叫胡村涧。向里走进一二里，在山麓旁有一处地方名为可乐洞。洞中有一草头山大王，姓孟名良，邓州人，力大如牛，无人能敌。他聚集强徒数百人，以劫掠为生，连官兵都不敢捕捉。"岳胜听罢，回到寨中，将此事告知六郎。六郎道："我也久闻此人之名，如果能将他降服，为我所用，肯定能壮我军威。"岳胜道："不如让小人先行轻骑探访，看看情形如何。"六郎道："此人勇猛无比，须随时小心。"于是岳胜告退，单骑直到可乐洞，只见孟良部下刘超、张盖等与众喽啰俱在洞前。岳胜下马，抽出利刀，喝道："贼徒休走！"刘张等以为是官军捕捉，于是各自逃生。岳胜赶上前去，砍倒几个喽啰，血流满洞，寻思着还要写几个字，才能激他来佳山寨厮杀，然后擒拿。想到这里，岳胜用刀蘸血写下四行字："喽啰剑下亡，寄语休悲伤。若问人何是，佳山杨六郎。"

孟良回到洞中，只见喽啰被杀死在地，大吃一惊，问道："是

◎ [山大王]

古代有人因生活困难或其他一些原因，占据山林，筑成营寨，专靠打劫来往行人为生，被称为山贼，其首领被称为山大王。

谁到洞中杀死众人？”喽啰回答说：“刚才有一壮士很是勇猛，众人以为是官兵前来抓捕，都各自逃走，不想被他走进洞中，杀死众人。又以血书留字于壁，大王看了便知。”孟良抬头看罢，道：“原来是杨景那厮！杀我手下，好大胆子！此仇不报，枉为人也！”

那岳胜回到营中，禀告六郎杀死喽啰之事。六郎说：“孟良回来看见，一定会来此寻仇。你做好准备，跟他厮杀。”刚说完，忽听得寨外呐喊。六郎与岳胜出寨一看，来者生得浓眉环眼，面如恶鬼，听左右人说，这便是孟良。于是，六郎迎上去问道：“看你的容貌，甚是奇异。为何要弃理灭义，落草为贼？听我一句劝，不如归顺朝廷，立功显名，比落草强多了。”孟良道：“你以拜官受爵为荣，但在我看来，居官享禄只是耻辱！为何这样说？你看你父子投降于宋，都不得好死。手足尚且不能在一处，像禽兽一样惨烈，有什么好处！我虽在此山落草，但自由自在，何等尊贵！此等闲事，暂且不论。我现问你，我与你往日无仇，近日无怨，你为何杀我部下？”言罢，挥斧直取六郎。六郎挺枪迎敌，交战十合，不分胜负。六郎佯败而走，孟良拍马追之。岳胜从后喝道：“贼人休赶！”孟良于是回马来战岳胜。六郎在后拈弓搭箭，射孟良身下坐骑，那坐骑把孟良掀落于地。军士向前生擒孟良归寨，绑缚在阶下。

六郎道：“你自以为英雄无敌，为何今日反被擒获？你服不服？”孟良笑道：“你们暗箭射马，用诡计暗算我，绝非大丈夫所为，叫我如何服你！”六郎道：“那放你回去如何？”孟良说：“如肯放我回去，我一定整兵再来与你交战。你能不设暗计，用明白手段抓住我，我就拜降。”六郎道：“你且回去，明白拿你又有何难！”于是放孟良而去。

岳胜道：“孟良凶贼为民之害，今天既然擒他而来，可用则收留之，不可用不如杀掉他，为民除害，为什么把他放了？”六郎道：“孟良也是一人杰，我颇爱其能。现如今英雄有几人？我正要收此人为部下。现在只有让其心服，才能彻底让他归顺，所以我将他放了。你看我明天出阵，再将他擒拿。”岳胜道：“将军有何妙策擒他？”六郎道：“孟良有勇无谋，离此山南五里之地，有一处深谷。峭壁石崖，进去之后便找不到出路。你引骑兵一千，埋伏于谷口。我先与之交战，等他从山左而进，我即从山右而出。等我出来，你即杀来截住他，不放他出来。我自有计拿他。”岳胜领军而去。六郎又唤来军士六七人吩咐他们往那山绝顶高处，扮作砍柴的樵夫，如遇孟良问路，只需如此这般回答即可。军士们领计而去。

◎ [樵夫]

砍柴、劈柴的农夫。

次日一早，六郎正在寨中，忽听人报孟良在寨外挑战。六郎出寨，提枪上马，来到阵前对孟良说：“今天你仔细交战，如果再被擒拿，可没那么容易放你走了。”孟良道：“你别说大话，昨天被你用诡计擒拿，今天我一定要报此仇！”言罢，纵斧直取六郎。六郎与他交战数回合，佯败而走，往山南方向奔去。孟良赶上他说：“难道你又想用暗箭来算计我？”六郎不理他，直走进山谷。孟良随后赶入山谷。六郎调马从山右而出。孟良也想跟着从右傍而出，不料忽遇岳胜杀出，截住谷口。孟良惊道：“又中了这奸贼的诡计。”于是回马往山谷中。不想四面壁立，没有去路。遥望崖上有几个樵夫歌唱，冲他们说：“我被奸人骗入山谷，你们如果救我出去，我将给你们银两酬谢。”樵夫于是将一条麻绳垂下，对孟良说：“我等救了大王，大王不要失信，一定将金银交给我们。”孟良道：“我平生是个有信用的人，只要你们能将我救出，我绝不会食言。”众樵夫曰：“大王可把此绳紧系腰间，待我众人将你拉拽上来。”孟良道：“你等须小心拉扯。”言罢，将绳紧紧缚在腰间，众人将孟良拽至半崖，忽然停住不再拉扯。孟良问道：“为何不再拽拉？”众人回答：“大王身躯太重了，我等已经用尽气力，一会儿再叫几个人过来，才能将你拉上来。”不一会儿，六郎、岳胜等都到了崖上。六郎道：“今日我明白地捉你回去，你服不服？”孟良道：“不是说我们单凭交

战在地上拿我吗？使出这等诡计，算什么本事？”六郎道：“要从地上拿你也不难，今天再将你放回去，你明天敢再来战吗？”孟良说：“这次非我战之过，只要你肯放我回去，我一定整兵再战。如拿住我，我就倾心投降。”六郎道：“这个我答应你。但再放你回去，如果下次在地上拿住你，你不许再次狡辩。”说完，令军士将他放下，让他回营。

杨六郎回到寨中，对岳胜说：“我们已设计擒住孟良两次，他认为不占便宜，肯定会夜里来劫我们营寨，我们可以定计擒他。”岳胜道：“孟良已遭两次被俘之辱，今晚会来自投罗网吗？”六郎道：“今晚他一定会来。”于是吩咐众人在帐前掘一深坑，用木、草搭在上面，然后再用少许土铺盖。又让军士远远埋伏，只留数十员大个子埋伏在帐前，伺机擒拿孟良。众人领计，各自前去准备。

这天晚上，六郎独坐帐中读书。将近二更时分，孟良派出的探子回报，佳山寨中军士都已睡下，安静无备。孟良大喜道："这一次可雪前两次之辱了。"于是乘轻骑，直到佳山寨。只见六郎一人在帐中读书，孟良举斧拍马，直上前去，喝道："匹夫休走！"话还未说完，连人带马，跌入深坑之中。帐外埋伏的大个子勇士一齐冲出，用绳索绑缚孟良，将他从坑中扯了上来。孟良带来的一千余人，被四下埋伏的军士包围，见孟良陷落入坑，料想难以逃脱，全部向宋军投降。大个子勇士将孟良押到帐下，六郎道："我今天再放你回去，等你整军来战怎样？"孟良道："羞愧之心，人皆有之。我虽为盗，岂能毫无羞耻？将军是诸葛亮再世，蒙几次擒住我不杀，我已不胜羞愧，怎有脸要求再次放我？只愿倾心跟随将军。如将军肯收留，我感恩不尽。"六郎大喜道："君能归降，是我六郎的大幸！"

◎［诸葛亮］

三国时期的著名军事家和政治家。他任蜀国丞相时，南方孟获反叛，诸葛亮曾经七次活捉孟获而不予杀害，最终使得孟获敬服诸葛亮，决心不再叛乱。

第二天一早，孟良禀了六郎，回洞召集手下共十六员头目，一起来拜见六郎。六郎设宴款待众人。酒过三巡，六郎道："如今辽国屡次犯边，我大宋受害，又不能除掉他们，只是因为没有任用有力的将佐。此山寨犹为关键处所，只恨我兵微将少，担心不能在此久守，有负朝廷之托。你们如果遇到名士，可不惜重金聘来，和我同守此地。"孟良道："此去六十里外，有一座芭蕉山。山势险恶，其中聚集强人数百，为首的姓焦名赞，生得面红，眼似铜钉，有万夫不当之勇。如要和辽国打仗，这样的人，不可不得。"六郎听罢，大喜道："我亲自带礼物去招他来。"孟良说："此人极其凶恶，就算将军领众人前去，也不一定能将他召来。"六郎道："我对他推心置腹，何愁他不降服？"孟良道："虽说诚能动物，但依小人说，将军还是不要去了，小人一向与他相善，还是让我去吧！"于是众人酒散而去。

次日一早，孟良辞别六郎，前往芭蕉山招降焦赞。焦赞正在寨外闲玩，见孟良前来，问道："孟哥哥何来？"孟良道："我现已投降杨六郎了。我看杨六郎智勇双全，定是成大事之辈。想着落草为寇，终究不是个了局，不如同他镇守佳山。日后如能立功，生享爵禄，岂不大遂平生之愿？今天我特来请哥哥一同去助他。"焦赞也不答话，径自穿上披挂，手拿铁锤说："我认得你，我手中铁锤却不能认你。"

孟良见他来势凶狠，遂跳上马回到佳山，入帐告知六郎："焦赞此人性情顽固，招之不来。不如明日将军领兵与之交战，众喽啰定会跟他出阵，巢穴空虚，可令岳将军领兵五百，悄悄地到他洞前埋伏，待他一出交战，那边就攻打其寨。小人领兵数十，从芭蕉山后攀藤而上，到他寨中放火，然后从里面杀出，将军从外面杀进。我们里外夹攻，不怕他不降。"六郎答应依其计策进行。

次日，六郎领兵直到芭蕉山寨前叫阵。焦赞引众喽啰出战，只数回合，六郎佯败而走。焦赞拍马赶来，六郎复与之交战数合，又诈败而走。一直将焦赞诱出山十里之外。岳胜见焦赞离开，径直到洞前呐喊，四围把守的喽啰怕被岳胜攻破，一起到寨前防御。不想孟良引数十壮士从山后攀附而上，到寨中放火。火焰腾腾，吓得众喽啰各自奔逃。

六郎远远看见寨中火焰冲天，又回马与焦赞战了数回合。六郎见焦赞只管迎敌，便挥鞭笑着说道："你的山寨已被我们烧了，为何还在此苦战？"焦赞回头一看，只见火焰冲天，于是拨马便回。六郎从后追赶杀来。而岳胜、孟良也从山寨杀出，焦赞一看，敌不过他们，遂下了马，走上山坡。那半山水多，石头上生了很多苔藓，六郎手下的步兵一看焦赞走上山坡，都赶了上来。焦赞逃得慌，爬到半坡，踩着苔藓，不小心滑跌下来，众军上来将他按倒捆绑，押回山寨中。

◎ [苔藓]

一种小形的绿色植物，结构简单，喜欢生活在阴暗潮湿的环境中，一般生长在裸露的石壁上或潮湿的森林里。人行走在上面很容易摔跤。

六郎升帐，大伙将焦赞绑在阶下，六郎亲自为其松绑，对焦赞说：“今天让英雄受惊，请英雄不要见怪。现如今辽国侵我边境，如果足下愿意一同征讨，我马上奏请朝廷加封官职，不知尊意以为如何？”焦赞心想，天下竟然有这般好人，若我捉拿了人来，只一刀就要结果性命，怎舍得释放？听完六郎之言，便跪下拜道：“小人愿居将军帐下，请将军收留。”六郎大喜，于是置酒设宴款待焦赞等人。

人物点击

岳胜

济州人，杨六郎手下大将。生得面若凝脂，神清气朗。舞得一口大刀，有万夫莫敌之勇，人称“花刀岳胜”。在六郎动身镇守边关时，王钦有意挑选老弱病残的兵士交给六郎指挥，岳胜希望跟随六郎建功立业，于是将自己的脸涂黄，最后被选进六郎军中。因他武力过人，心思细密，很快在军中崭露头角，深得六郎信任。曾帮助六郎收服焦赞、孟良等勇将。在征辽过程中，力战辽将萧天右、耶律庆等人，对破辽事业有很大贡献。后来被封为苏州团练使。

第十回 忠孟良巧入幽州

杨六郎既得诸将，遣人进表送到汴梁，请朝廷授给诸将职务，同守三关，以防辽国。真宗览奏后与群臣商议，寇准道："杨六郎收服草寇，对朝廷十分有益。陛下应当从其所请，使其手下人安心。且现在得力之人多，能大振声威，震慑辽人，让他们不敢南侵。"帝允寇准所奏，遣使前往三关，封六郎为三关都指挥使，岳胜、孟良、焦赞三人为指挥副使。

使臣往佳山寨宣读圣旨毕，六郎接旨，同众人一起遥望汴梁拜谢皇恩。送走使臣后，六郎又遣人往胜山寨招陈林、柴敢前来。从此，三关之上吊起杨家金字旗号，威震幽州，辽人非常畏惧，犯边次数减少了很多。

这天正值八月十五中秋佳节，六郎和众将一起饮酒赏月。酒过三巡，六郎心中不由得想起了老令公和七郎，于是将令公和七郎被害之事，与众将细讲了一遍，少不得大大悲伤了一回。那孟良在一旁听得仔细，心想，不如今夜乘着月色，悄悄潜出营寨，到胡原谷去取老令公骸骨回来，也好报将军三次不杀之恩。于是等到众人散后，孟良一番收拾打扮，独自往胡原谷而去。次日天明，寨中军士寻不见孟良，前来回报六郎。六郎大惊道："昨天宴席上还尽兴痛

◎［骸骨］尸骨。

饮，今天早上怎么就不见了？”岳胜道：“孟良不过一个贼寇，恐怕是嫌这里受制，得不到自由，因此一个人逃走了。”六郎说：“此人性情刚烈，绝不会逃走，定是有别的什么事。”众人也都迟疑不定。这一天，六郎闷闷不乐。

孟良独自前往胡原谷，寻找令公骸骨，不料无人知晓。忽逢一位递送公文者，孟良想：“这人或许知道些消息。”于是问他说：“杨令公骸骨原埋在此处，如今怎么找不到了？”那人道：“前段时间，萧太后不知因为什么，命人将骸骨掘起，埋到红羊洞中去了。”孟良听完后想：“我专为此事而来，如果不能将骸骨带回去，岂不是徒劳无功？不如潜入幽州，见机行事。”

于是孟良朝幽州行进。就在他快要进城的时候，遇到了一个老渔夫，孟良问道：“您今天是否要进城？”渔夫答道：“明日一早要去献鱼，怎么能不快点进城去呢？”孟良道：“那为何事献鱼？”渔夫道：“明天是娘娘圣寿之日，每年这个时候都要进贡鲜鱼庆贺，不能延误。”孟良暗喜道：“帮了我大忙了。”于是对渔夫说：“我是个养马的，今天也要进城。不如我们一起进城去吧。”于是渔夫走在前，孟良跟在后面。进城后转过城南幽僻之处，孟良趁机将渔夫打晕在地，剥了他的衣服，自己穿着，然后戴着牙牌，提鱼入城。遇到守门者盘问，孟良道：“我是黄河渔夫，进城给娘娘献寿礼，现有牙牌在此。”守门者看有牙牌，于是将孟良放进城中。

◎ [牙牌]

古代官员所用的一种牌记，多用象牙或兽骨制成，上面写有官员的官衔、履历，在进出宫殿和重要城市时需要用到，相当于通行证。

次日一早，太后设朝，文武百官拜贺完毕，侍臣奏道：“黄河渔夫进鱼上寿，现在正等在午门之外，不敢擅自进来。”太后于是传令将渔夫召进朝中。孟良献上鲜鱼，太后道：“明天前来受赏吧。”孟良拜谢而退。萧太后令有司大摆宴席，文武百官尽情饮酒。

且说辽国文武百官饮酒至二更天方才散去。次日，众官谢宴完毕，有一近臣向萧太后奏道：“西羌国进贡大宋一匹骕骦良骥，路

◎ [骕骦]

是古代一种良马的品种。

过幽州时，被守关军人夺了过来。”萧太后命将马匹牵进来观看。只见这匹马碧眼青鬃，红毛卷纹，高六七尺。太后看罢大喜，令有司专门看养。

孟良得知此事，密往探视，发现果然是匹良马。于是寻思着先取回骸骨，然后想办法弄到此马。于是他先抽身往红羊洞而去。只见那里有一石匣盛着令公骸骨，孟良取来包袱，将骸骨裹好，走到洞口，不料碰上了辽国军士，军士喝道：“你是何人？想来肯定是奸细。”孟良道：“小人是黄河渔夫之子，前日献鲜鱼给娘娘祝寿，蒙娘娘赏给小的父子酒食。不料小的父亲被酒醉死，本欲带尸身回去，路途又太遥远，只能到此来焚化尸身，将骸骨取回归葬。”说完大哭。辽兵见他哭得真切，就相信了他，将他放出洞来。孟良既得脱身，赶紧回到住处，将骸骨隐藏好。

第二天，孟良到药铺买了些曼陀罗花，回到住处捣成粉末，带进马厩中去。只见辽人正在煮豆。孟良于是靠近槽边，将药撒了进去。那马凑到槽边吃东西，结果被药麻倒。等到喂马的军人用豆来喂它，那马丝毫不动。军人赶快报告给司官，司官急奏太后。太后道：“马不吃东西，难道因为你们照顾不周？”司官奏道：“并非臣等照顾不周，想来那马匹定是因为从异乡来此，不服水土。请娘娘发下榜文，看能否招取能医马的大夫前来。”

◎［曼陀罗花］

原产在印度，是一种中药材，有麻醉作用，又被古人称为“蒙汗药”。

太后立刻允奏，吩咐贴出榜文，悬挂在宫外。孟良看到榜文，直接揭之，在守军带领下来见太后，太后见是渔夫，于是问：“你还会治马？”孟良回答说：“小臣祖上专门治马，因此小人对医马也略知一二。”太后道：“我非常喜欢这匹马，如果你能治好此马，我一定封你做官。”孟良拜谢完，同司官来到厩中，假意仔细看马。看了一段时间，孟良说：“这匹马初到此处，不服水土，食豆太多，以致肚腹膨胀，因此不能进食。”他命军人让马倒下，拿净水为它洗口，再用甘草末调水，为马灌了几碗，然后将马放起来，用草料喂食。那马很快康复如故。

第二天一早，司官进奏太后，说马已治好。太后闻奏大喜，宣孟良进殿说："卿医治好这匹马，我封你为燕州总管，以表彰你的功劳。"孟良叩头谢恩，心内寻思："我本来是为得到这匹马，也不想要这个官职。"于是他向萧太后奏道："幸蒙娘娘授给职位，小臣感恩不尽。但此马虽然病愈，无奈病根还未除。如果不好好加以调理，之后恐怕还会再发，到时候就难医治了。小臣想将它带到住所，调养几日，等到它痊愈后再送回来，这样才能保证无虞。"太后道："卿所说很是有理。"于是让孟良带着马往燕州而去。孟良领旨后退到住处，取了令公的骸骨，辞了店主，当即跳上骕骦良骥，不去燕州，直接飞奔佳山寨而去。

因孟良上马后，直接往三关而去，探卒飞报幽州总督，总督将此事急奏萧太后。萧太后大惊，立即命萧天右率领轻骑五千追赶。天右领旨，引军直追孟良。孟良跑到半途，回头一看，发现后面飞尘滚起，心想，肯定是太后发兵追来了，于是拍马疾奔。等到了三关地界，早有哨兵遥望孟良骑马归来，忙报给六郎。六郎急令岳胜等出去看看究竟出了何事。岳胜等得令，披挂出马瞭望，只见孟良高声叫道："辽人在后面追赶得很紧，诸位弟兄快来接战！"岳胜道："你先入关休息，这里有我等迎战辽兵。"孟良即骑马入寨。

岳胜等人摆开队伍，不一会儿，萧天右赶到，他横刀策马，厉声骂道："贼徒！盗我骕骦良骥，快快献还，尚可饶你性命；不然，我就踏平三关！"岳胜道："好辽贼，竟敢放出如此大言。"于是舞刀跃马，直取天右。双方交战十数回合，焦赞从一旁杀出，六郎又驱军从后掩杀。萧天右看见阵势强大，于是拨马便走。岳胜等人乘势追杀，辽兵大败。直赶至澶州界内才收军而回。萧天右被杀得只剩十余骑回去。

◎［澶州］

在今河南濮阳一带，当时是宋辽边境的一个城市。宋辽两国曾在此激战，后来达成协议，两军停战，由宋朝每年送给辽国一定数量的财货，史称"澶渊之盟"。

六郎回到寨中，问孟良道："为何独自到幽州去？"孟良将缘由详细讲给六郎听了一遍。六郎道："是我让你受累了。"于是遣人将令公骸骨送回祖陵归葬，又派人将骕骦良骥献给朝廷。使臣到了汴梁，将宝马献给真宗。真宗大悦，对群臣说："此马本来是献给朕的，却被辽国人夺了去。幸而朕有杨将军等才夺回此马，可见我国中有人。你们说我以什么方式表彰杨将军呢？"八王道："当用酒水和丝帛犒赏其军士。"真宗允奏，正要遣人给六郎军中赏赐物品，忽然近臣递上澶州守臣表章，说辽兵现在正侵扰边地，请朝廷发兵抵抗。真宗看罢，问君臣道：“辽兵侵犯澶州，让谁人领兵讨伐最为合适？”八王道：“佳山寨与辽相隔不远，可直接让杨将军领兵讨伐。”真宗允准，于是派遣使臣，带着诏书和犒赏之物，向三关而去。

使臣不日就到六郎寨中，六郎等叩头领旨，然后将朝廷赏赐的缎匹和美酒赏给诸将。六郎对众将道：“现在辽国兵犯澶州，皇上命我抗击，你们谁肯领兵先行？”孟良道：“这祸是小人闯的，小人愿意领兵迎敌。”六郎道：“萧天右是辽国名将，你引兵先行，要用计谋迎敌。”孟良道：“请将军放心。”六郎又道：“你要小心提防，不可擅动造次。我马上带领众人从后面掩杀。”孟良于是领兵五千离去。

六郎又唤来岳胜道：“你带三千兵，埋伏在澶州边上，等到敌人战到一半，可出来攻击。”岳胜领命而去。六郎自己则统领三千步军在后救应。

孟良带兵来到阵前，辽卒飞报天右，天右对耶律第等人说：“拐我娘娘宝马的就是这个孟良。现在既然是他来与我军交战，你等助我削平三关，将马匹夺回，我一定奏请娘娘重加奖赏。”耶律第道：“想这盗马之贼有什么本事，我等一定要捉住他，以慰元帅之心。”于是，天右下令摆开阵势。

宋兵气势如虹，孟良全身披挂，提斧策马，立于两军阵前言道：“辽贼被我杀败，现在不退，是想送死吗？”天右大怒，骂道：“偷马贼也敢出来应战，真是不知羞耻。”举枪直取孟良。孟良与天右战至数十合，不分胜负。辽将耶律第上马助战，不防岳胜一军从山后杀出，与耶律第交手。两军鏖战良久，天右勒马败回，孟良也不紧追。

次日，六郎命陈林、柴敢守寨，令岳胜引刘超、张盖先战。

又令孟良、焦赞引王琪、孟得、丘珍、郎千分左右而出。众将得令而去。

人物点击

萧太后

名绰，小名燕燕，是辽景宗耶律贤的皇后，北院枢密使兼北府宰相萧思温之女，历史上被称为“承天太后”，是辽史上著名的政治家、军事家。萧氏是辽国的大姓，长期与皇室耶律氏结为姻亲。辽景宗即位后希望励精图治，但因自幼身体不好，军国大事经常依赖萧燕燕。辽景宗死后，圣宗即位，萧燕燕被尊为承天皇太后，当时她才三十岁，由此开始了辽国著名的“承天后摄政”时期。萧太后有着杰出的军事才能，曾经多次组织南侵宋朝，强迫宋立下“城下之盟”，成为宋朝的心腹大患。同时，她在辽国选用汉人，消除民族不平等待遇，使辽国的国力达到鼎盛。《杨家将》中的萧太后，是一位时刻伺机侵宋的女强人。在屡次侵宋失败后，最终自缢身亡。

第十一回 为解围五郎下山

萧天右对部下说："孟良、岳胜英勇难敌，且部下皆是顽抗之徒，都极能厮杀。如果我们就是死战，到头来只能是徒劳无功。不如设计对付他们。"耶律第道："元帅有何良策？"天右道："南面有一山谷，名叫双龙谷，其中有一条小路，可达雁岭，只需先得一人带领骑兵三千，埋伏在谷口，待我将宋人引入谷中，你们就出兵截住谷口。如果宋人冲突而出，你们就用弓弩射之，不超过半个月，宋人一定都会饿死在谷中。"耶律第应声道："小将愿往。"天右道："你能去，再好不过。"耶律第领命引军而去。天右又唤黄威显道："你引步军三千，屯于雁岭之上。等我引军一出，你就滚石下来，塞断下面的道路。同时要多张旗帜，使敌人不敢登山越岭。"黄威显领命而去。

天右吩咐已毕，忽报宋将在寨外挑战。天右披挂上阵，摆开架势。岳胜舞刀先出，大骂道："你这砍不死的贼奴，还敢出战！"天右大怒，挺枪便刺。岳胜与天右战到数合，孟良、焦赞从左右冲出，天右力战三将，六郎从旁挺枪便刺。不料天右身段敏捷，巧妙躲开。六郎想，这家伙不是常人，定要用计擒拿。只见岳胜等人乱刺天右，天右败走，三人紧追不舍。六郎恐三人有失，也随后追赶而至。就这样，三人被天右引入谷去。六郎见山势险峭，树木茂盛，急忙鸣金收军。忽听得谷口金鼓齐鸣，喊声大振，孟良等拼死冲出，只见万箭齐发，宋兵被射伤者不计其数。孟良等于是退入谷中。六郎道：“你等仗着血气之勇，只管赶来，不想被他诱入，无计得以脱身，如何是好？”孟良道：“那头有条小路可通雁岭，他们今天既然走到这里，一定是从那里出去。他们欺我等不明路径，我等也可趁此赶杀，从那里出去。”六郎道：“既有小路，快冲杀出去。”等他们赶到雁岭，只见辽兵无数，俱在山头，用檑木滚石，塞断去路。又见漫山遍野，皆是辽军旗帜。焦赞道：“此地难得冲出，还是从谷口冲杀出去。”六郎道：“不可，只是增加伤亡。辽军现在锐气正盛，不要跟他们正面冲突，不如在此稍微歇息，等到他们疲倦之时，我们再杀出不迟。”岳胜道：“如果我们久困谷中，内绝粮草，外无救兵，辽军再趁机杀来，那时我们人困马乏，如何抵挡呢？岂不是只能坐以待毙？我看还是依着焦赞之言，奋力杀出才是。”六郎道：“救兵倒是有，只是无人去取。”孟良曰：“救兵在哪儿？小将愿去取来。”六郎道：“这里离五台山有三十里之遥，我兄长杨五郎在五台山寺中为僧。你去请他来，即可解除此围。”孟良道：“将军等在此忍耐，等小将潜出谷去，到五台山请得将军兄长来。”说完，打扮成辽人模样，辞别六郎和众人，星夜偷出雁岭。路中遇到辽军巡视官，孟良一刀砍倒，取了军人的装束和铃铛，绕营而摇，同时高声叫道：“牢牢把把，莫教走了杨郡马。牢牢守守，莫叫走了宋蛮狗。”他看辽人并未发现异常，就翻过山岭而去。

◎ [檑木滚石]

古代两军交战时，从高处推下用于撞压敌人的木头和石头。

孟良走过山岭，星夜赶到五台山。正要进山门，忽见一行者。孟良问：“杨五郎师父在寺中否？”行者问：“君是何人？找杨师父有什么事？”孟良道：“我不是别人，是六郎将军差遣来的，烦请为我通报。”行者听闻是五郎家中之人，就引入寺中，禀知五郎。五郎出来相见毕，问道：“你是何人，到此有什么事情？”孟良道：“小

◎ [山门]

由于以前的寺院多筑在山林之间，因此，用山门代称寺院外门，也用来直接代称寺院。

将名叫孟良，因杨将军招归帐下，一同镇守三关。现如今辽兵侵犯澶州，朝廷命杨将军兴兵讨伐。不想他被辽人诱入双龙谷中，伏兵截住谷口，不能得出，现在怕是粮饷已绝，外面又没有救兵，所以特地遣小的来求师父帮忙。”五郎道：“为何不表奏朝廷发兵相救？”孟良道：“救兵如救火，等到表文到达朝廷，杨将军恐怕已饿死在谷中了。因师父离谷较近，所以特来拜请，请师父念手足之情，暂且前去救助。”五郎又道：“我是出家人，本来发誓不再杀生，怎能再临战场呢？再说我长期不摸枪，骑射不精，去了恐怕也帮不上忙。”孟良哭诉道：“求师父以慈悲为怀，此行救我众军，阴德甚大，远远胜过念千声佛。请您不要推辞。”五郎道：“出家多年，我早已没有了战马，让我怎么跟敌人交战呢？”孟良说：“只要师父肯去，要马不难。小将这就回佳山寨取得马来。”

五郎道：“我身躯太重，寻常马匹很难乘载，只有骑上八王所乘的千里风、万里云两匹宝马才能下山去救助你们。”孟良道：“如果师父一定要这两匹马，小将只能星夜前往八王府去借了。”五郎道：“只要有这两匹马，我立刻就下山，绝不推辞。”孟良告别五郎，星夜赶往汴梁。

没用多长时间，孟良来到汴梁，直往王府中拜见八王。孟良将借马解围的事情，详细对八王说了。八王道：“杨将军可否有书信来？”孟良道：“将军被围困在双龙谷中，小将现在是从五台山而来，没带书信。”八王道：“既然你没有杨将军的信，我的马就很难借给你了。”孟良哀求说：“小将绝非为了自己的私利，而是为了朝廷安危，求千岁爷念在朝廷分上，借我宝马。”八王道：“你一定要借，就快去让杨将军写来书信。”孟良道：“等到我回去讨来书信，定要费去很多日子，到时岂不会让杨将军饿死？”八王道：“你这贼人，叫你去要来书信，你就是不肯，一定是想平白骗走我的宝马。”孟良道：“小人哪有这么大胆量，敢拐走千岁爷的宝马！”八王道：“你我素不相识，现在只凭你一面之词，就想借走我的宝马，这绝不可能！你赶快走吧，不然我就让法司将你捉去，审讯问罪！”孟良见八王发怒，只能退回天波府去见佘太君。

孟良到府中见到佘太君，对佘太君说：“杨将军被困在双龙谷中，遣小将往五台山求五郎师父帮忙解围。五郎师父定要八王宝马方肯出山来。小将只得来京向八王去借。不想八王见小将没有将军书信，不相信小将，坚持不借给宝马。小将无奈，只能来和老太太商量，看下面该怎么办。”佘太君听完，哭道：“我丈夫和诸子降宋，都死在战场，只有六郎尚存。如今若有个三长两短，我就无依无靠了。”九妹在一旁听着，安慰道：“母亲不要忧虑，哥哥遭遇困境，等我和孟良同去救助。”佘太君道：“你念及手足之情去救，这固然是好事，但是到了那边，一定要凡事斟酌而行，不要出了什么差错。”九妹领命。孟良道：“小姐既愿同去，就请先到城外四十里的驿馆等待，小将今晚要前往八王府中偷取宝马。”九妹回房收拾行李妥当，辞别佘太君，就往城外驿馆去等孟良。

◎［驿馆］

古代专门用来为传递公文和办理公事的人提供中途休息、换马之用的馆舍，一般都修筑在交通要道旁，隔一段距离就会有一个。

黄昏时分，孟良悄悄潜入八王后花园中，往敕书阁放了一把火。瞬间火焰冲天，军校赶紧报告八王。八王大惊，命人去救，守厩之人全部出动都去救火，孟良趁府中大乱，马厩无人看管，就跑到马厩中，偷取千里风，牵到后花园，开门上马跑出城去。等到众人灭了火，看马的人来拴千里风，却不见宝马。看马者急报八王。八王怒道：“不想被这贼人算计，盗走宝马。”于是吩咐左右牵来万里云，八王出门一跃而上，往城外追赶孟良。

孟良得到千里风出了城，心中非常高兴。正行进间，忽然听到后面马铃声响，风驰电掣一般。不一会儿，后面一骑就要赶到，原来是八王驾着万里云前来。只听八王骂道：“贼人，快将宝马留下，我饶你今天之罪。”孟良大惊道：“王爷怎么走得如此迅速？”忽又想出一个点子，将千里风推到泥沼之中，自己跑到茂林间躲藏了起

来。等八王赶到前面，见千里风陷于泥沼中，笑道："这个贼人，怕我追上他，就将马推到泥沼中，让我来救马，他自己却好借机逃走。"因为担心烂泥陷坏了宝马，八王于是跳下万里云，往前来看千里风。树林中的孟良眼瞅八王下马，赶紧跑出树林，跳上万里云，叫道："殿下莫怪，我借此马，等击退了辽兵，定当奉还给您。"说完，扬鞭策马而去。八王懊悔不已。不一会儿，军士赶到，从泥沼中抬起了马，八王道："孟良盗去了我的万里云，如何是好？"军士道："王爷不必担心，想来他肯定是用宝马去救杨将军了。不然，为何要拼命盗走此马？他救出了杨将军，一定将马送还。"八王听了众人的劝解，心中稍安，于是骑着千里风回府去了。

第二天一早，孟良到驿站与九妹会合，告知她昨晚盗马的经过。九妹道："你果然很机敏，这马真是宝马。你现在尽速赶到五台山，将马交给五哥，请他下山救应。我直接前往澶州寨中等候。"孟良骑马前往五台山，见到五郎，告知盗马的经过，并说了九妹同来之事。五郎道："你果然是忠心报主。"于是清点头陀五六百人，扯起杨家的旗号，往澶州进发，去救六郎。他们很快便到了寨中，五郎见过九妹。九妹说："六哥受困山谷之中，想他此时一定是如坐针毡，我们今夜就杀入辽营，给六哥解围如何？"五郎道："辽兵声势浩大，不要轻易犯其锋锐，我们可先去探知信息，然后出兵。"

◎ [头陀]

苦行的方式之一，去除尘垢和烦恼，弃除对衣、食、住、行的贪念，以修炼身心。也指进行这种苦修的僧人。

辽国探马得知五郎救兵已到，急忙报告给萧天右。天右对诸将说："杨五郎骁勇无敌，我有一计，可让他自行退却，同时也将六郎困死在山谷中。"耶律第问："不知元帅有何妙策？"天右道："可抓住宋国百姓，挑选出面目与六郎相似的，将其枭首，悬挂在外，然后让军士声言，六郎等都已经饿死在山谷中，昨天被我军枭首。宋兵见了六郎首级，一定会自行退去。"耶律第道："真是妙计。"于是天右让人叫来所捉的宋人，挑选一个貌似六郎的，残忍地杀害了他，并将他的首级悬挂在竹竿上，散布消息说六郎等人已经被枭首了。

宋兵探子听到这个消息，慌忙报告给五郎。五郎大惊道："六弟被辽人围困已久，辽人乘虚杀进山谷将其杀害，说得也很可信。"于是吩咐九妹出营去看那首级。九妹披挂上马，让人通报辽帅取首级来看，如果真的是六郎，就马上退兵。天右听了这话，马上让人将首级挑出寨外，给宋人观看。九妹看那首级与六郎非常相似，挥泪骂道："辽国瘟奴，不报杀兄之仇，我誓不回军。"于是回营告知五郎。五郎道："杨门何其不幸！不想六弟也被害死。看来我是白白下山了。"但一旁的孟良不信此事，他说："这事肯定有诈，杨将军困在谷中，部下岳胜、焦赞，都是威猛的虎将，怎会不尽力救护？

如果救护，为什么单单只杨将军被砍了首级？再说，难道就没有一兵一卒逃出来吗？”五郎一听，孟良说的果然在理。于是吩咐孟良，让他悄悄潜入山谷，看个究竟。如见到六郎，就告知救兵已到。孟良领命而去。

人物点击

杨五郎

名杨延德，杨继业的第五个儿子。在随父为太宗护驾时，因形势紧迫，五郎无法脱身，故而削发为僧，来到附近五台山当了和尚。其后在杨家西征时，曾经多次下山，解救杨六郎。在杨六郎被辽军围困时，五郎曾假扮成辽国的同盟陀罗国的救兵，前往援助辽国。在获取萧太后的信任之后，潜入幽州城牢中救出杨九妹，随后带领手下僧兵与六郎内外夹攻，让六郎和宋军顺利脱险。后来，杨五郎又带领自己训练的僧兵参加了大破天门阵的战斗，为最终的破辽之战立下了大功。

第十二回 杨家将大破辽兵

孟良去后，九妹对五郎说："兵者，诡道也。辽人居然诓骗我等。我要去探知辽人底细，让他们无法得逞。"五郎道："你不能去，倘有闪失，岂不是自陷险境！"九妹道："不用担心，我自有分寸。"说完，九妹辞别五郎，女扮男装，出营而去。这一天，九妹游至天马山，深入山中，迷失了方向，于是就沿着山麓前进。路中遇到数十个辽兵，九妹抽身向山后走去，忽看见一处小尼姑庵。九妹进入庵中，庵主问："你是什么人？进山有何贵干？"九妹道："我是杨令公之女杨九妹。因我六哥被辽人困在双龙谷中，今天我特来探知消息，不想到此竟然迷失方向，又遇到辽兵，特来贵庵躲藏。望师父救我一命！"庵主道："你好大胆子，怎敢孤身一人来到这里？我今天如果不救你，看你怎么逃过辽人的追赶。"刚说完，即让九妹脱下外套，取下弓箭，穿上僧袍。这时辽兵正好赶到，抓住了九妹。庵主道："你们为什么要抓我庵中之人？"辽兵道："她既然是你庵中的人，为何身上带有兵器？"庵主笑道："我们山中多有虎狼，出门一定要带兵器防身。我刚刚从雁岭庵回来，让她到山后施主家去，约定明天一起到雁岭庵赴佛会，因此叫她随身带着弓箭防身。"辽兵一听这话，就放开九妹说："她能射箭，想必也一定会拳棒，

◎［山麓］

山坡与山坡周围平地相接的部分叫做山麓。

我要同她比试比试。如果不肯，我一定将他拿去见娘娘！”庵主道：“她和你往日无仇，近日无怨，为什么一定要苦苦相逼？”辽兵道：“最近辽宋交战，娘娘传下严旨，让各处关隘都要严加巡视，以防宋人奸细打探消息，我们怀疑此人就是奸细，因此一定要比试比试。”九妹道：“师父不必忧虑，任凭他们比试便是。”说完，就走出庵门和辽兵相斗。结果使枪弄棒，辽兵无一能敌九妹，辽军于是告退回去。九妹也辞别庵主。庵主道：“你来此肯定会遇到很多艰险，一定要探到重要消息才好回去，这样也就不枉来这一趟了。要不你在这里等两天，我去帮你探访探访怎么样？”九妹一听，这样也好。于是答应庵主，暂住在庵中。

那辽兵原本是丞相张华的家丁，与九妹比试不过，一路上叹息不止。等回到府中，对张华禀告说：“小的几人偶然到天马山打猎，路上遇到一个修行之人，武艺娴熟，我等十几人居然没有一人能打得过她。”丞相道：“既然有这样的勇士，我请人召来去见娘娘，封她官职，一起伐宋，岂不更好？”于是派人往天马山去请九妹。

来人到了庵中见到庵主，说明张丞相来召九妹的事。庵主问九妹道:“张丞相遣人来召你，如何是好？”九妹道:“既然是丞相来召，我自当答应。”庵主不解其中缘由，于是将九妹叫到庵后说：“你是宋国人，一旦被人认出，小命就难保了！为何这么轻易就答应了？”九妹道:“幸蒙师父相救，如此为我考虑，我非常感激，但此行怎么做，我自有分寸，师父不必为我担心。”庵主警告说：“这样的事，实在太危险。他日如果你遭了祸，可不要怨我没提醒你。”言罢，九妹辞别庵主，和来人一起往幽州而去。

这日，九妹等人一起到了幽州。仆人将她引入张华府中。参见过后，张华问：“你叫什么名字？生于哪里？”九妹道：“小人姓胡，名元，祖籍太原。幼年习文，后又练武，但武艺不精，于是弃了家庭，来到这里修行。昨天接到丞相召唤，不敢违命，今天特来拜见。”

张华见九妹声音洪亮，言语激烈，神采俊秀，非常高兴。于是让人安排九妹在书房暂歇。九妹连忙道谢。张华走进后堂，见夫人道：“月英长大了，现正当婚配，还没合适人选。昨天我在天马山招得一位壮士，文武全才，我非常喜欢他，要将月英许配给他，不知夫人意下如何？”夫人道：“相公既然已经看好，妾身还有什么意见？”张华大喜，次日命人将招赘的事告知胡元。胡元道：“此事我也愿意。但还是等到杀退了宋兵，再回来成亲不迟。”其人将胡元之言告诉张华，张华道：“如果能这样，老夫门楣也更有光了。”又将胡元的事奏明萧太后。萧太后大喜，封胡元为破宋大将军，领兵三千，前往萧天右军营助战。

◎ [门楣]

即门框上的横木，当一家之中，遇到有人中状元、立战功或其他喜事时，就会在门楣上结彩或者悬挂匾额，以示表彰，即“光耀门楣”。

胡元领旨后，谢恩退出，辞别张华，领兵来到澶州，在西边扎一营寨。正要去见萧天右，忽报杨五郎挑战。胡元单骑而出，跑到阵前，大叫宋兵速退，不然立刻就要遭殃。五郎见来人是杨九妹，惊道：“贤妹如何领辽之兵出战？”九妹道：“一言难尽，但请五哥佯败回营。”五郎于是与九妹交战数回合，佯败退回本阵。九妹也不追赶，收兵回营。兵卒报知天右，天右大喜，派人请九妹进入帐中，商议退敌之计。不料辽营中人认识九妹，悄悄对天右说：“前几天来看杨六郎首级的，就是此人，元帅要小心提防。”天右大惊，喝令军士将胡元擒拿，胡元道：“我有何罪，元帅为何捉拿我？”天右道：“日前你来看六郎首级，现在又来诈降，以为瞒得过我吗！”说完，喝令左右将九妹囚于营中，次日遣军士押回幽州见萧太后。萧太后闻奏，问张华道：“卿为何用人这么不小心？”张华道：“臣实不知此人底细，求娘娘恕罪。”萧太后于是将九妹打下天牢，等到擒住其他宋人，再一起处置。

◎ [天牢]

设置在京城中由朝廷直接管理的一种监狱，用来关押朝廷重要囚犯。

五郎探知九妹消息，立刻与陈林等商议说：“六郎幸而得上天护佑，总算没有大事，但现在九妹被擒，囚于幽州狱中，我要先去救她。”陈林道：“将军有何办法去救？”五郎道：“西方的陀罗国是辽国的同盟。我现在假扮成陀罗国人模样，举兵相助，萧太后一定相信。那时我趁机攻入幽州，即可救出九妹。”陈林道：“将军有此等妙策，一定能马到成功。小将当引军接应。”五郎于是引军悄悄绕到澶州界外，从西部进入幽州，扯起陀罗国旗帜，遣人报告萧太后。萧太后得到消息，即命侍臣召陀罗国统军主帅觐见。五郎得到旨意，进于殿中。施礼之后，萧太后说道：“路途多风霜，让元帅受累了。”五郎道：“我主听闻娘娘正与宋国交兵，未决胜负，特遣臣领兵前来助战。这是我主之命，怎敢称劳累。”萧太后大喜，设宴款待五郎，并厚赏军士。酒至半酣，五郎起身告辞道：“蒙娘娘厚赐，我等明日出兵，擒拿宋人。”萧太后道：“军士们远道而来，很是疲劳，暂且先休息几天再行动。”五郎连忙称谢应允。

酒筵过后，五郎辞了太后，将军士屯于城南。并暗令军士们做好准备，趁辽人不知，今晚杀进牢狱，救出九妹。却说天牢中有狱官名叫章奴，听说九妹是杨家府人，就对她以礼相待，总想找机会放掉九妹，只是不得机会。这天九妹在天牢中卜卦，对章奴说：“刚才正好卜一吉卦，今晚就可离开这里。”章奴道：“我早想放君而去，但只怕你走了，我要跟着受牵连。”九妹道：“君随我到南朝去，我表奏朝廷，为君封一职位以为报答。”章奴道：“君肯带我同去，今夜我们就越狱而出，事不宜迟。”说完，二人即分头准备。将近黄昏时，只听得外面炮响连天，五郎引五百头陀从城南杀进天牢。近臣赶紧奏报萧太后，说陀罗国军民反了大辽。萧太后闻奏大惊，急令紧闭城门。五郎独自一马当先，杀入狱中，忽遇九妹正与章奴从狱中杀出，辽人抵挡不过，五郎、九妹在城中左冲右突，又遣人往各处放火，把幽州闹了一晚。然后，引军杀奔澶州而来。天右不知其中缘故，见兵从幽州杀来，还未做好迎战准备，被五郎带人冲杀，部下大乱。耶律第出马对敌，与五郎交战，才两个回合，被五郎一刀砍于马下。陈林、柴敢听到呐喊，知是五郎兵到，于是引军杀出。萧天右见宋

兵声势太盛，拍马逃走。五郎驱马追之，天右回战数十回合，不敌五郎，催马回走。五郎策动胯下万里云，全速赶去，走到近前，提起大斧，将天右砍于马下。然后，五郎挥兵杀进双龙谷中。

六郎听得谷口喊声不绝，知是救兵到了，于是驱兵杀出。孟良一马当先，恰遇辽将黄威显。交马只一回合，孟良一刀砍黄威显于马下。六郎与五郎合军一处，直杀得敌军尸横遍野，血流成河，夺取无数马匹和军器。冲杀过后，六郎收兵，回到佳山寨中与五郎相见，对五郎说："倘若不是哥哥出手，小弟定饿死在谷中了。"五郎道："九妹为了访得贤弟消息，被萧太后囚禁在狱中，我昨日假扮陀罗国人，举兵往幽州城，辽人不察，被我杀进狱中，救出九妹。不然，九妹之命恐怕也难保了。之后我们又趁机杀回澶州，天右不明就里，我引军而至，辽兵毫无准备，一下军中大乱。我军才能趁机遂得全胜，救出贤弟。”九妹道：“小妹在狱中，有一名叫章奴的狱官，待我甚厚。昨晚放妹出狱，还持戟杀退辽兵，不想却被辽兵所伤。此人之恩，恐无以为报了。”六郎于是问起九妹被囚的缘由。九妹就将庵主相救、被张华召往幽州之事说了一遍，六郎于是设宴犒赏诸将。酒过三巡，五郎道：“贤弟与诸位当竭力防御辽人，保卫王室。老母在堂，请六弟、九妹代我尽孝。愚兄就此别过。”说完，辞别六郎九妹，往五台山而去。

六郎回到寨中，写了退辽的表章，遣人申报朝廷，并将万里云送还给八王。使者离开后，六郎命严整队伍，招募英雄，以防辽人再次侵犯。此时萧太后被杨家兵大闹幽州，又得知萧天右等人战死，心中非常不快。于是敕令耶律休哥等人紧守边关，不许妄动。自此宋辽边境安宁了一阵。杨家声威，震动了整个幽州。

◎ [敕令] 皇帝给臣民的命令。

真宗在朝中收到六郎破敌奏表，大喜，与八王商量，命人往军前犒赏众军。使臣领旨后离去。这日散朝，王钦回到府中，心想：“杨家如此英勇，即使我老死在汴梁，恐怕也不能完成破宋心愿。朝廷之上，只有谢金吾与我声气相通，不如请他前来商议，设个计策，将杨六郎害死，也好方便我行事。”想到这里，他差人请来谢金吾。坐定后，谢金吾问道：“下官今日蒙王大人召见，不知有何要事？”王钦道：“圣上宠爱下官，生死难报，这是大人知道的。不想那八王心生忌妒，对我恨入骨髓。前天我因公外出，从天波楼前经过，因没有下马，就被杨府家奴辱骂一番，无比羞愧。本想奏明圣上，又怕八王来作对。细细思之，想来只有辞官上山采樵、钓鱼，闭门不出，才能免受别人欺凌。”谢金吾道：“大人何必自损锐气？如今圣上最亲近的，只有你我二人。八王虽然位尊，怎奈天下不属于他。我们又何惧之有？再说那杨府，现仅存六郎一人，其余都已死于非命。且先帝立无佞门、天波楼，不过表彰他们舍死御敌的气概，现今圣上对他们哪有太深的恩宠？下官明天从那经过，如果他们不说话则可，若敢触犯于我，我当命手下随从拆之。”王钦暗喜，故意对谢金吾道：“谢大人休要惹祸，若拆掉天波楼，佘太君岂肯善罢甘休？一定会上殿参奏，圣上念其功绩，为杨家做主，这样大人岂不要遭殃？”金吾道：“王大人放心，我就是要自生枝节，找机会拆掉天波楼。”王钦假意劝说他，并留他饮酒。谢金吾到晚上才辞谢归去。

人物点击

王钦

辽国左贤王贺鲁达之子，本名贺驴儿，向萧太后献计，潜入宋国做奸细。离开辽国前，他在自己的左脚底刺下“贺驴儿”三个红字，又化装成汉人模样，给自己取汉名为王钦，字招吉。到达汴梁后，他通过欺骗手段获取真宗的信任，后来被真宗任命为宰相。他利用自己的身份打探宋朝的军机，然后向萧太后报告；并利用自己的宰相身份，多次出谋划策，试图让真宗和宋军落入辽国圈套。同时，他想方设法陷害杨六郎和杨家子弟，但其计策被屡屡识破。最后，他的奸细身份被杨四郎揭穿，逃出京城，被宋军抓获后处死。

第十三回 焦赞怒杀谢金吾

◎ [下马碑]

古代在宫殿、孔庙和其他一些重要建筑前竖立的一种碑，上面写"文武官员军民人等至此下马"之类的内容，提示文武官员和民众到此，必须下马行走，以示尊敬。

◎ [朝服]

古代官员和其他有封爵的人在上朝和出席朝廷的重大仪式时所穿戴的服饰。

次日，谢金吾摆队往天波府前经过。靠近天波楼下马碑时，手下禀道："凡大小官员在此经过，都要下马。请老爷下马过之。"谢金吾道："这又不是宫中禁门，为何让我下马！"于是喝令手下敲金鸣鼓而过。佘太君正与柴郡主在厅前小叙，忽然闻得府外金鼓喧腾，命人出府观看。下人回报说谢金吾端坐马上，喝令左右大张锣鼓而过。佘太君怒道："就算是极品公侯在此经过，也要恭敬下马，不敢轻慢。谢金吾职非极品，竟敢如此欺凌！"说完，唤丫头拿出朝服，入朝进奏。侍臣引见真宗，真宗给佘太君赐坐，问道："夫人今日亲自登朝，却为何事？"佘太君跪下奏道："先帝垂念夫君诸子死于王事，特修建天波府、天波楼以作旌表。又令官员人等经过俱要下马，今日谢金吾居然喝令左右敲鼓鸣锣，端坐于马上而过。他如此做，不是在欺老妾，实在是欺朝廷。"真宗听完，安慰佘太君不止。佘太君回到府中，真宗即宣谢金吾升殿，责问："先帝遗旨，你竟敢违抗！佘太君刚才告你经过天波楼前不下马，实系忤逆圣旨，论罪当斩。"金吾奏道："臣哪敢抗旨，但因日前圣上敕命臣带着诏书外出宣旨，臣领命在身，从天波楼前经过，杨府下人要臣下马，臣说实在不便。看这天波楼前大路，本为南北要道。凡有朝贺使节，本来是为陛下而来，如果在此，岂不是有辱皇上尊严！臣本要会同朝臣进奏此事，想那佘太君知道臣会有此举，因此先来向陛下进奏，以塞臣之口。但臣既受陛下重恩，凡有不便朝廷之事，即便刀斧加身，也要力争。请陛下先将臣斩首，然后降旨拆毁天波楼，以顾全皇上尊严，并方便南北往来。”真宗听完，沉默不语。王钦趁机奏道：“谢金吾所说甚得要领，请皇上拆除天波楼。”真宗道：“卿言有理，但暂且让朕考虑片刻。”于是谢金吾辞出，王钦在暗地里不停劝说真宗，真宗于是下令让谢金吾拆毁天波楼。

拆楼之命下达，杨府家丁得知消息，急报佘太君知晓。佘太君对柴郡主道：“现朝廷轻信谢金吾、王钦之言，要毁拆天波楼。如果天波楼被拆，我夫君岂不要蒙羞？”柴郡主道：“此事还请哀恳八王，让他转达真宗，才能阻止。”佘太君道：“事不宜迟，可速往八王府告知情况。”柴郡主即前往八王府，对八王说：“谢金吾妄生事端，无故进奏圣上，要拆毁天波楼。不料圣上竟然允准。妾今日特来哀告殿下，请转奏圣上，如果能收回成命，则杨门不但生者感恩，连死者也会戴德。”八王道：“即便郡主不来说，我也要向圣上进言。只是听说王钦私下里撺掇此事，现在圣上所信任者，只有此二人。他们说此楼不便南北往来，因此圣上深以为然。我想，即便现在我前往进奏，也难挽回局面。谢金吾不过一贪财小人，郡主速归，与佘太君商议，可用重金贿赂他，让他宽限数日，等我找机会向圣上进言，应该能保天波楼不拆。”

郡主领命回到杨府，告知佘太君。佘太君道：“如果能保全此楼，则无限荣耀。就算花光家藏财富，也心甘情愿。但只恐谢金吾不愿接受。”郡主道：“闻得金吾与刘宪关系最熟，可托刘宪遣人送礼，谢金吾一定接受。”佘太君随即命人向刘宪送去财物，托他向谢金吾送玉带一条、黄金百两。刘宪领物，送入谢府。金吾见杨府前来送礼，得意地说：“杨府自认为功高，满朝文武不敢与之抗衡。

今天不是我使出此策，如何知道我的厉害！”刘宪道：“杨府既然对大人服贴，大人可与之行一方便。再说此事也没什么紧要的，大人拖延时日，朝廷也不加追究，大人也可得杨家敬重。”金吾听刘宪之言，于是收下礼物，告诉杨府来人，说暂时不拆天波楼。佘太君大喜，遣人告知八王。不想谢金吾收受杨家贿赂，王钦早已得知。于是密奏真宗，催促马上拆毁天波楼。真宗闻奏，命谢金吾火速拆除天波楼，不得拖延。谢金吾不得已，引军士前往拆楼。八王听知，遣人报告佘太君，说圣意难回，可命人星夜赶往三关请六郎回来商议对策。

佘太君闻知此事，闷闷不乐，寝食不安。八姐道：“此事必须有六哥在，才可阻止，不然日后又生枝节，来拆我天波府。”佘太君问：“六郎未得诏命，怎能擅离三关？”八姐道：“六郎的印信暂且交给部下代掌几天，悄悄回来，等事完之后马上回去，有何不可呢？”佘太君道：“此事须机密行事，派谁去好呢？”九妹道：“小女曾到过三关，就派小女前去。”佘太君道：“你去当然好，但要快去快回。”九妹辞别佘太君，往三关而行。

◎ [印信]

古代从皇帝到百官都有公用的图章，在正式和官方场合使用。相关文书和命令只有盖有印信后才能生效。因此，印信是权力的象征。

九妹很快到了三关，入寨见了六郎道：“谢金吾冒奏圣上，要拆我天波楼。母亲遣小妹来，请兄长星夜回汴梁商量。”六郎道：“难道满朝众臣都袖手旁观，八王也忍心不救？”九妹道：“八王进言圣上不听，因此才跟母亲说要请哥哥回去商议。”六郎不胜愤懑，屏退左右，低声对九妹说：“朝廷没有诏命，我怎能擅离此地？”九妹道：“母亲也曾想到这一层，八姐说暂离数日无妨，请哥哥把印信交给部下掌管，事竣即回。”六郎听完，唤岳胜吩咐说：“京中有紧急事情，我回去一看即来，你与孟良等谨防辽国奸细，须遵照我往日的号令，焦赞若回来问我，只说我打猎去了。不可让他知晓。”遂将帅印交给岳胜，岳胜领受而退。六郎同九妹悄悄离了佳山寨，往汴梁而去。

六郎与九妹星夜兼程，行至半途，忽遇焦赞从林中跳出，叫道：

"将军有何事，为何吩咐不让焦赞知晓？小将在此等候多时了。"六郎惊道："冤家到了。"于是责备他道，"你为何私逃到此？该当何罪？"焦赞笑道："将军不也私离到此，又该当何罪？小将听闻京中无比繁华，只恨平生未见，今天一定要跟将军回去看看，才算遂了平生的心愿。”六郎道：“真让人烦恼。我出来就是怕人知晓，你性情恶劣，到了京师，恐怕会生祸。听我一言，速回三关，我回来后会重重赏你。”焦赞道：“小将不要赏，只要去看汴梁的景致。如不答应，小将先往京中，告知杨将军私离三关。”六郎怒道：“你这畜生太无礼！你去有什么可做的？”九妹道：“只带他一人，想来也无妨。只需对他叮咛嘱咐，不要让他生事就行。”于是六郎答应下来，带着焦赞回到汴梁。

这日，他三人回到天波府，拜了佘太君。佘太君一见六郎，两眼泪汪汪地说：“你父子八人尽丧，现在只剩你一人。我今天一见，忽觉疼上心来，止不住腮边眼泪。叫你回来，没有别的事，只因为先帝因你父子有保驾之功，敕建天波楼作为表彰。现在谢金吾恃宠，欺我杨家，冒奏此楼不便南北往来，圣上听信谗言，下令拆毁此楼。如不能止之，日后天波府恐怕也会被拆掉。”六郎跪下说：“母亲不要伤神，等儿去与八王商量。我父子都为国而死，料圣上定会垂念，收回成命。”柴郡主道：“若得八王竭力帮助，何愁谢金吾小辈！”六郎与家眷一一相见，然后安置焦赞到后面书房歇息，吩咐军校服侍防守，让他不要出府生事。

◎ [敕建]

古代奉皇帝之命修造的建筑称为“敕建某某某”，例如《红楼梦》中，贾府正门有“敕建宁国府”“敕建荣国府”的匾额。

那焦赞路途辛苦，到府中连住几天，感觉闷得慌，于是对军校说：“我跟将军来京，本希望遍游城中景致，早知这般无聊，当初就不来了。你等如肯引我到城中观看一番，我一定多买酒食相谢。”军校道：“放你出去，只恐你生事，那时连累我们，如何是好？”焦赞道：“好哥哥，带我出去，三生不忘。我一定不会惹事。”于是两位军校暗开后门，瞒着六郎，同焦赞一起入城去了。

焦赞与军校进了仁和门，只见人如蚁聚，货如山积。焦赞道：“若非老哥放我出来，怎能见得这热闹场所！”军校惊道：“你好大胆！倘有人盘问，知道你是三关逃军，拿去问罪，不要连累了本官！”焦赞笑道：“就说这么一句，有什么要紧。”

忽行到酒馆前面，听闻里面作乐歌唱，焦赞道：“我们可到里面饮酒三杯而去。”军校道：“这里闹哄哄的，我们很难从容饮酒，当往城东望高楼，寻找一个偏僻去处饮酒。”焦赞听了他这话，与军校往望高楼而去。他三人饮酒至日落时分，军校催他回府。焦赞道：“此地难得再来，请老哥多喝两杯，今晚我就在此店休息，明天回去也不迟。”军校道：“明日将军责罚，我们如何应对？”焦赞道：“不要紧，我自会替你辩解，不会加罪给你。”军校见其性急，担心大声嚷闹被人发现，只能随他的意思。一直饮酒到半夜才停。

不想焦赞却不肯歇息，邀军校乘着月色，东荡西游。游到谢副使门前，听到里面饮酒作乐，欢歌笑语。焦赞道：“这个人家好快活。”军校笑道：“这就是谢金吾的家，是杨将军的对头，当今朝中第一宠臣，最有权势。现领着旨来拆天波楼，将军回来，正为此事呢。”焦赞之前并不知这些情况，此时一听，杀心顿生，对军校说：“你们二人在此等着，待我进去结果了这贼出来。”军校吓得战战兢兢地道：“你不要生出事来，连累我等，可速回客店安歇，明天早点回去，将军还不会知道。不然，我先回去报知将军，一定将你重责。”焦赞怒道：“你二人要走只管走，我今天一定要杀了这狗贼！”二人看他不听，就将他拖到后面墙角边，焦赞说声撒手，挣脱开来，纵身一跃，跳过墙去。

墙里面是谢府后花园。焦赞悄悄进到前厅，谢家人都在堂上饮酒，并无防备。焦赞提短刀直走到谢金吾面前，骂道：“奸贼，你认得焦爷吗？”说完，往金吾头上一刀，砍落其头。众人见了，各自逃生。

焦赞杀了金吾，尚不解恨，于是将谢家老少全部杀掉。正要离开，心想：“谢金吾一家被我杀了，他本为朝廷宠臣，岂能善罢甘休？此祸是我闯下，不如留下真名姓，也不至连累他人。”于是用血大书“杀人者焦赞”几个字于壁。焦赞杀了谢金吾及其家人，解了心头之恨，于是从后花园跳墙而去。

人物点击

焦赞

杨六郎手下大将，本在山中落草为寇，后被六郎收服。真宗听信谢金吾之言，要拆毁天波楼，佘太君召六郎回汴梁商议，焦赞同行。到京后，焦赞闯入谢金吾家，将谢金吾及其家人杀死，由此连累杨六郎，被真宗下旨处死，幸得八王等人用计相救。焦赞因杀人被发配郑州，听说杨六郎被杀，于是逃走，再次落草。后来真宗被辽兵围困在宋辽边境，六郎被重新起用，在民间找到焦赞。焦赞勇猛无比，性格暴烈，与孟良跟随六郎出征，多次建立战功。后来孟良受命前往辽境取回令公骸骨，焦赞在没有通知任何人的情况下试图抢先一步完成此事，不料却在望乡台被孟良误杀。

第十四回 众朝臣智救忠良

焦赞跳出谢府，去找军校，却找不见。于是躲在城墙根，过了一夜。次日清晨逃回杨府。当天巡更军卒发现谢金吾府中被盗，急报王钦。王钦往谢府一看，只见老幼一十三口全被杀死。壁上大书血字，王钦命人抄写，进奏真宗。真宗大惊，命王钦查访。王钦奏道："臣查访得知，杀死谢金吾者，是杨六郎新招的贼徒焦赞。"真宗道："杨六郎镇守三关，怎会有部将来此杀人？"王钦道："杨六郎日前私离三关，带焦赞同来，请陛下派兵围住杨府，捉住他们便知。"真宗允准，命禁军捕捉六郎与凶手焦赞。

◎ [禁军]

本指皇帝的亲兵，北宋时称正规军为禁军。从各地招募，由中央直接管辖，除了驻防京师外，还戍守各地。将领不能调动军队，国家遇到战争时，由皇帝任命领兵将领，通过枢密院颁发兵符，调动军队。

旨意下达后，禁军百十人遵旨而行。当时六郎正与佘太君计议天波楼之事，忽左右报昨晚焦赞入城，越墙到谢金吾府中，杀死老幼一十三口，现朝廷派遣禁军围府抓人。六郎道："这个狂徒，累我家门！"还未说完，禁军一齐进门，捉拿六郎。焦赞听到这个消息，手执大刀，一直杀人。禁军见其长得凶恶，于是放了六郎，不敢近前捕捉。六郎大声道："你这畜生，闯下大祸，还敢拒捕！你自己绑了自己，去朝廷请死吧！"焦赞道："我如今把这些狗奴才都杀了，同将军一起回佳山寨，看朝廷能奈我何！"六郎怒道："你犯下逆天大罪，还说这种大逆之言，你今天若不听我的话，我先斩了你！”焦赞于是放下利刀，老实退下。禁军正要上前来捉，六郎道：“不必你们动手了，吾自己绑缚去见圣上。”于是六郎、焦赞各自绑好自己，随着禁军，入朝去见真宗。

真宗问道：“朕未有召命宣卿，卿怎能私离三关重地，带领部将杀死谢金吾一家？该当何罪？”六郎奏道：“臣罪该万死，请陛下宽宥片刻，听我申诉冤苦。臣父子蒙朝廷厚恩，即使在九泉之下也不敢忘。近日因拆毁天波楼一事，臣母忧虑成疾，生命危在旦夕。臣担心臣母不能见到臣，饮终生之恨，又因三关此时尚属安全，因此偷暇回来，稍微探视就回到三关。虽带回了焦赞，但一直将他监守在家。谢金吾全家被杀，未必便是焦赞所为，请陛下查明清楚。如果真是焦赞所为，请圣上将臣等诛杀，以正朝廷法典，臣不敢求生。”真宗闻奏，迟疑很久。王钦奏道：“杀谢金吾者，就是焦赞。他以血书自书名姓，可以为证。请陛下将杨六郎、焦赞押赴法曹，警示后人，不得妄为。”真宗迟疑不决。八王奏道：“事属可疑，哪有自己杀了人，又肯留下自己姓名者？只是六郎、焦赞私离三关，罪责甚重。应念他镇守三关有功，免其一死。”真宗允奏，命法司为杨六郎、焦赞定罪。退朝后，王钦派人往法司处，将六郎等发配到边远凶恶的地方。时掌法司官黄玉与王钦关系密切，因此依他所说，将杨六郎发配汝州，酿造官酒，每年进献三百坛，三年之后，再听调用。将焦赞发配郑州充军。黄玉将定罪申陈奏明真宗，真宗应允，命杨延昭、焦赞即日起行，又命王钦安葬谢金吾全家尸首。王钦领命而去。

◎［官酒］

古代专门由官办作坊酿制和贩卖的酒。

六郎听到这一消息，不胜悲痛，回家向佘太君辞行。佘太君哭道：“我杨家何其不幸！倘若老身有个三长两短，谁来为我敛骸骨！”六郎道：“儿去三年就回，请母亲不要忧虑。再说天波楼一事，儿与八王已经计议过了，他可保全不拆。焦赞杀了谢金吾，也算为朝廷除了一害。儿多谢八王相救，不然性命难保。这也算不幸中的万幸了。”说完，焦赞入见，向六郎道：“听说朝廷要将将军发配到汝州。”又说，“小将发配为郑州军，现特来请将军回三关寨，不必去汝州。我一生杀了很多人，今天杀了谢金吾，也不是冤枉他。如此奸佞之辈，我为朝廷除害，他们不感激，反而将我充军！”六郎道：“谁敢违逆圣旨！你还是小心往郑州而去，到了那里，小心伺候，到时争取早回三关。如果再玩法不遵，就恐怕永远回不去三关了。”说完，王钦差解军四十余人来催六郎等人起行。六郎先遣焦赞与解军起身，又向佘太君辞行，往汝州方向而行。八姐、九妹直送到十里长亭。

数日后，六郎与解军来到汝州。公人将解文投进府中，呈给太守张济阅过。张济看完，批了回文，发落军人回去，即邀六郎入后堂问道：“听说将军镇守三关，威震辽邦，我等私下认为将军不封国公，也要授个侯爵，现如今怎么反而发配到此？”六郎遂将焦赞杀死谢金吾之事相告。张济叹息不已道：“将军少安勿躁，汝州城西万安驿极好监造官酒。将军到那里，多则一年，少则半载，朝廷必来将要的酒取回。”六郎称谢辞别张济，就往万安驿造酒。

王钦派人打听到六郎已到汝州，于是请黄玉到府商量。王钦道：“日前将杨六郎发配汝州，算是便宜了他。”黄玉道：“怎么说是便宜了他？”王钦道：“本该判其死罪，圣上多有犹豫，所以不能遂愿。”黄玉道：“六郎所去，是一危险差使。监造官酒，关系最重。朝廷动用之物，只要微有差错，就死罪难逃。明天大人可上一本，参他私卖官酒，圣上一怒，就可将他赐死。”王钦大喜道：“高见高见，如不是大人所言，我怎能想到这个办法。”于是送走黄玉。

王钦次日入朝，参奏杨六郎在汝州监造官酒，未满一月，就将酒私卖，积聚无数金银，想逃走造反。请真宗将其逮捕治罪，以绝后患。真宗闻奏大怒：“六郎纵容焦赞杀死金吾一家，本该处斩。朕念杨家之功，只将他发配汝州。如今他竟敢私卖官酒，朕岂能再次宽恕！”于是下令让团练使呼延赞领旨前往汝州，取六郎首级。旨意下达后，文武百官都十分惊愕。八王奏道：“杨六郎忠心为国，陛下不要听信狂夫之言，枉杀忠良。”真宗道：“杨六郎作恶，卿屡次给他作保，他因此更加有恃无恐。日前又杀了朕的爱臣谢金吾一家，实在罪不容诛，何况他今日又盗卖官酒！不要多言！”八王无语而退。

◎［罪不容诛］

罪行很大，就算把他杀掉也抵不了所犯的罪过。

这日散朝之后，寇准、柴驸马等聚集于殿外，商议对策。八王道：“朝廷若杀了六郎，他日辽人侵略，朝廷如何抵抗？我等当竭力挽救。”说完，问寇准、柴驸马是否有计。寇准道：“老臣有一计策，不知殿下认为是否可行？”八王道：“有何计策？”寇准屏退左右随从之人道：“领圣旨者，幸好为呼延赞。可让他见汝州太守，密与商量，挑选狱中貌似六郎的死囚，枭取其首献给圣上，让六郎逃走他处，日后遇到国难，我等保奏六郎出征，将功赎罪，这样办如何？”八王道：“此计甚妙！”于是悄悄将此计告知呼延赞，呼延赞道：“小将自当见机行事，不需殿下多加嘱咐。”说完即辞众官，领圣旨前往汝州。

呼延赞到汝州见到太守张济后，告知皇上要将六郎斩首，张济惊呼：“冤枉！陷害别人者，定会有报应。杨将军到汝州不过几天时间，怎么会发生造反的事情？圣上怎么也不深究，就相信了谗言？”呼延赞说：“这明显就是王钦奸贼在设计陷害，圣上在愤怒之中才下这道旨意，连八王力保也不管用。”说完，凑到张济耳边低声说，“现在听臣商量，需太守如此如此行事。”张济喜道：“此计正合下官之意。现在正是国家多事的时候，若杀掉杨将军，倘辽国乘虚而入，我们如何应对？”说完，命人去请杨六郎来府商议。不一会儿，杨六郎赶到。施礼毕，张济说：“将军可知朝廷要来取将军首级？”六郎道：“小将忠心为国，苍天可知。如今定然是圣上听信谗言，下命赐死，我又岂能违抗？太守还是砍下我的首级，回报朝廷复命吧。”

◎［报应］

佛教用语，一种神秘的因果关系。佛教认为，现在所得到、所经受的，都是从前报应的结果。

张济说：“请将军不要忧虑。刚才我与呼延将军已经商量解救将军之法。”六郎道：“若大人肯如此搭救，他日我一定回报。”张

济说："将军讲哪里话，只要将军平安，就是朝廷的福气。"于是将六郎藏在内室。这天，张济唤狱官伍荣前来商议。伍荣说："狱中有一位叫蔡权的囚犯，现在拟定死罪。我看此人面貌与杨将军非常相像。可将此人斩首，肯定不会有人怀疑。"张济点头称是，命伍荣依计而行。当夜便将蔡权处决枭首，交给呼延赞星夜赶回汴梁。

呼延赞走后，张济从内室请出六郎，对他说："将军现在赶快改换衣装逃往远方，等到大赦之期，方可出来。"六郎拜谢。将近五鼓时分，张济让六郎换上常人衣帽，命人打开后园角门，六郎出门直奔京中天波府。

呼延赞回到汴京，真宗正在早朝。呼延赞献上六郎首级，真宗看了，并未猜疑，想到当年六郎为先帝护驾，不禁生出几分伤感。八王道："今杨六郎已诛，请将首级送到天波府中安葬，也可体现陛下厚待功臣的心意。”原来八王怕时间长了，有人知道真相，因此故意催促真宗将假六郎首级下葬。真宗应允八王之奏，派禁军将首级送到杨府安葬，杨府全家哀痛至极，佘太君哭得死去活来。之后，杨府将首级安葬。

佳山寨中岳胜等人听说六郎被诛，满寨哭声一片，震动原野。孟良道：“如今将军遇难，我等在此还有什么用，不如各自散去。”岳胜说：“兄言甚有道理。”于是命刘超、张盖等人在山下立一座庙，庙中塑六郎全身像，供人祭拜。办完后，又到寨中分遣人马，将寨中所积财物全部均分，并拆毁三关寨。这一天，大伙拜别离去。陈林、柴敢率领大部人马仍往胜山寨中去了。岳胜则邀孟良反上太行山，号称草头天子，封部将为丞相等职，依然以劫掠为生。而焦赞原本发配在郑州，听说六郎被杀，也悄悄逃走了。

人物点击

寇准

字平仲，北宋著名政治家。华州下邽（今陕西渭南）人，宋太宗时中进士，其政治才能深受太宗赏识。真宗时，任宰相。在杨继业、杨七郎被潘仁美害死之后，潘仁美反诬陷杨家父子，太宗派宰相寇准审理潘、杨两家之案。寇准不畏潘仁美的权势，用计从潘仁美口中套出真相，为杨家雪洗了冤屈。后来辽军大举入侵，朝廷大臣都认为不应抵抗，而寇准则力主真宗御驾亲征。多次劝说真宗任用杨家子弟北伐辽国，在杨家遭受陷害和困难的时候，总是出手帮忙。

第十五回 王钦设计困真宗

王钦自以为杀了杨六郎，喜不自胜，心想："三关没有此人镇守，辽兵就可长驱直入，我也算不虚此行了。"于是修书一封，私下遣人星夜送往幽州。使者到幽州后，经侍臣引见，向萧太后递上书信，萧太后拆开后仔细读过一遍，大喜，将书信交给百官传阅。萧天左道："杨六郎现在已经被杀，其他人对我辽国而言，不过是木偶而已。从前土金秀等人前往河东一探究竟，知道宋国的底细，假如没有杨六郎阻挡，我大辽进攻中原，还有谁人能敌！请娘娘现在就兴兵伐宋。"师盖奏道："这一机会当然不能失去，但我看未必能战胜宋国。"太后问："卿为何说我大辽不胜呢？"师盖说："宋国统辖的中国城池有千百座之多，人口不下千万，怎就能保证没有像杨六郎那样文武双全的人呢？老臣担心死了一个杨六郎，还会有更多的杨六郎出来。古人说，十室之屋尚且会出现英雄，何况中原人口多得数不清！依臣的看法，我们可以用计来算计他们。"太后问："卿有什么妙计？"师盖道："魏府的铜台，佳山的美景，称得上天下第一。娘娘可命人多酿美酒，在夜晚倒入当地的池塘中。另外让人将八宝冰糖粘在那里的树叶上面。然后让本国人民三三两两，互相传扬，就说此地有天赐的

◎［中国］

在中国古代主要指中原王朝所统治的区域，大概相当于今天的河南、陕西、山西、河北、山东、江苏、安徽、湖北等地。

琼浆和甘露，这消息一定会马上传到汴梁，我们可将计策告诉王钦，让他引诱宋君到此地游玩，然后趁机出兵将他抓住。这样，大宋天下就唾手可得了。”萧太后听后大喜，马上修书给王钦，告知他这一密计。同时下令让师盖带领三千人悄悄地造酒粘糖，又让萧天左整顿军马，等待征战。

果然，时间不长，消息就传入汴梁。王钦故意对臣僚说："下官听说魏府天降琼浆甘露，不知道各位大人是否听闻？”臣僚们说："我们也听人传说很久了，只是不知道是否属实。”王钦说："是真的。出现这样的情况，说明有圣君在朝，诸位可上表向圣上道喜。”于是次日一早，大家纷纷向真宗上贺表，说池水成佳酿，树上有琼浆，如能食用这些东西，就可以飞升成仙。真宗看完这些表章，问臣下说："如今魏府之地有这样的奇瑞现象，你们可派人仔细探访，然后回奏给朕。”但是寇准、柴驸马、八王则对此表示不信。寇准说："魏府铜台在宋辽边境，臣担心这是辽国的诡计。上天既然有祥瑞降下，怎么不在别的地方，正好就在此处？圣上不要轻信这样的传言。”真宗沉默不语，王钦奏道："肯定是圣上至上的德行感动上苍，因此才降下这样的祥瑞。依臣的看法，这是千年难遇的奇观，圣上应当亲自率领六师前去观看和享用。一则可以借此安抚边疆人民；二来也可以向辽国示威，让他们不敢小看我们。”真宗大喜道："爱卿的见识远远高出寻常人。”随即下诏，要亲自前往魏府。八王谏道："陛下若亲自前往，万一萧太后得知，发兵将陛下围困，然后再调战将攻打澶州，我大宋江山怎能不危？请陛下以社稷为重，不要听信这种荒诞的消息。”真宗道："朕命柴驸马、寇丞相率领禁军守护汴梁，又会有什么危险？”八王见真宗不肯听从自己的意见，非常不高兴地退出朝堂。

第二天一早，真宗降旨，命呼延赞为保驾大将军，光州节度使王全节、郑州节度使李明各引部下人马作为前后随从。呼延赞等领旨后，准备起行。没过几天，真宗就带着大队人马出了汴梁，八王和文武百官随同前往。

此时正是九月，一路风景甚美。大军行进不过几天，就到了魏府。第二天一早，真宗和大臣们出去游玩，见树林中树叶上结有白素子，于是命人取下食用，就是八宝冰糖。池塘中的水，都是甜美的米酒。八王奏称："陛下轻信狂徒的传言，到此观看祥瑞。一路上车驾人群，都要百姓供给食物和用度，百姓们如何受得了！现在到此，看过了景观，哪里有什么祥瑞？我想这一定是奸人的诡计，骗陛下到这里，趁机谋害。如果不早点回京，一定会落入辽人的圈套。"真宗也心生疑惑，于是命令返回汴梁。

不料辽国一直关注着宋国君臣的行踪，听到他们要回去的消息，萧天左、土金秀立即带领马步军兵十五万将魏府团团围住。侍臣赶紧奏报真宗，真宗大惊说："早不听八王之言，导致今天这样的大祸。我们怎样才能逃脱这次劫难呢？"八王道："贼兵蚁聚在此，气焰极盛，我们很难与他们相争。只能号令军士严守各处城门，差人星夜回汴梁搬取救兵，或许可以解除此围。"真宗应允八王之奏，下令严守各门，不许妄动。

宋军在敌楼上望见辽军将城围得水泄不通，声势震天，都感到害怕。呼延赞按剑告知军士："两军对敌，在于谋划得当，不在于兵数多寡。如今辽兵人虽多，但我们可采取速战之策。明天等我设一计策，一定要杀掉辽人的锐气，你们不许临阵退缩。"众军领命。

第二天一早，呼延赞请旨出战，并定下计策。让光州节度使王全节带领一部分人马在左，郑州节度使李明带领一队人马在右，等呼延赞与辽兵交战到一半时，左右一起杀出。调遣完毕后，呼延赞出城列阵，只见辽将土金秀跑到阵前，指着呼延赞大叫："你等毫无见识，现在已经落入我大辽彀中。如果能早早投降，可免

◎ [敌楼]

建于城墙上，并突出于城墙的外侧用来防御攻城敌人的高台。

◎ [彀中]

本来指弓箭射出所达到的地方，引申为圈套、陷阱。落入彀中，就是说落入圈套和陷阱之中。

你等一死。不然，就让你们去做无头之鬼。”呼延赞道：“你这辽奴也不害羞！赶快回去，我饶你性命。如执迷不悟，我带人攻破幽州，让你辽国寸草不留。”说完，抡刀拍马，向土金秀杀来。土金秀举枪，与呼延赞交锋数合，不敌呼延赞，调转马头便走。呼延赞追过去，不想土金秀拈弓搭箭，射向呼延赞的坐骑，那坐骑中箭后，疼痛难忍，将呼延赞掀落在地，被辽兵活捉。王全节、李明见呼延赞被捉，不敢追赶辽兵，只能退进城去。

宋兵见主帅被抓，一阵混乱，被辽兵杀死者，不计其数。王全节赶紧去见真宗，奏报说："辽兵捉走呼延赞，现在气势正盛，很难抵抗。臣等败回本阵。"真宗闻奏大惊，手足慌乱，八王道："陛下不要惊慌，可急作诏书，遣人送往附近各处关口，让他们火速发兵相救。"真宗允奏，马上手写诏书，遣使臣到各处去搬兵。

土金秀捉了呼延赞，用槛笼囚好，商议再抓几个人，一起解往幽州邀功。于是萧天左、土金秀、耶律庆分兵攻打各门，宋军十分恐惧。八王道："辽人素来恐惧杨六郎，现在陛下可效法汉高祖解白登之围的先例，选军中精壮军士假装杨六郎和六郎手下十八员指挥使，扯起杨家旗号，让他们出现在城上，辽人见了，一定会退去。然后我们乘势杀出，就可摆脱此难。"真宗依奏，下令军士照三关人马化装。

次日一早，宋军扯起杨家旗号，辽人见城上金鼓齐鸣，炮声震天，焦赞、孟良、岳胜等人在城上往来行走，不管真假，一起喊道："快走，原来六郎诈死，故意设计引诱我等来此。"萧天左等一起拆营逃走，王全节、李明一见，打开城门，乘势追击。辽兵一路逃走，自相践踏，死伤无数。宋兵一直追出十几里外才收兵。

王钦见辽兵退走，大怒道："这些胆小鬼，跟小儿一样，怕六郎到了这种地步！"于是派人报给辽将。萧天左得到消息，长叹一口气道："假的都能吓走我等，如果遇到真的，我等岂不要被吓破胆！"于是调兵回去再次围城。侍臣一看，马上奏报真宗。

真宗问八王说："辽兵识破我们的计策，卿还有别的退敌之策吗？"八王道："臣已经无计可施。各关救兵不到，京城又没有消息，我们只有疲惫之军，有谁敢出去迎战？如今没有六郎在，辽兵才敢如此猖狂。"真宗说："现在朕是噬脐无及了。朕想率众亲自出战，争取突围而出，不知是否可行？"八王道："敌众我寡，怎么和他们交战！陛下亲自上阵，只会增加军士的负担。臣看还是不要轻举

◎ [噬脐无及]

自咬腹脐够不着。比喻后悔不及。

妄动，现在我们就紧守此城，等待救兵到来。”

辽兵围了魏府二十多天，城中人心不稳，形势非常危急。众将拥着真宗登城瞭望，只见辽兵聚集在城下，阵势雄壮。八王道：“陛下要离开这里，除非让杨六郎前来解围。”真宗说：“朕后悔当时听信谣言，误斩六郎。假如六郎在，怎会容辽人如此猖狂？”八王道：“陛下可写出赦书，让天下所有人帮忙寻找六郎，或许可以找到他。”真宗看着八王，没有说话，慢慢退到御帐中，心想，八王怎么会说出这样的话？于是召来侍臣商量。侍臣说：“既然八王这么说，证明六郎还活着。请陛下允准八王之奏，派人到各处寻找六郎。”

次日一早，真宗问：“谁愿意拿着赦诏到汝州找寻六郎？”王全节道：“小将愿往。”真宗于是将诏书交给他，让李明先开门杀出，正好遇到辽将耶律庆，与之交战，耶律庆大败，王全节乘势杀出重围，往汝州方向而去。李明退入城中，坚守不出。

全节不久到了汝州，入府见太守张济说：“圣上被困魏府，现我军兵败，呼延赞被擒，众官请求赦免杨六郎之罪，让他领兵救驾。小将领来赦文到此，请大人帮忙！”张济道：“杨将军之前已被呼延赞枭首，怎么会死而复生？如今让下官到哪里找他？请将军快回去，请别人解围吧。”全节听完，非常不高兴地说：“既然找不到六郎，圣上之危，恐怕很难解脱，小将怎么回去交差？”张济道：“若论为臣之道，应竭力解君父之难。将军一定要找寻杨将军的下落，不如到杨府去访查。下官这里，肯定是没有的。”

全节一想，他说这里没有，肯定是没有了。于是辞别张济，赶往汴梁杨府，见到佘太君道：“圣上遭遇困境，现下了一道赦文，命小将前来免除令郎之罪，让他火速带兵救驾。”佘太君一听，愤怒地说：“那天圣上已将我儿首级交给我家埋葬，如今恐怕早就变成泥土了，哪里去给你再找一个活的！军情紧急，请将军快点回去

◎ [令郎]

令是美好的意思，令郎是对对方儿子客气的称呼。

告知圣上。”全节无奈，第二天一早单骑赶回魏府，杀开一条血路，直到东门。李明看见全节回来，急忙开门接入。

人物点击

宋真宗

宋代第三位皇帝，名叫赵恒，是宋太宗之子。宋真宗统治时期，治国有方，社会繁荣，国家比较强盛。他在位期间，辽国曾多次侵宋，宋朝大多数大臣反对抵抗，而以宰相寇准为首的大臣则极力主张抗辽，最后他们说服真宗御驾亲征。真宗任用杨家将抗辽，取得了辉煌的成绩。但是他不分忠奸，任用王钦为宰相，并重用奸臣谢金吾。他曾听信谗言，差点拆毁天波楼，甚至冤杀杨六郎。后来又在王钦等人的调唆下，前往宋辽边境观景，结果被辽国围困。幸好有杨家将苦战，才得以脱离险境。

第十六回 临危难六郎出山

全节回到城中，进奏真宗："汝州并没有六郎的消息。小将到杨府询问佘太君，她说当时六郎已被枭首，大家有目共睹，如今怎会还在世上？"真宗听完，长叹道："朕当日少了个心眼，导致英雄被枉杀。今天遇难，不想我国中竟然没有一人能像六郎那样调兵遣将，为朕保驾。"说完，向群臣问计。群臣奏道："看这样的形势，即使是诸葛亮复出，姜子牙再生，恐怕也没什么办法了。"真宗泪流满面，寝食俱忘。八王道："事已至此，臣只得亲往杨府找寻六郎，如果不在，再召藩镇兴兵来救。请陛下坚守此城，不要妄动。"真宗道："卿当念手足之情，一定要快点回来救助，不得有误。朕如今困在这里，度日如年。"说完，命李明、王全节开门，杀出重围，保护八王出去。八王离开后，二人再回到城中，闭门不出。

◎ [姜子牙]

姓吕，名望，字子牙。周代著名的政治家和军事天才。曾经辅佐周武王，统帅周朝军队灭商，取代商朝统治。

八王拿着赦诏，来到汴梁天波府，见了佘太君说道："圣上如今被困，正是六郎报国的好机会。不如让他出来，商量救驾之策。"佘太君道："前天王全节来到寒舍，老妾隐匿实情，不让六郎出来。如今殿下亲到，怎敢再次相瞒！"于是命仆人到后园地窖中叫出六郎，来到堂上拜见八王。八王见了六郎，拉着六郎之手，悲喜交加，说道："果然是妙计，如果不是当日的计策，哪有今日！六郎如果

◎ [赦诏]

赦免罪过的诏令。古代皇帝在登基大典、国家遇有喜庆或其他大的日子，会发布赦诏，减轻或赦免犯人的刑罚，称为"大赦天下"。

不在了，圣驾又由谁去救？”六郎谢道：“殿下救命之恩，六郎再生难报。”八王道：“圣上受困已久，现我拿着赦诏来此，将军可迅速发兵，以显报国的忠心。”六郎说：“听说佳山军士都已离开了。恐怕一时难以聚集，只有等臣前往各处将他们召回，才能去救圣上。”八王道：“形势十分危急，将军速往招之。我现去召集各处藩镇兵马前往魏府，等将军回来，一起进攻辽军。”六郎领命，八王也辞别而去。

六郎对佘太君说：“朝廷养我，像马一样。出行的时候，就让我长途跋涉；到了平时不用的时候，就宰杀烹煮。儿现在想拜别母亲，云游天下，不再管朝廷的事情。”佘太君说：“朝廷固然无情无义，但八王对我杨家有情有义，我们不能辜负人家。你今天这么做，不但辜负了八王，连杨家祖宗的名声，也会毁于一旦。你如不去，我定会被气死。”六郎是个孝子，见母亲恼怒，于是安慰佘太君，拜别后前往三关，寻找往日的部众。

六郎带领一行人走了数日，想着不如先去郑州，打听焦赞的消息。等他们到了郑州，发现并无焦赞的下落。于是走到锦江口，只见一伙僧人从远处而来，一路上说个不停，六郎问：“你等要到何处去？怎么发出这么多牢骚？”僧人道：“君不知其中情由。这里有个疯汉，发怒时要杀人吃。官军对他无可奈何。经常听他说，他主人被朝廷冤杀了，要拿各寺中僧人去诵经超度。如有不去的，就放火焚烧寺庙，屠杀僧人。昨日又叫我等前去，我们只能依命，不然一寺就要被他烧了。”六郎听完，想此人定是焦赞。于是问道：“这人如今在哪里？”僧人道：“就在邓州城西泗州堂内。”六郎说：“你等引我前去。”僧人于是带领六郎来到泗州堂，只见焦赞卧在神案之上，鼾声如雷。六郎走近一看，果然是焦赞。伸手摇他，焦赞爬起来，睁开一双环眼，大声喝道：“是哪一个不怕死的狗奴才，这样胆大，敢来惹老爷我！”六郎道：“焦赞不得无礼，我现在此，来召你回去。”

◎ [超度]

佛教和道教的一种仪式，用诵经的方式使得鬼魂脱离苦难。

焦赞听完，大惊，慌忙上前抱住六郎说："将军是人是鬼？想必是焦赞超度多次，今天显灵了！"六郎笑道："天下哪有这样的奇事！你不必多说，快收拾东西随我上路。"焦赞放手叩头，众僧人一笑而散。焦赞收拾好行李，跟随六郎前行，路上六郎对焦赞道："圣上遇难，如今派八王领赦诏前来召我领兵救驾，因此我先来找你，往三关招集众家兄弟前往魏府救驾。"焦赞听完，大喜道："我道将军被朝廷所杀，让我等好不寒心。不想今日又得相会，真是快活死我了。"第二天经过汝州，六郎入府拜见张济，告知八王领诏来取救兵的事。张济大喜，也告知王全节来此之事。六郎道："小将今往三关招集众人进兵，在此路过，不敢不进来相谢您昔日的救命之恩，现当告辞。"张济说："让将军挂念了。"于是将六郎送出城外。六郎与焦赞往三关而行，在途中说了些别后之事，不觉到了杨家渡。当时正是中午，远看白浪滔天，两岸并没有船只。等了很久，没有一人往来。六郎于是对焦赞说："你到上游去，看是否有船？"焦赞领命而去。到了上游，见有船只，于是对船夫说："你把船开来渡我过去，我给你渡钱。"船夫道："此船不是我的，是杨太保之船，我不敢私渡他人。如果一定要渡，只能到前面亭子向太保去借，他答应了，我才敢渡你过去。"焦赞听完，往亭子上走去。只见一伙人在那里赌博，焦赞上前道："你那船可借给我等渡过河去，我付给你船钱。"众人抬头，见焦赞生得形状古怪，又没有礼貌，都不去理他。焦赞又说："把船借给我等渡过河去，我付给你船钱。我又不骗你，为何不理我？"众人骂道："你这家伙，在这说些什么，扰我们玩耍。"焦赞大怒，伸出两拳打得众人乱窜。正要向前打那太保，太保直走向后面去了。焦赞回来见了六郎，怒气未息。六郎道："你又去惹祸了。"焦赞说："是那些东西欺负我，明明有渡船，就是不肯借给我，又出言辱骂，惹恼了我，被我乱打一顿，把他们打跑了。"六郎正在发愁，只见众人纷纷拿着长枪短棍赶来，焦赞道："将军等一会儿，让我杀了

这些狗贼，为民除害。”于是提刀杀去。那众人不能抵挡，纷纷走散。杨太保提刀从后面杀出，与焦赞连战数合，不分胜负。六郎叫道：“壮士，且不要急着打，请问姓甚名谁？”杨太保停住手，焦赞不与他再斗。太保道：“我是邓州人，姓杨名继宗，小号太保。你是何人？要过此渡，却让人强夺，是什么道理？”六郎道：“我非别人，乃杨令公之子杨六郎。现圣上被困在魏府，我要往佳山招集部众去救圣驾，特来借船过河，如果冒犯尊威，还望恕罪。”太保听完，丢了宝刀，向前拜道：“久闻大名，无由得见。今日相见，平生之愿足矣。”六郎扶起太保，太保说：“先请将军到敝庄吃饭，如将军不弃，我愿带领部下一起前去救驾，不知将军是否愿意收留？”六郎道：“当然可行，等我召集众将，马上派人来请你们。”太保点头答应。这天六郎等人留宿于庄上。

杨太保次日用船送六郎一行过河，上岸后，六郎辞别杨太保，与焦赞往三关而行。没过数日，便接近三关。焦赞说："我走得好疲倦，将军暂且在此休息，待小将到前面买酒来解渴。"六郎应允。焦赞直往前走，却并没有发现酒店，心想："我真命苦，想喝点儿酒也没有。"正走着，只见一群人挑着几担东西而来。焦赞上前一看，原来是酒肉，遂问道："这酒肉是否可以卖给我？"那人说："你真不懂事，这些是祭神的酒肉，怎么可以卖给人吃？"焦赞道："祭什么神？我是远方行路的人，不知道什么神，快说来我听听。"众人道："前面立有杨六郎将军神庙，非常显灵。我们乡里得他的庇护，一年到头都没有灾难。并且我们只要许愿，没有不遂愿的。今天是赛会的日子，因此特意前往进献。"焦赞听完，回来见了六郎，将事情告之。六郎笑道："怎么会有这种事？"焦赞说："小将没有撒谎，那些人就是这么说的，不如我们前去看看，便知道究竟怎么回事了。"六郎听完，和焦赞一起前往看个究竟。

◎ [赛会]

汉族风俗和民间宗教的表现形式之一。在节日或规定的日期举行，多设在寺庙附近，赛会上有各种民俗表演，同时人们也会借此进行一些商业买卖。

他二人行不过几里路，果然见了一座庙宇，高大威严，六郎进庙一看，只见中间有一座自己的塑像，两边是十八员指挥使之像，灯火通明，阶前焚化的纸灰，堆积如山。六郎指着焦赞的像说："这个像跟你真是一模一样啊。"焦赞笑道："将军的塑像更像本人呢。小将在郑州，要杀人吃，不想这里却供养着我呢！"说完，一手将自己的塑像推倒，跳上中间神座上去。又去推六郎的像，一连推了几下不倒，于是用力一撑，崩裂声甚大。大伙听到庙中动静，赶紧敲锣打鼓，不一会儿，刘超、张盖带领二百余人来到庙前。六郎一见，喝道："你等众人做的好事！"刘、张大惊，叩头道："众人只道是将军遇害，今天怎么又来到了这里？"六郎于是将诈死的事告诉他们，又说："现有诏书，让我等去救驾。今天就是来招集你们的。"刘、张喜道："既然是朝廷召见，请将军到寨中商议。"六郎于是命人拆了庙宇，推倒神像，和众人一起到虎山寨中。

六郎坐定，刘、张参拜完毕，设酒款待。六郎问：“岳胜、孟良今在何处？”刘、张说：“岳胜与孟良引部众上了太行，自称皇帝，大为扰民。”六郎叹道：“天无二日，民无二王。我不在了，你们全都乱来。”说完，吩咐刘、张准备枪刀盔甲，相约由六郎领着焦赞去太行招集岳胜等人，然后一起出发。刘、张领命，六郎与焦赞往太行山而行。

走了一天，只见日头西落，天色渐渐暗了下来。六郎道：“此去全是深谷，人烟稀少，你到前面寻个人家，我们借宿一宵，明天早上再上山。”焦赞领命，一直往前，发现并没有人家。于是转过去，发现有一处乡村。焦赞于是走进村去，只见有一户堂上点着灯，有一位老人独坐哀叹。焦赞走到堂上，朝老人作了一揖说：“我是外地人，走到这里，已经天黑，想借公公贵宅一宿，定当重谢。”老人答道：“敝舍往日随便客人借宿，今天却有些不方便，你还是到别家借宿吧。”焦赞道：“天色已黑，没办法，请公公行个方便。”老人道：“你们有多少人？”焦赞说：“只有我主人与我两人而已。”老人说：“既然只是两个人，那就请进来歇息吧。”焦赞出来，请六郎进去见过老人。老人见六郎相貌堂堂，问道：“君要往哪里去？”六郎道：“小生有些公事前往太行山。”老人一闻说太行山，两眉皱起，长叹一声。六郎问道：“公公听小生讲起太行，就露出不愉快神色，这是为何缘故？”

◎［作揖］

古人之间相互表示尊敬和打招呼的一种礼节，基本姿势为双手抱拳前举。

老人道：“说起那太行山，老夫与之有不共戴天之恨。”六郎说：“公公有什么冤屈，不妨说给小生听，说不定能为公公开导开导。”老人说：“本庄村民全部姓陈，本是一家。这里离太行山只有几里路的距离。如今太行山中有两个草寇，一个名叫岳胜，一个叫孟良，自称天子。聚集有五六万人，每天掠夺民财，为害极大。老夫没有儿子，只生有一个女儿。不知怎么被那孟良知道了，派人来说，一定要强娶而去，约定今晚就来。老夫生性善良，为了保庄子平安，只能允从。不然，那些贼人杀人放火，恐怕没有停息。这样的冤屈，老夫到哪里去说？”六郎笑道：“如果只是这些事情，请您老不要忧虑。孟良与小生有些关系，等到今晚他来了，我自有计策让他离开。”老人说：“若能让小女不受侮辱，老夫将来在九泉之下，也会感恩不尽。”于是，六郎与焦赞吃完饭，到外房等候孟良等人。

人物点击

孟良

杨六郎手下大将。本为可乐洞山大王，邓州人，力大如牛，被六郎用计擒拿三回，因此归降在六郎帐下。在杨六郎被围困在双龙谷时，孟良曾突围出来求取救兵。为了争取杨五郎出山，他用计盗出了八贤王的宝马万里云。杨六郎被冤杀诈死后，孟良再次落草为寇，后又被六郎收服。在宋军攻打天门阵时，杨六郎病倒在军中，孟良受命前往幽州骗取萧太后的头发，治好了六郎的病，并再次前往五台山请五郎下山，帮助破了天门阵。后受杨六郎指派，前往辽境取回杨继业骸骨，不小心在黑夜中误杀焦赞，后悔不及，随后自刎而死。

第十七回 六郎计解魏府围

六郎与焦赞吃完饭后一直在外房等待，将近二更时分，只听得外面金鼓大震，一路灯火通明，小厮来报，说孟大王来了，陈老者出庄迎接，孟良进入厅上坐定，手下人在两边站立伺候。老人上前向孟良施礼说："大王光临寒舍，未能远迎，还请恕罪。"孟良道："从今以后，您就是我丈人，不需如此下拜。"老者称谢。于是小厮抬过准备好的酒席，老者假装唤小姐出来把盏。使女回报说新娘害羞，不肯出来。老者说："如今已经是大王的内眷了，还有什么不好意思的？"于是让人去催。孟良见老者这样应对，非常满意。

◎ [把盏]

宴席上端着酒壶给人斟酒、敬酒。

◎ [内眷]

古代妇女一般留在家内主持和管理家务，很少出门，因此称妻室为内眷。

六郎与焦赞隔窗看着，私下议论："这家伙不遵法典，如此扰民害民。我们如果今晚不来，他还真就把人家闺女给骗走了。"焦赞道："让我出去打折他一条腿，看他还怎么去做新郎！"六郎说："你先出去抱着他，等我出去收拾他。"焦赞此时气得发抖，于是几步跳上厅去，一脚踢倒筵席，两手将孟良紧紧抱住。孟良没有防备，身子动弹不得，喝道："手下何在？"喽啰正要向前去打焦赞，六郎严厉地骂道："不顾礼义的家伙，为什么这般无耻，强占人家女儿？"焦赞于是将孟良拖出，指着六郎说："你睁开驴眼瞧瞧，看是谁来到这里？”孟良一看，原来是六郎，于是慌忙拜倒说：“从前听说将军遇害，今天怎么来到了这里？”六郎道：“你先起来，回到太行山整顿军马，随我前去救驾，路上我们细说。”这时，陈老者向前问道：“先生尊姓大名？可否说给老夫听。”焦赞于是将缘由告知老者。老者拜道：“将军的威名，老夫久有耳闻，如雷灌耳。今天真是有缘，得见将军尊颜。”于是叫他女儿出来拜见。六郎等一看，果然是一个好女子，体态端庄，仪态万千。焦赞打趣说：“现在看来，是孟哥哥没造化。如果我们迟来一天，哥哥就娶了陈小姐了。”孟良大声说：“将军在此，你不要如此胡说，不知分寸。”众人都掩口而笑。于是陈小姐向众人拜别，退入房去。老者拿着酒杯来劝六郎，招待得十分殷勤。

这天晚上，众人畅饮，直到天明。六郎等向陈老者辞行，那老者取过金帛财物赠送六郎，六郎不要，就与众人离开庄子，往太行山行进。

次日一早，孟良派人上山报知岳胜，岳胜带领众人到山下迎接，见到六郎，大伙都拜倒在路边。六郎扶起岳胜，到山寨中坐定。众将拜贺之后，岳胜说：“往日我们听说将军被杀，众人无人带领，因此各自散去。如今重新相聚，我们又有了主人，真是万幸呀！”六郎道：“我受屈之事等日后有空再详说，我先将目前发生的事告诉你们。如今圣上被辽人围困在魏府，形势十分窘迫，大伙赶紧整备军械，和我前往救驾。”岳胜说：“皇上不念将军的功劳，听信谗言，就要置将军于死地，真是寡恩少德。将军一向有忠义之心，出力为国家做事，却得那样的回报。依小将看，我们也不必去救圣驾，可以割据此地，称王称霸，享受快乐，有何不可？”六郎说：“我家世代忠贞，美名天下，怎能被我毁坏？现在割据此地，不过是一个打家劫舍的草寇，逃不了万世的唾骂。”岳胜不敢多说，于是命大摆酒席，庆贺与六郎相会。这一天众人畅饮而散。

第二天，六郎派人去召刘超、张盖等人起兵来见。又问陈林、柴敢何在，岳胜说："二人仍在胜山寨中。"六郎听完，即命人到胜山寨中召集陈、柴二人。几天后，刘、张、陈、柴都来报到。六郎点卯，发现岳胜、孟良、焦赞、陈林、柴敢、刘超、张盖、管伯、关均、王琪、孟得、林铁枪、宋铁棒、丘珍、丘谦、陈雄、谢勇、姚铁旗、董铁鼓、郎千、郎万共二十一员指挥使，全部都在。精壮军卒有八万多人。六郎说："佳山之众，今日全在，这样，我们定能击败辽军。"说完，派人到汴梁报知八王，约他一起进兵。又派人到杨家渡报告杨太保，让他领军在中途相会。

◎ [点卯]

古代官衙在卯时（上午5时到7时）开始办理公事，因此在卯时需要查点人数，称为"点卯"。

六郎分派完毕后，当日就扯起杨家的旗号，旗上大书"杨六郎兴兵救驾"几个字。一声炮响，大军离开了太行山。只见刀枪焰焰，剑戟棱棱。兵马在前进时，忽报前面有一支队伍带到。六郎命人前往探视，回报说是杨太保。于是杨太保与六郎合兵一处，共同进发。

大军行进不到数日，忽遇八王引军十万赶到。六郎下马，与八王相见。八王无限欣喜。六郎说："这番救驾之后，我们可直捣幽州之地，消灭丑类，然后回师。"八王点头同意。

这一天，大军驻扎在澶州城中。第二天，六郎对岳胜说："主上被辽国围困已久，你现在作为先锋，领兵五千，向前冲杀一阵，先挫了辽人的锐气。"岳胜得令而去。六郎又唤孟良、焦赞道："你们引刘、张，各领兵两万，从左右进攻。当奋勇向前，杀进辽军中去，我随后引大军来助你们。"孟良等引兵而去。六郎又和八王商量说："臣先派岳胜等前去，再和殿下率精兵随后跟上，何愁辽兵不退？"八王道："将军这样调遣，即使当年桓文取威，也不过如此啊。"六郎忙称八王过奖了。

◎ [桓文取威]

桓、文，分别指春秋时期的齐桓公、晋文公，他们通过战争使得齐国和晋国先后成为当时各国中最强盛的国家，因此和其他三位国君一起被后人称为"春秋五霸"。他们称霸列国的事迹就是所谓的"桓文取威"。

第三天，岳胜正催军前进，忽正北上沙尘蔽天，只见一队人马正在向北而行。岳胜对众军道："须迅速前行，赶上那队人马，杀他一阵，以挫辽军锋芒，这样也可夺得头功。”说完，岳胜驱马赶上，舞刀杀入辽军阵中。辽将刘珂不能抵敌，大败而走。宋军于是夺过他们所运送的槛车，送入六郎军中，发现槛车中关押的，正是保驾将军呼延赞。六郎一见，急忙打破槛车，扶出呼延赞，拜道：“叔叔被辽人虐待，小侄深愧未能及早救助，真是罪该万死。”呼延赞说：“贤侄说的是什么话！幸好我们能在此处相会，不然，肯定会被俘虏到幽州。”六郎道：“叔叔往日在汝州救了小侄，今日我让岳胜先来冲阵夺营，不想却在途中救了叔叔。看来上天还真是眷顾我们。”于是六郎引呼延赞与八王相见，然后下令诸军昼夜兼程进发。

当时，真宗在魏府与众臣翘首以盼救兵的消息，却一直没有动静。城中粮草已快耗尽，君臣都宰马为食。辽兵得到王钦的消息，更急着攻城。好在兵权并不在王钦手中，因此大家拼死守城，辽兵一时也无法攻破。正在这时，押送呼延赞的刘珂败回本阵，见到萧天左报告说：“宋国救兵到了，已经将呼延赞抢夺过去。”萧天左大惊，马上遣人探明救兵是哪里来的。不一会儿，哨马回报说：“那宋国旗上大书‘杨六郎救驾’，人马非常雄壮。”萧天左笑着说：“前两天被他假装杨六郎吓唬了我们一回，今天就没那么容易了。不知道又是哪个家伙冒充六郎来哄骗我等。宋人如此狡猾，我们要小心提防才是。”于是下令各营准备迎敌。

萧天左刚刚分派好人马，岳胜领军已经到达阵前。辽将耶律庆出阵先战，岳胜骂道：“天兵已至，贼人还不快跑，在这里等死吗？”耶律庆回骂说：“你们城中军士死了都快一半了，现在你这厮又来送死。”岳胜大怒，拍马抡刀直取耶律庆，耶律庆挺枪迎战。交战数回合，耶律庆抵挡不住，孟良、焦赞分左右，一起夹攻，杀入辽军阵中。辽将麻里喇虎举着方天画戟出战，正迎面撞上孟良。两马交锋数合，陈林、柴敢又率劲兵从旁杀到。这时，南北战在一起，

◎ [方天画戟]

戟是古代兵器中的一种，形状类似矛和戈，将戈和矛的功能结合在一起，既能够钩啄，又能刺击，杀伤力很强。方天画戟是双侧戟，即杆的一端装有金属枪尖，两侧有月牙形利刃通过两枚小枝与枪尖相连，呈“井”字形。

金鼓震天。焦赞杀得性起，提着朴刀，在北阵上横冲直撞，如入无人之境。恰遇到辽将刘珂，交马只一回合，斩刘珂于马下。宋军万箭齐发，然后一起冲锋，辽兵垂死挣扎。萧天左奋勇来战，杨太保舞刀迎敌。六郎又命一队大军掩杀过去，辽军队伍一下子溃散，萧天左败走。杨太保拈弓搭箭，一箭将萧天左射于马下。土金秀看见，马上杀出来救萧天左。耶律庆一看不能抵挡，于是从旁边斜杀而出。

岳胜拍马追赶，追到近前，一刀将耶律庆砍为两段。麻里喇虎拍马逃走，被刘超、张盖用绳索绊倒，军士上前将他们活捉。师盖正等着救援，被郎千、郎万在马上生擒。

孟良跃马突进东门，李明、王全节在敌楼上看见城下交兵，知道是救兵到了，开门引城中之兵杀出。内外夹击，杀得辽兵大败。宋兵长驱追击，大获全胜。萧天左与土金秀被杀得垂头丧气，于是星夜逃回幽州。宋兵夺得无数营寨、马匹、枪旗、盔甲。

八王一骑直接进入城中，到真宗之前拜倒说："赖圣上的洪福，臣请回了杨将军，杀得北兵丢盔弃甲。"真宗道："朕能摆脱这一祸患，得到生还，全都是兄的功劳。"

于是宣六郎入帐觐见。六郎拜伏在地上请罪。真宗道："卿之前罪朕全部免了，今天卿前来救驾，功劳甚大。等朕回朝之后，定重加封赏。"六郎叩谢说："天下难得的是时机。如今辽兵大败，惊魂不定，我军见陛下车驾在此，信心倍增。臣请求率领部众直逼幽州城，捉住萧太后，收复失地，永除我边疆忧患，以成就千古基业。请陛下准臣此求。"真宗道："卿言非常有理，但朕出来很长时间，将士都已经非常疲惫，还是等回朝之后再商量进兵的事情不迟。"六郎于是退出帐中，将所捉辽将枭首，以震慑辽国。

第二天，真宗命代州节度使杨光美为魏府留守，同时下令各营准备行李，即日起程班师回京。军士得令，无不欢呼。文武拥护着真宗的车驾离开魏府，往汴梁而回。行走没有几天，就回到汴京，车驾进入皇城。

次日早朝，群臣拜贺真宗完毕，真宗想着，文武百官久困于魏府，尽心守城，因此分别给予赏赐。并宣六郎进殿，给予厚赏。真宗对六郎说："三关之地，从前赖卿镇守，辽国不敢侵犯。如今卿还要带领部众镇守此处，以抵抗辽人。"六郎道："臣本愿意再往佳山去招募雄兵，以图伐辽大业。只是因为没有得到圣旨，不敢擅自行动。

如今圣上有命，臣就可以遂愿了。”真宗大喜，于是授六郎为三关总管、节度使。六郎谢恩，与文武百官互相庆贺。

人物点击

土金秀

辽国大将，作战勇猛凶狠。杨继业随潘仁美北伐时，土金秀率部将杨继业引入狼牙谷。因潘仁美见死不救，杨继业被土金秀部围困而死。曾为萧太后出主意，在宋辽边境比试武力。结果土金秀被六郎所败。在听说六郎被真宗冤杀而王钦用计将真宗诱往宋辽边境的魏府后，土金秀率兵将魏府团团包围，差点活捉真宗。后来参与指挥天门阵，阵破后被焦赞所杀。

第十八回 吕客用计布奇阵

三天后，真宗在偏殿设宴，犒赏魏府救驾的将士，君臣尽欢而散。次日一早，六郎入朝谢宴，然后辞别真宗，回到天波府，拜别佘太君，动身前往三关。其子杨宗保年方十三岁，想随同他父亲一起到三关去。六郎说："佳山地方不仅生活苦，气候也不好，你不要去，在家好好侍奉奶奶。等到你年长时，再去不迟。"宗保这才不再要求。六郎离了家，与岳胜等上马，引军往佳山而行。

六郎带领众人，没几日就到了三关。入寨坐定后，下令整修往日的营栅，命岳胜等人为十二团营，各自领着往日的部众，整理枪刀衣甲听用。从此三关威声大振。六郎每天派探马侦查辽国消息，和诸将商量征讨之策。

辽国自从萧天左战败后，萧太后非常担心宋国前来讨伐。一天，萧太后与群臣商量说："自从魏府战败，宋人得志。我听说杨六郎在三关招募英雄，兵强马壮，必然是想进攻我大辽。你们要好好防备。"她说完，韩延寿道："如果希望辽国国势振兴，必须广揽英雄。臣看我大辽将帅，都已经年老，请娘娘发下榜文，招募天下勇士，授以元帅职位，防御宋人前来。"萧太后于是命人写好榜文，张挂在午门。

这一天，众人正在午门前看榜，只听一人大喊一声：“此榜让我来揭！”众人一看，见一人面部涂着墨汁，眼睛像火珠一样，身长八尺，两臂筋肉突起，显得非常怪异。守军见他要揭榜文，马上带他去见萧太后。萧太后看见大惊，说：“世间怎么会有这样怪异的人！”于是问道：“你是何方人氏？”只见那人说：“小人家居碧萝山，姓椿，名岩。”太后问：“你有什么本事？”椿岩说：“十八般武艺无不精通，任凭娘娘考察。”太后大喜，当下就与文武百官商量，要给他封官。萧天左奏道：“壮士刚刚来此，还不知道他本事如何，娘娘暂时先授他一个职位，等到日后他立了功，再封他职务不迟。”太后应允，于是封椿岩为幽州团营都统使，椿岩谢恩而去。

宋真宗因之前在魏府被辽国围困，经常想着报复。这一天，真宗召集群臣商议。八王奏道：“我大宋能一统中原，幽州一隅之地，拿下它有什么难的？只是如今圣上刚刚从边疆回来不久，不如暂且先用一段时间休养士卒，然后再去讨伐。”真宗沉默不语，忽然阶下有一人出班奏道：“时机到来，可做就去做，就没有不取胜的。现在正逢时机到来，请陛下兴兵伐辽。”群臣一看，原来是光州节度使王全节。真宗问：“卿所说时机具体怎么解释？”全节说：“往日圣上被围在魏府，军士不曾大量损失，而辽国军马则十丧六七，这么看来，敌衰我盛，此时正是讨伐的时机。孟子说：‘虽然你有种田的锄头，不如等到风和日丽的天气再出去。’臣现在又想好了一个计策，可以让萧太后拱手听命。”真宗问：“卿有什么良策？”全节说：“幽州之地，不过拥有战车千辆。请求陛下让澶州、雄州、山后三路军出动，臣再从汴梁提一路人马，共四路一起进发。臣想幽州区区千乘之地，怎么能抵挡我军？”真宗依奏，马上下令让三路出兵征辽，同时任命王全节为南北招讨使，李明为副使，领兵十万前进。全节领旨，准备停当，就引兵离开汴梁，往幽州进发。

◎ [八尺]

尺是古代度量单位，和今天尺的长度不一样。一般指大概在24厘米左右，一般八尺大概在一米九左右。

◎ [十八般武艺]

使用十八般兵器的本领。十八般说法不一，《水浒传》提到的十八种是：矛、锤、弓、弩、铳、鞭、锏、剑、链、挝、斧、钺、戈、戟、牌、棒、枪、扒。十八般武艺用来形容武艺高超。

此时正值春季，风景秀美。大军行走不过几天，就到了九龙谷，扎下大寨。辽国探子星夜到幽州报告。辽将向萧太后奏道："宋国如今起四路军兵北伐，声势很大。"萧太后大惊说："不料宋国这么快就兴兵而来。"于是问群臣，"谁敢领兵前去迎战？"说完，椿岩出来道："娘娘不要担心，臣举一人，退宋之兵如风吹浮云，霎时间耳。"萧太后问道："卿举何人，能退宋兵若此之易？"岩曰："臣师傅姓吕名客，行兵布阵的本领，不逊于吕望。太后如果能用此人，则不难破宋兵。"萧太后问："此人现在哪里？"椿岩回答："正在午门之外，不敢进来，请娘娘宣人询问，便知道他的本领。"萧太后于是宣吕客觐见。太后一看吕客外貌奇异，心想此人一定是个奇才，于是问道："我们与宋国交战，先生现在应征而来，一定有妙策，请先生说给我听听。"吕客道："臣此次前来，一定能将宋国版图全部夺过来。"太后说："先生要多少军马呢？"吕客道："如果与宋人斗力，他们一定能够抗拒很久。臣的优势在于布阵，只要臣布好了阵，他们不能攻破，到时只能退兵。并且娘娘须派人到五国借兵助战，才能取胜。"太后问："是哪五国之兵呢？"吕客回答："太后可派遣使臣拿着金帛送给辽西鲜卑国王耶凡庆，让他借兵五万，此人见利动心，一定会发兵相助；再派遣一人到黑水国，答应他成功之后割让西羌之地给他，让他出羌兵五万相助；再遣人到森罗国，命国王孟天能发兵五万相助；再遣人往西夏国，见国王黄柯环，告知他宋国之兵非常为害，辽、夏两国唇亡齿寒，让他发兵五万相助；最后再派一人到流沙国，见国王萧霍王，让他借兵五万相助。有了这五国的军队，臣按照兵法调遣，排下七十二座天门阵，让宋人一见，就胆战心惊，有谁敢与我们为敌？那时候，不怕他们不服。"萧太后大喜道："先生真有御侮之能。幽州现在有希望了！"于是封吕客为辅国军师、北都内外军马正使，吕客谢恩退去。

于是，萧太后派五位使臣带着金帛到五国去借兵。五位使臣领

旨后，分投五国，见了五国国王，告知借兵的事。五国国王得到辽国的金帛财物，非常高兴。鲜卑国王命公马荣为帅，森罗国王命亢金龙太子为帅，黑水国王命铁头黑太岁为帅，西夏国王命黄发为帅，流沙国命苏何庆为帅，各国都出精兵五万，几天后，都集中到幽州城外。近臣前来奏报，萧太后问吕客："五国之兵已到了幽州，军师怎样调遣？"吕客说："这一仗非同小可。请娘娘召回云州耶律休哥、尉州萧挞懒等，起各处之兵给臣调遣，臣一定给娘娘夺回大宋江山。"太后允奏，马上下令调回云、尉二州军马，又命鞑靼令公、韩延寿为都督，统率精兵五十五万，全部听从吕军师调遣。韩延寿领旨，立刻开始准备操练三军。过了几天，云、尉二州军兵赶到。吕军师说："韩监军先引本国军马在前，我率领五国军马随后就到。"于是众军离开幽州，往九龙谷进发。

韩延寿领兵到了九龙谷扎下大寨，第二天，吕军师也统率大军到来。军师入帐坐定，召集诸将号令说："我定在三月初三吉日排阵，各部将官都要听我命令，有敢违抗者斩首，绝不轻饶！"于是拿出一张纸，画成一幅阵势图，让中营总旗引兵五千，在离九龙谷半里的地方，依照图纸建起七十二座将台。又另筑五坛，按方位竖立青、黄、赤、白、黑色旗号，里面建七十二条通道。中营总旗得令后，引军按图建好将台和各坛。过了几天，台坛全部建好，回报吕军师。吕军师前往巡视一遍，回到军中召集诸将说："明日各营都要齐整，听候我的调遣。"第二天，三通鼓后，各营军马在帐外列阵。吕军师升帐出令，鲜卑国的公马荣引本部军兵排列在九龙谷正路，排作铁门金锁阵。分兵一万，拿着长枪，把守七座将台，号称"铁门"；又分军一万，各自拿着硬弓铁箭，把守七座将台，号称"铁拴"；再让一万军兵，各拿硬弓铁箭，把守七座将台，号称"铁棍"。公马荣得令，引军到正路去排阵。

吕军师又遣黑水国铁头太岁带领本部军兵，前去九龙谷东边，排成青龙阵。分一万人拿着轩辕旗，把守七座将台，号称"龙须"；再分出一万人，分成四队，各拿宝剑，把守七座将台，号称"龙爪"；再分军一万，各拿金枪，把守七座将台，摆成龙鳞形状。铁头太岁得令后，带领本部军前往布阵。

◎ [轩辕]

即黄帝，传说为姬姓，居住在轩辕之丘，曾率领部落战胜炎帝、蚩尤，被诸侯尊为天子。后人将轩辕作为中华民族的始祖。

吕军师又令流沙国苏何庆引部下去九龙谷之西，摆成白虎阵。分军兵一万，各拿宝剑，把守着七座将台，号称"虎牙"；又分军一万，各拿短枪，把守着七座将台，号称"虎爪"。再令耶律休哥引兵一万，在前面把守六座将台，号称"朱雀阵"。又让耶律奚底引兵一万，把守后面的六座将台，号称"玄武阵"，让他们在东西成犄角之势。苏何庆等得令后，都各自引兵而去。

然后，吕军师又让森罗国亢金龙太子引军守中座将台，命董夫人分军一万，绕中座将台而立。金龙太子等得令，出去引兵布阵。

吕军师又让西夏国黄琼女引兵各拿宝剑，站在旗下西侧，号称“太阴星”。又让萧挞懒引军，站在旗下东侧，号称“太阳星”。同时让耶律沙率本部军兵巡视四方，结作长蛇样式。诸将摆好阵式，只等和宋兵交锋。

◎ [太阴星，太阳星]

古人将太阳和月球都看做是星辰，称太阳为太阳星，月球为太阴星。

吕军师分派完毕，命椿岩与韩延寿出阵监督。次日，椿岩和韩延寿商量说：“今天阵图排列已经完毕，我们就到宋营去下战书，约宋将出兵看阵。”延寿应允，马上派人到宋营下战书。王全节看完，批书回复。次日，王全节引李明等出九龙谷到平旷之处列阵。只见正北方有一座战阵，像山一样隐隐约约，非常整肃。王全节大惊，说：“辽军平时队伍不整，今天列阵却这样神妙，军中一定有奇人谋划，我等不能轻敌，以免伤了锐气。”说完，辽将椿岩、韩延寿冲出，厉声说：“宋军如果要出战，就上马一战。如果要斗阵，你们先说说这个阵叫什么名字？”王全节说：“你们那个小破阵有什么难认，我不稀罕去认。明天我再来会你。”于是，两边都收兵回去。

人物点击

吕客

辽国军师，相传为仙人吕洞宾的化身，因与神仙钟离赌气，决心辅助萧太后打败宋朝，夺取大宋江山。在辽国贴出招贤榜文后前往应征，进入辽国朝廷后，建议萧太后借来辽西鲜卑国、黑水国、森罗国、西夏国、流沙国五国共精兵二十五万，布下七十二座天门阵以对抗宋朝。宋军在杨家将带领下，北伐破阵，但屡次被该阵所败。最后在钟道士即神仙钟离化身的帮助下，宋军攻破了天门阵，彻底打败了辽国。

第十九回 受天书宗保识阵

王全节回到营中，对李明说：“我行兵半生，还没有见过那样的阵势！现在我们赶紧奏报朝廷，让朝廷派能识此阵者前来，才可攻打。”李明道：“将军所言有理，我们应该马上奏报圣上。”于是，全节命人将辽军排阵的形势画成一图，遣人星夜送往汴梁，奏报给真宗。

真宗看完阵图，将它递给满朝文武过目，并没有一人认得这个战阵。寇准奏道：“这阵图，似乎玄妙无穷。三关杨六郎也许认得，不如让他去试试。”于是真宗派人到三关召杨六郎进京。使臣到三关宣诏，六郎接旨后，命陈林、柴敢守寨，带领岳胜、孟良、焦赞等二十员指挥使统领三军，离开三关，往汴梁而行。

六郎率部众到了汴梁，次日一早就去朝见真宗。真宗说：“朕命王全节征辽，没想到辽人布下一个阵势，全节等都没见过，于是按阵画成一图，奏报给朕。朕给满朝文武看，也没有一个人认得。朕想，将军为将门之子，或许可以认识。”六郎接过阵图，看了很久说：“辽国一向没有什么高人，今天出现了这样奇异的阵势，让臣日夜不安。臣想带领兵马，亲自去看看情况。现在对着图，臣实在不能识别，因此也不敢乱说。”真宗允奏，赐给六郎金卮玉酒，让他即日起程。

◎ [金卮]

用黄金制作的酒器。

六郎谢恩离开。

次日，杨六郎在天波府拜辞佘太君，带领部众离开汴梁，往九龙谷进发。哨马报知王全节，全节听说杨家将到了，心中忧愁顿时舒解，于是和李明等出寨迎接六郎。六郎下马，与全节入帐坐定，全节说："小将领旨到此征讨，不想辽人布下奇异无比的阵势，小将并不知那是什么阵。幸好将军到此，想必一定知道，我们来日就可攻破此阵了。"六郎说："圣上曾将阵图给我看过，小将也不知道那是什么阵，要明天出去看了之后，才能知道具体情况。"全节说："将军说的很是在理。"于是让人为六郎等备酒接风。

第二天，六郎下令，让岳胜等披挂出阵。三通鼓罢，宋军拥着六郎等人出阵。韩延寿见六郎来了，心想："这人是将门之子，一定认得此阵。"于是下令让各营服从红旗指挥，随时变化迎敌。军士得令后，一声炮响，排列阵势。六郎在马上看了很久，对诸将说："我对阵图全都仔细钻研过，但从没见过这种阵势。像是八门金锁阵，但又多了六十四门；像是迷魂阵，但中间又多了台坛。这么复杂的阵势，如何攻打呢？暂且回去商量。"于是让岳胜等人收兵，辽兵也不追赶。

六郎回到军中，和全节商量说："此阵果然排得很妙，我也不知道这是什么阵势。"全节说："连将军都不知道，其他人肯定更不知道。"六郎道："我们应派人奏知朝廷，请御驾前来计议进兵。"全节马上派人到京城进奏。

真宗闻奏后，与群臣商量说："辽国阵势，杨将军都不能认出，看来绝非平常的阵势。朕要亲自前往观看，再商量对策。"八王奏道："陛下现在肯御驾亲征，伐辽一定能马到成功。"真宗于是决定马上出发，下令让寇准监国，大将呼延赞为保驾大将军，八王为监军，遣使召集边关将帅，前往九龙谷听用。使臣领旨后，到各处宣旨，边关各处将领一起发兵前往九龙谷，等候号令。真宗的车驾离开汴

◎ [监军]

古代行军打仗时，由皇帝派遣，监督领兵将领，协助处理军务的朝廷大臣。

梁，往幽州进发。大军走了几天，到达九龙谷。杨六郎、王全节等接驾入寨，向真宗朝拜。真宗问辽兵阵势如何，六郎说："阵势异常，非常罕见。明天请圣上亲自去看。"于是真宗下令第二天看阵。六郎退出营帐，嘱咐各营准备保护真宗明天看阵。

辽人得知宋君驾临，韩延寿对椿岩说："宋君亲自前来，军士英勇十倍。现在我们也奏请娘娘车驾亲来监战，那么诸将知道敬畏，一定更容易建立大功。"于是二人写表遣人到幽州奏明萧太后。萧太后阅过后，马上与群臣商议。萧天左奏道："此战是取中原的大计，关系非常重要，娘娘应当答应下来。"萧太后大喜，命耶律韩王监国，萧天左为保驾将军，耶律学古为监军，即日离开幽州，前往九龙谷。韩延寿迎接入寨，奏报说宋人不识阵图，宋君要亲自出阵观看。萧太后说："卿等尽心竭力，如果得到了中原，我一定对诸位裂土分疆。"韩延寿等拜别而出。

◎［裂土分疆］

分封诸侯的意思。古代皇帝在分封诸侯的时候，用白茅草裹着社坛上的泥土，授给被封者，象征将土地和权力分给他们，称为"裂土分茅"。

第二天三通鼓后，真宗车驾出阵，萧太后也出阵相对。真宗在黄旗下高坐马上看阵，萧太后跨着紫骅骝，坐在旗下，高叫："宋主，你宋国一统中原，还贪心不足，屡次想图我辽国江山。现在我特来和你一决高下。如果你们能识破此阵，我就将辽国献给你。不然，就请你们回去。"真宗回答说："辽国蛮荒之地，全部献给我，又能怎么样？你们这些辽人，年年扰我边疆，让我百姓不得安宁。朕如今亲自来此，一定要扫平幽州，破你们的小阵又有何难？"说完，挥军回营。萧太后也引军回去。

真宗看了阵势，回营召集诸将商量说："朕看此阵变化多端，如今卿等都不能识别，该怎么办？"六郎奏道："《六甲天书》下卷可能提到过此阵，但臣只跟随臣父学了上中两卷，本来还要学下卷，结果臣父被潘仁美、王侁等陷害，死在狼牙谷，因此没来得及学习。但臣的母亲或许听说过这个阵势，请陛下派人召她前来询问。"真宗大喜，马上派呼延显星夜前往汴梁去请佘太君。

◎［《六甲天书》］

一本道教的文献，里面主要讲如何祈请六甲天神下界助法，对符咒等介绍得比较清楚。民间认为可以用来破邪，但实际上对指导战争没有意义。

呼延显领旨，飞马到了汴梁天波府，见了佘太君，宣读诏书，佘太君拜受之后，向呼延显问阵图的来由。呼延显回答说："日前圣上曾亲自前往观阵，也不能识别，辽国人得意洋洋，出言不逊，因此特地来请老夫人观阵，商量对策。"佘太君道："既然是圣旨来召，老身马上赴命。"于是佘太君对柴郡主说："老身往九龙谷观阵，如果宗保回来，不要告诉他这些事情。"郡主领命。次日，佘太君与呼延显离开天波府，往幽州而行。

杨宗保正在打猎，忽有人来报，说圣上召佘太君去前线看阵。宗保听到后，马上拍马回府。到了府中，宗保问郡主说："祖母去了哪里？"郡主说："进宫去见娘娘商议国事了。"宗保笑道："母亲骗孩儿吧？”说完，出府上马，到城中去找佘太君。行到北门，问军校说：“你是否看到过佘太君从这里经过？”军校回答说：“早上同使臣到幽州御营去了。”宗保听完，也不回府，直接上马追赶佘太君。一路上打听，都说已经过去很久了。宗保在后追赶，不觉天色渐渐暗了下来，因为宗保不识路径，一下走进了一处偏僻的村子，两边树木茂密，没有人家居住。宗保大惊，正要转身出去，只见这里林深路窄，非常昏暗，分不清东西。正在慌忙间，忽然见前面透出一点灯光。宗保心想：“那里有灯光的地方一定有人家居住。”于是朝着有光的地方行进。

到了近处，只见面前一座房子，仿佛庙宇。于是将马拴住，叩门数声。忽有人前来开门，引领宗保进去。宗保一看，见一妇人巍然坐在殿上，两旁有几位漂亮的侍从。宗保在阶下鞠躬，那妇人问：“你是哪里人？为什么晚上叩我家门？”宗保将实情告知。妇人笑着说：“那阵势有高人指点，佘太君去到军中，不识此阵，岂不白去。”于是命左右取出酒菜款待宗保。宗保累了一天，腹中饥渴，于是饱饱地吃了一餐。妇人取出一册兵书，交给宗保说：“我先人在唐末就居住于此，现在过去大概有一百年了。你说的那个阵势，我先人曾经有过钻研。现在你来到这里，也算是和我家有缘，我就把破阵之法教给你，你按照书中指导，就可以破了辽人的阵势。”于是打开兵书，教宗保应该如此这般。说完，差人安排宗保安歇。

次日一早，宗保拜别妇人，带着兵书，照妇人的指引，走出村子，往北直奔九龙谷。

佘太君跟随呼延显到了九龙谷，直接来到御营，朝见真宗。真宗告诉佘太君，全军没有识得北敌阵图的人。佘太君说：“老妾曾经得先夫传授的几卷兵书，但不知其中是否有此阵，等老妾先去看看。”真宗允奏，佘太君告辞出来，第二天与六郎登上将台瞭望辽兵阵势。只见对方兵戈整齐，杀气腾腾，红旗一动，形状就迅速变换。佘太君说："此阵老妾也未曾见过。"于是取兵书对看，发现找不到这种阵势。佘太君对六郎说："此阵不要说是我不识，就算你爹在世，也肯定不会识出。"六郎说："既然这样，我们该怎么办？"佘太君说："我杨门不识，恐怕他人更加不识。"说完，走下将台，和六郎等回到军中。

众人正在忧闷的时候，忽有人报宗保来了。六郎怒道："军队之中，肃杀森严，这孩子跑来干什么？"还没说完，杨宗保就跑了进来，看见他父亲怒气未消，安慰说："爹爹这样烦恼，难道是因为不识敌阵？"六郎道："谁叫你来的，快回去！再多说话，小心我打你。"宗保道："我走了不要紧，但有谁能去破敌阵呢？"佘太君一听，唤宗保过来，低声问他："你能识破此阵？"宗保说："等我前去一看，便知分晓。"佘太君于是唤岳胜等人保护宗保登上将台看阵。岳胜等便带宗保登台瞭望，宗保左顾右盼，看了很久，对岳胜说："此阵排得果然非常奇妙，但也有破绽，我们可以利用破绽进行攻击。"岳胜说："现在我军营中将帅如云，没有一人能识此阵，小将军如何能知之？"宗保说："等回军中详细对你们说。"

众人下了将台，岳胜去见六郎，说："小将军深知此阵，说破阵不难。"六郎笑道："小孩的话也要当真？你还真糊涂啊。"岳胜随即告退出来。宗保见了佘太君，说此阵有破绽可以利用。佘太君道："你先别说怎么破阵，先告诉我，此阵名为何阵？"宗保说："一言难尽。此阵一座座都是按名来把守，从九龙谷东北上起，直接西南，其中有七十二座将台。将台旁边有路往来相通，名为七十二座天门阵。其中设计不够周全的地方，为中间将台玉皇殿前，少了天灯七七四十九盏，青龙阵上少了九曲黄河，白虎阵上少了虎眼金锣和虎耳黄旗，玄武阵上少了日月皂罗旗。我们可利用这几处破绽去攻击。"佘太君大惊说："我的儿，你是怎么知道的？"宗保就将之前追赶佘太君、误入村中受书的事详细说了一遍。佘太君和六郎这才恍然大悟。

人物点击

杨宗保

杨继业之孙，杨六郎之子，少年从军，富有勇力和智慧。在杨六郎被困九龙谷时，年纪尚幼的杨宗保私自跑出天波府，到阵前救助他父亲。途中得高人指点破阵之法。后来在穆柯寨取木时，被穆桂英擒拿，两人结为夫妻。随后，他二人同破天门阵，对战局发展起着决定性作用。六郎死后，杨宗保成为杨家将的核心人物。狄青南征侬智高失利后，杨宗保替代狄青为帅，最终平定南方之乱，同时也和狄青结下仇怨。后来又奉命西征夏国，中计受困，引出十二寡妇西征的故事。

第二十回 真宗割须救六郎

第二天一早，六郎到御营将宗保识得此阵之事奏明真宗，真宗大喜道：“卿既识此阵，可速速派兵攻打。”六郎说：“等臣出去和宗保好好商量一番。”真宗允奏。六郎退出军营，叫来宗保商议一会儿，然后下令诸将等待出阵。

王钦听六郎说阵排得不全，马上派心腹下人星夜前往辽军报知韩延寿。韩延寿得报后大惊，急忙奏明萧太后。萧太后宣吕军师入帐问道：“卿既然布下此阵，怎么会让阵中有那么多的破绽？”吕军师说：“这是谁说的？”萧太后道：“宋人说阵布得不全，很容易就能破之。”吕军师想，宋军中既然有人能识此阵，一定不是普通人。于是奏道：“不是臣不能完整地布阵，只是认为宋人没人识得，因此故意欺负他们。现在他们既然能看出此阵破绽，臣派人将破绽处一一补全，那么即使神仙下凡，也无能为力。”萧太后说：“军师快快去做，不要被敌人抢先了。”吕军师随即来到军中，下令在玉皇阵上添起四十九盏红灯，青龙阵上布起九曲黄河，白虎阵内左右建起黄旗、金锣，玄武阵上竖起日月皂旗。

◎ [日月皂旗]

绘有日月图饰的黑色旗帜，古代经常用黑色旗帜进行战斗指挥。

杨六郎因为宗保遇奇人授给兵书，识破敌阵，心里非常高兴。于是命令诸将服从宗保指挥。并选择了一个好日子，奏明真宗出兵攻阵。真宗闻奏后，下令各营遵杨六郎调遣。宗保带着岳胜等人登上将台观望。只见天门阵原有的破绽已经被补全，无破绽可攻。于是大叫一声："如何是好？"跌倒在台上。岳胜等人大惊，慌忙将他扶下将台，转进帐中，报告六郎。六郎命人救醒，问他为何如此，宗保说："敌阵原有的破绽，如今全部被补好。现在要破阵，恐怕很难。"六郎听完，昏倒在地。众人急将他救起来，六郎仍不省人事。佘太君放声大哭，众将十分惊慌，宗保说："祖母不要哭，快请八王前来商议。"佘太君于是叫人请八王到营。佘太君告知事情经过，八王道："既然郡马得了重病，当马上奏明圣上。"八王于是辞别佘太君，入见真宗，告知六郎得病的事。真宗大惊道："如果杨将军有个三长两短，谁能来破此阵呢？"八王说："陛下不要忧虑，请发出榜文，招募名医，说不定有人能治好杨将军。"真宗允奏，吩咐人写出榜文挂在辕门之外。

这天有一道人见辕门外张挂着募医的榜文，于是向前将它揭下来。军校报入御营，近臣奏明真宗。真宗宣道人进来问："你是何人，能医杨将军之病？"道人说他姓钟，来自终南山。现今因看到杨将军病倒，特来医治。真宗见此人仙风道骨，暗想，此人必能医治。于是命钟道士前往六郎营中看病。过了一会儿，道士看完六郎之病，向真宗回奏说："臣能医治此病。"真宗问用什么方法治之。钟道士说："臣看此症，只要服用两味药剂即可痊愈。"真宗问："是哪两味药呢？"钟道士道："这两味药很难得啊！"真宗说："卿只管说来，只要能弄到，朕一定想办法。"钟道士说："要龙母的头发、龙祖的胡须。"真宗又问："这是两样什么东西？朕马上派人去求。"道士道："若说龙须，陛下脸上有。龙母的头发，必须向萧太后头上去求。"真宗说："现在两军正在对阵，龙须还好说，龙母之发，怎么去求呢？"道士只管说："如果得不到这两样东西，恐怕杨将军的病就难治了。"八王奏道："杨将军部下有很多智谋之士，请圣上下一道密旨，说

◎ [终南山]

道教圣地之一，秦岭山脉的一段，西起陕西宝鸡，东至陕西蓝田。

如果有人能到辽国求得萧太后头发，定会给重重的赏赐。”真宗允奏。

真宗于是依照八王所奏，写好密旨交给八王。八王领旨后，到六郎营中探视，与佘太君商量此事。佘太君得旨后，唤岳胜进来说：“圣上有密旨在此，说如果有人到敌营中求得萧太后头发，回来后一定重加赏赐。我想起一个人，或许他能够求得萧太后之发，但是现在还没找到一个机敏之人前往。”岳胜问：“不知奶奶想到了谁？”佘太君道：“我曾隐约听人说过，萧太后招赘我儿四郎为婿，如果此事属实，那萧太后头发一定能求到。”岳胜道：“孟良足智多谋，应该可以胜任这一任务。”佘太君于是唤来孟良，商量此事。孟良慨然答应。这天夜里，钟道士来见孟良，告诉他说：“除了萧太后的头发，还有两件事，你也要做好。”孟良道：“有哪两件事情？”道士说：“萧太后的马厩中有匹白色宝马，你去偷来给宗保。另外，在萧太后的御苑中有九眼琉璃井，其水被辽国人拿来，布置在青龙阵上。你过去之后，将粪土扔进井中，只要井水被污，之后阵中无干净水供应，此阵就好破了。”孟良得钟道士指点后，悄悄绕过辽营，往幽州而去。忽然焦赞从后面赶上，孟良回头看到了，怨恨地说：“真是冤家！你来干什么？”焦赞说：“哥哥一个人独行，我不放心，特来相伴。”孟良说：“这种事情，需要极度保密，你怎么能同去呢？”焦赞说：“难道只有哥哥能保守机密，我就只能泄露机密？我定要和哥哥一起同去。”孟良无奈，只得让他一起前去。

二人到了幽州城中，找个酒店安歇下来。次日，孟良对焦赞说：“你在店中歇息，我去打探驸马的消息。千万不要到街上惹事，如果被人识破，我们就麻烦了。”焦赞一口答应，孟良化装成辽国人，进入驸马府中，见到驸马，发现果然是四郎。于是孟良向四郎说明六郎染病，以及道士告知需有萧太后之发方能医治之事。四郎道：“我府有侦探，你在此会被发现。你先出去等待，让我想想怎么办，等过两天你再来。”孟良领命，仍到店中歇息。

四郎日夜思考，忽想出一计，大声喊叫心腹疼痛。公主大惊，问道："驸马心疼，是原来就有的，还是最近新发的？"驸马说："原来就有。"公主急忙召医官调治，但全无作用，四郎大声叫疼。公主问："驸马从前怎么得的这个病？"四郎说："幼年在战争中伤了力，腹脏出血，因此经常隐隐作痛。"公主问："从前是否医治过？"驸马说："从前曾得龙发烧成灰调服，好了几年。现在却又发病了。"公主问："龙发到哪里去弄？我赶快让人去求。"驸马说："只有宋国才有，这里哪里有呢？不过娘娘的龙发，或者可为替代。"公主说："这个好办。"于是遣人星夜前往军中去见萧太后，告知驸马发病，要龙发治疗。萧太后说："驸马之疾，如果得到我的头发就能治好，我也不能吝惜这几根头发。"于是剪下一把，交给来人，来人星夜赶回幽州，将发递到府中。四郎假装取些头发烧灰服下，告诉公主不疼了，公主大喜。第二天，四郎将所剩的头发交给孟良，孟良得到头发，拜辞四郎，到店中交给焦赞，对他说："你快拿着这些发丝赶回营中去救杨将军。我完事之后，马上回去。"焦赞领了发丝，星夜奔回九龙谷。

孟良那晚从驸马府出来后曾悄悄跑到御苑中探视了一番，那里果然有九眼琉璃井。这天晚上，孟良潜进苑中，用粪土沙石将井填满，抽身离开御苑，到一处幽僻地方坐着，等到天亮后，又跑到萧太后的马厩旁，用辽语对人说："娘娘有旨，遣我来牵此马到校场训练，明天与宋军对阵。"养马者说："拿旨给我看。"孟良来时，已经备好了萧太后假旨一张带在身上，那人一问，孟良就取出给他。那人一看印信，也没有细细鉴定，就让孟良把马牵走。孟良骑马出了校场，直往九龙谷而去。等到辽国人发现其中有诈，孟良已走出很远了。

孟良得马回到军中，见到钟道士说："三件事都已经办完了。"道士赞赏道："你倒有些胆略。"于是道士进真宗帐中，请真宗剪下一些胡须，真宗欣然剪下后，交给钟道士。钟道士将胡须与萧太后的头发放在一起，烧成灰后加以混合，调酒给六郎灌下。不一会儿，六郎苏醒，康复如旧。真宗一看，钟道士治好六郎，不胜高兴，于是将道士宣进御帐说："赖道长治好了六郎，朕要封你一职，以为酬劳。"钟道士说："贫道是山中的蠢夫，胸中无物，上不能为圣上解忧，下不能为百姓办事，不敢为官。"真宗说："道长太谦虚了，朕看道长之才不比周公和召公低。"钟道士说："贫道蒙陛下知遇之恩，要和杨将军一起破了敌阵，以报皇恩。"真宗喜道："若能建立功绩，朕一定为道长刻碑石，上书道长的事迹，让道长之功永垂不朽。"道士说："敌阵变化无穷，如果不做好准备，就很难攻打。让贫道详细指导宗保去破阵。"真宗允奏，于是授命钟道士为辅国正军师，可以调遣军中将帅。

道士谢恩退出，来见六郎。六郎拜谢，钟道士说："这也是将

◎ [周公、召公]

周代初年著名的政治人物。周公、召公都是周武王的兄弟，他们的封地分别在鲁国（今山东境内）和燕国（今北京附近）。武王死后，由武王之子、年幼的成王即位，周公辅政，他平定了国内的诸侯叛乱，使周朝发展得欣欣向荣。召公支持周公辅政，并很好地管理了他的封地，让封国境内政通人和，人人各得其所。后人用周、召比喻贤臣。

军难免的小劫难，幸好今天痊愈，可与令郎一起去破敌阵。”六郎叫来宗保，让他拜钟道士为师。宗保拜完后，钟道士说：“我看军中人马缺少，不足调遣，难以破敌。须派人再调各处军兵来营听用。”宗保道：“师父说调遣哪里的军马，可马上派人召来。”钟道士于是命呼延显到太行山，召取金头马氏引本部军兵前来御营听用；又派焦赞回天波府，召取八姐、九妹、柴郡主来营听用；又派岳胜往汾州口外洪都庄，调回大将王贵来营听用；又派孟良往五台山召取杨五郎，带领僧兵来营助战。分派完毕后，呼延显等人领命而去。

人物点击

杨六郎

本名杨延昭，为避武功郡王赵德昭之讳，改名杨景，是杨家将第二代的核心人物。杨家归顺宋朝以后，在一次为宋太宗护驾的过程中，杨六郎兄弟数人，有人阵亡，有人失踪，只剩下六郎、七郎回到汴梁。后来，六郎、七郎奉命随父出征北伐，结果杨家父子遭到潘仁美陷害，杨继业撞死李陵碑，七郎被潘仁美万箭穿心，六郎一人回到京城，申诉冤屈，最后潘仁美伏法，杨家的冤情得以昭雪，潘仁美被流放。杨六郎愤怒之下，杀死潘仁美，结果被真宗下令发配汝州。到汝州后，六郎遭到王钦诬陷，真宗下旨将六郎处斩，幸得八王等人想出计策，杀了貌似六郎的死刑犯人蒙混过关。之后真宗受王钦唆使，到辽宋边境的魏府观景，结果被辽军围困，六郎前往救驾，并击退辽兵。破辽后，六郎手下猛将焦赞、孟良在前往辽境取回杨令公骸骨的时候，不幸身亡，六郎悲痛不已，不久去世。

第二十一回 宗保巧遇穆桂英

孟良很快便到了五台山，见到五郎，说明请他下山破天门阵一事。五郎说："之前我到澶州救了我六弟，上山后，一心皈依佛教，扫除尘缘，不能再入行伍，害我修行！"孟良道："这不是小将的私事。只是奉上面的命令差遣，不敢不来，请师父念在小将勤劳王事的分上，不要推辞才是。"五郎道："萧天右、萧天左是辽国两员大将，凶猛无比。天右已被我除了，只有天左尚在。这人不比天右，我如果再去，一定会让我和他交锋。我想了一下，要打败他，须得到穆柯寨后面的降龙木，将此木做成斧柄，我就能降伏此人。如果你能求得此木，我就下山。不然，就算我去了，也帮不上什么忙。"孟良说："师父如果真的要，小将怎敢推辞？一定会赶快求来。"五郎说："那你速去速来，我也准备下山。"孟良辞别五郎，向穆柯寨而去。

◎ [尘缘]

佛教用语，色、声、香、味、触、法六尘为尘缘。佛教认为，六尘能染污心性，出家人不再过问俗事，也就是断绝尘缘。

◎ [降龙木]

俗称六道子，长在太行山、燕山、恒山交会的深山中，属耐寒、耐旱，灌木丛生植物。木质坚韧，手感润滑，纹路清晰，可用来试毒、驱邪。

穆柯寨寨主，号称定天王，名叫穆羽。他有一女名叫穆金花，又名穆桂英，力量非常大，曾遇见高手传授神箭飞刀，百发百中。

这一天，穆桂英在外打猎，只见一只鸟从远处飞来，穆桂英拽弓射箭，那鸟应弦而落，恰落在孟良面前。孟良一看，便捡起来拿在手中。还没走出几步，忽然看见五六个喽啰赶来，叫道："好好将鸟还我，饶你一命。"孟良听了这话，停步不行。喽啰上前来捉孟良，孟良拳脚并用，那些喽啰被打得抱头乱窜，忙着报告桂英。桂英就率众喽啰来追赶孟良。孟良听到后面吵闹，知道是一大队贼赶过来，于是取出利刀，挺立等待。

不一会儿，桂英赶到，骂道："你这狂夫，竟敢如此胆大，到我们这里逞英雄。"孟良并不回答她，舞刀来战桂英。桂英举剑迎战。连斗数十回合，孟良见很多喽啰一起拥过来，担心被他们所伤，于是扭身便走。桂英见他刀法娴熟，怀疑他诈败，于是也不去追，只和众人退守隘口。

孟良进退不得，对喽啰说："我将捡到的鸟还给你们，你们快开路放我过去。"喽啰说："你刚才不是逞英雄嘛，现在怎么就这么老实了？但今天算你走错了路，谁不知道要过穆柯寨，必须留下买路钱。如果没有买路钱，今天肯定不会让你过去。"孟良一听，心想："我到此来是为了求木，看来现在连性命也难保了。"于是，孟良取下金盔，递给喽啰当做买路钱。喽啰将金盔交给桂英，桂英得到了金盔，于是下令开路放他过去。

孟良疾奔回寨，见到六郎，将五郎要斧柄和用金盔买路的事情，告诉了六郎。六郎说："这样的泼妇，太可恶了。"宗保说："儿愿和孟叔叔一起去取木。"六郎说："我担心你不是她的对手。"宗保说："我随机应变，爹爹不必挂虑。"

于是宗保与孟良引兵两千，一起到穆柯寨外呐喊。穆桂英听到后，全身披挂，引众人鼓噪而出。宗保道："听说你家寨后有降龙木两根，快给一根给我作为斧柄，等到破阵以后，我们一定送礼相谢。"桂英笑道："你要求木，必须能胜我手中的宝刀。到时候，莫说一根，两根全都给你。"

宗保对孟良说："泼妇出言不逊，等我先活捉了她，然后我们自行前往砍伐，何必在这里求她呢！”于是举枪直取桂英。桂英舞刀相迎，交战数十余回合，桂英卖了个破绽，假装战败，拍马而走。杨宗保乘势追赶，桂英抽身转回，拈弓暗放一箭，正好射中他的马。宗保落马，桂英上前将他活捉。孟良随后赶上搭救，不料寨上弓箭和石头纷纷落下，不能前进。孟良道：“我们不能退去，要想个法子，救出小将军。”众军应允，于是扎营在穆柯寨下面。

穆桂英捉了杨宗保，让喽啰紧紧绑缚，押到帐中。宗保大声喊：“要杀就杀，为何绑我这么紧！”桂英见杨宗保长得眉目清秀，齿白唇红，言辞激烈，心想：“如果能和他结为夫妇，也算不枉此生。”桂英本就长在山寨中，生得大方，也不知道含蓄矜持，于是告知喽啰，她想和宗保结好之意，让喽啰说给宗保听。喽啰向宗保说明桂英的心意后，宗保想：“我要得到她寨后的木头，现在如果不答应，连命都保不住，更不用说借木了。不如答应她，以救国家危难。”于是对她说：“蒙寨主深情，我同意寨主的要求。”喽啰于是回报桂英，桂英大喜，亲自为宗保松绑，扶他起来相见，并让左右整酒款待宗保。

饮酒到一半，忽然听到寨外喊声大震，下人来报宋兵正在攻寨。宗保说：“现在既然与寨主约定终身，我们即当事同一体，请开门，我对部下说一声，让他们也好安心。”桂英于是命喽啰开门，告知宋兵杨宗保与穆桂英之事，放孟良一个人进来。孟良见宗保与桂英对席饮酒，说：“小将军在此享乐，却让我们担心死了。”宗保将成亲的事告知了孟良。孟良说：“现在军情紧急，暂时辞别，等待日后再成亲吧？”于是宗保告知桂英，桂英说：“郎君既然行程这么紧，我明天去给郎君送行。”第二天，宗保向桂英要降龙木，桂英说：“郎君等几天，我会送过去，当做嫁妆。”于是桂英送宗保下山，两人依依不舍。宗保说：“我如果遇有危难，一定要来救我。”桂英点头答应，二人依依惜别。

宗保带领众军来见六郎，说："儿子去穆柯寨与穆桂英交锋，不想误被暗箭伤马，把儿子捉了去。幸蒙桂英不杀，逼儿子成亲，儿子也没办法，只能允从。现在特来请罪。"六郎问："拿到木头了吗？"宗保说："没有。桂英说她过两天亲自送来。"六郎大怒道："我等因为国事危急，时刻在想办法，现在让你去借木头，你不但没有得到，反而因私欲而忘国事，我怎么生了你这样的不孝子，留你何用！"于是喝令左右将杨宗保推出斩首。左右正要绑了宗保，佘太君听闻，忙入帐对六郎说："宗保虽然犯了军令，但现在正要破阵，暂且留他听用。"六郎道："若非娘亲相救，决不宽恕他。暂且将给他戴上枷锁，等破阵之后再问他的罪过。"孟良跪下请求说："请将军息怒。小将军的事，真是不得已。当时他被擒后，已成为笼中之鸟，又要求得木头，怎么能不顺从对方！请赦免小将军，不要囚禁他。"六郎不答应，还是将宗保囚了起来。

◎［枷锁］

枷是古代的一种刑具，用木板制成，分左右两片，木板中间有几个矩形和凿空的洞，套在罪犯的脖子上，用来夹住脖子和两只手。两片木板合并之后，用特制锁具锁好，就是所谓"披枷戴锁"，是一种常见的刑罚。

第二天，孟良悄悄到牢中见宗保说："刚才见了钟道士，他告诉我说小将军最近可能要遭血光之灾，现在你在此被囚，也算他说准了。没办法，小将军暂且忍耐几天吧。"宗保说："父亲实在冤枉我了，我所做的事情，你都知道。但我想了一下，穆桂英很有本事，如果她能前来相助，定能发挥很大的作用。你现在就去见她，一为求木，二让她来帮我。"孟良领命而去。

次日，孟良遵宗保之言，到穆柯寨见了桂英，说小将军被囚，特请她到营中相助。桂英道："你今天来此请我，我本来该去的，但是寨中一时离不开我。你回去告诉杨将军，赶快放出小将军，不然，我就带队进攻。"孟良听完说："寨主既然和小将军成了夫妻，应该引军相助我大宋，怎么还说这样的话呢？"桂英怒道："丈夫遇到不幸，就是妻子遇到不幸。我夫君因我被囚，他受罪就是我受罪，谁让他受委屈，就是和我为敌，我自然要仇视他。你再多说，小心我连你也不认了。"孟良道："今天天色已晚，就念在小将军的分上，让小将借宿一晚吧？"桂英说："这个倒是可以。"于是让人安排孟良到寨前休息。

孟良心想："我如果不下个毒手，怎么能让她前去相助？"于是等到二更天，他就良前往寨子东边，放火烧寨。此时正是九月，狂风大作，一时间火焰冲天。喽啰大惊，跑出来救火。孟良提刀，进到寨后，砍了降龙木。又担心被众人发现，于是扛着降龙木，直接奔五台山而去。

等到喽啰灭了火，知道放火者是孟良，四下找寻他，发现他已经走了。再进寨查看，看到很多被杀的家属。穆桂英大怒，马上集合部众，杀奔九龙谷，要报此仇。走了一段路程，有一喽啰向桂英进言说："孟良看见寨主不肯下山相助，才这么做。他应该是为了逼你出山，并没有害我们的意思。现在山寨已经被烧，我们不如举众投奔大宋吧。一则寨主可以成就佳偶，二则可以为朝廷立功。何必再与他们厮杀，伤了和气呢？"桂英想了半天，说："你说的也很在理。"于是引众人回去，收拾了寨中的粮草物件，装在车上，扯起穆柯寨令字旗号，带领人马往宋营中而去。

宋军看见穆柯寨旗号来到，急忙报给六郎，六郎大怒说："这个泼妇引诱我儿，实在可恨。现在又来勾引，等我出去杀了她以绝后患。"于是引兵出阵，见到穆桂英就大骂道："你这贱人，快点退去，我也不加追究，不然，一定砍你的首级！"桂英一听大怒，心想："我好心引兵前来相助，他反而凌辱我！"也不多说，拍马直取六郎。六郎举枪和穆桂英战在一起。数十个回合，不分胜负。穆桂英于是诈败而走，六郎从后追赶，大声喝道："往哪里去！"桂英拈弓搭箭，正中六郎左臂，六郎翻落马下。桂英上前将他捉住。这时岳胜、焦赞等都不在军中，因此无人搭救。桂英就命令喽啰将六郎绑了，重新回到寨子去。

正在行进间，忽然山坡后旌旗蔽日，一队僧兵赶来，桂英一看，原来是杨五郎和孟良。桂英列开阵势，孟良拍马向前，见六郎被捉，大惊说："将军怎会被擒？"六郎沉默不语。桂英问："这是何人？"孟良说："正是你公公。"桂英惊道："你要是不来，险些伤了他。"于是赶紧跳下马，命人将绳索解开，跪在地上拜道："误犯大人，请您恕罪。"

六郎看桂英如此英勇，心中非常喜欢，说："不要多礼，起来吧。"六郎又引桂英和五郎相见，一起合兵回到九龙谷。六郎命人放出宗保，和桂英一同拜见佘太君。佘太君高兴地说："此女真是我的好孙媳妇。"于是命人准备酒菜，为五郎等人接风。

人物点击

穆桂英

穆柯寨寨主穆羽之女，从小习武，武艺精湛，聪明机智，勇猛过人，传说高人传授神箭飞刀之术。杨宗保在随父杨六郎北伐辽国时，奉父命前往穆柯寨取降龙木，不料被穆桂英擒获，然后两人结成夫妻。宗保回营，六郎认为宗保因私忘公，触犯军法，因此下令将其斩首，后改为囚禁。穆桂英闻讯后前来搭救，在不认识六郎的情况下将他活捉。之后，穆桂英帮助杨宗保大破天门阵，成为杨门女将中的佼佼者。

第二十二回 黄琼女迷途知返

大伙正在为杨五郎、穆桂英等人接风，忽听下人来报，岳胜、呼延显等召取各处兵马都已到了营外。六郎大喜，立即出寨迎接。王贵、金头马氏、八姐、九妹等都进入帐内。相见毕，六郎向王贵拜道：“叔父不辞劳苦，都是小侄所累，还望不要怪罪。”王贵说：“贤侄与我同为王事，说什么累及呢！”王贵等拜见佘太君，六郎设酒款待。当天，众人尽欢而散。

第二天，六郎进御营向真宗奏道：“现在各路军马都已经到寨，特请圣旨号令破阵。”真宗说：“既然各军都已赶到，将军就乘机而行。从今以后，不要事事等朕的旨意，将军根据需要调遣吧。”六郎领命而出，与宗保商量破阵之策。宗保说：“钟师傅告诉我，等待两天出兵才好。儿子先带领诸将钻研敌阵的破绽。”六郎表示同意。

次日，宗保坐在军中，让各营听候攻阵，请钟道士进帐商量进兵。钟道士说：“敌阵之内，道路曲折，现需要一个粗心大胆的人进去巡视一番，回来讲给众军听，然后才能攻击。”宗保于是问众人道：“谁敢去巡视天门阵？”焦赞应声道：“小将愿往。”宗保应允。焦赞退回本帐，和牙将江海议论说：“我现在要去巡视敌阵，你有什么计策教我？”江海说：“如果没有萧太后的敕令，如何能进得去呢？你现在要去，必须假借萧太后的敕令夜巡，才能找到机会混入。”焦赞问：“我到哪里去讨印信呢？”江海说：“此事不难，我父曾给萧太后当掌印官，留有以前的印式，被我依样刻了出来。前几天孟将军去幽州偷来良骥，也是用我的假印信。现在我仍用此印，造一张假旨交给你，你只管去阵中巡视。”焦赞大喜，于是拿了江海做好的假旨，星夜离了本营，到天门阵中去了。

焦赞来到铁门金锁阵，只见辽将马荣，雄赳赳立在将台上，部下把守得像铁桶一般。见了焦赞问：“你是什么人，敢到此巡视？”焦赞回答说：“我奉了娘娘敕旨，到此夜巡。”马荣问：“敕旨在哪里？”焦赞就取出给他看。马荣看完，就开阵放焦赞过去。焦赞于是过了铁门金锁阵。又到青龙阵，铁头太岁厉声喊道：“这是什么地方，容你到此夜行！”焦赞道：“娘娘有旨，遣我前来巡视。”太岁请旨看完，也放焦赞过了青龙阵。焦赞到其中后，看见道路丛杂，又听见四面有金鼓之声，于是有些胆怯。又到白虎阵前，守将苏何庆大声说：“是谁让你来此看阵？”焦赞说：“我领娘娘敕旨前来夜巡。”苏何庆讨旨看了，开阵放焦赞过去。焦赞慌忙走到太阴阵前，见许多妇人绕台而立，阵中黑雾腾腾，不觉头昏脑涨，心神恍惚。黄琼女手拿骷髅，将焦赞拦住。焦赞大声说：“我奉娘娘敕旨前来巡视，你为何拦阻？”琼女索旨看过，也放焦赞过去。看完阵势，焦赞雄心锐减，非常慌乱。不想再看里面的阵势，于是从旁边走出阵来。

焦赞跑回营中，见了宗保，告诉他看到的阵图，其中有何内容。宗保听完，请钟道士出来商议。钟道士说：“唯有太阴阵难破，如果能先破此阵，其他各阵就可以依次攻破了。”宗保问：“太阴阵上出现那么多妇人是什么意思？”钟道士说：“那些妇人阴气很重，遇到交战之际，哭声一动，就可让敌将昏迷坠马。现在要破此阵，必须先擒拿太阴阵的妇人。”宗保说：“那这个任务交给谁呢？”钟道士说：“金头马氏前去应该可以。”宗保下令，派金头马氏前去，说：“你引精兵三万，从第九座天门阵攻打进去，到时候我自有兵去接应。”金头马氏领兵而去。宗保又对八姐说：“姑姑可引军马一万，直逼太阴阵外等候，待到金头马氏军队一出，您就乘势杀入。”八姐领计而去。宗保分派完毕后，与钟道士登台瞭望。

金头马氏引兵从第九座门呐喊攻打，黄琼女听了，让太阴阵妇人出阵迎敌。马氏一见，骂道：“你本是西夏国王亲生女儿，引兵助人打仗，受他人指挥，是无能的表现。再说妇人本应守在闺阁之中，你怎能让这么多妇人在两军阵前耀武扬威，上前杀人？即使成功，也受人唾骂，让她们怎么回去见她们的父母兄弟？”琼女被马氏骂得默默无言，羞惭满面，策马回到阵中去了。马氏见阵上杀气腾腾，刀枪晃晃，也不追赶，于是和八姐收兵而回。

黄琼女回到帐中，心想，阵上那妇人说得在理，我确实要顾及姐妹们的颜面。再说当年邓令公曾为媒人，将我许配给山后继业之六郎，因为邓令公丧去，因此停止这段婚姻。现在我听说统领宋国大军的，就是六郎，也是我旧日姻配，不如引部下向宋国归降，继续这段佳偶，帮他破辽，岂不妙哉？于是，她写好密信，第二天派人送书到马氏营去。马氏得书后，报知佘太君。佘太君说：“她今天不说，我差点忘了。从前我家在河东时，本来有这门亲事的，后来因为邓令公弃世，因此没能成全。”马氏说：“此女昨天被我羞辱了一番，今日来降，想来不是使诈，老太太可与令郎好好商议。”佘太君于是召六郎过来，告知黄琼女为了旧日结姻的事，今天遣人下书，要来归降，以寻旧日之好。六郎说：“来降可以答应，但娶亲则不行。现在正是两军交战之际，哪有工夫做这个事！等到破阵之后，再从长计议吧！”佘太君说：“你说得不对，她正是因为亲事才来归降，如果你敷衍她让她心生怀疑，她就不会来了。现在正当用人之际，她来归降，太阴阵就会不攻自破。再说我们也可以添一羽翼，而辽国则增加了一个劲敌。这样的机会，真是一举两得，甚为大幸。听

◎ [闺阁]

古代特指女子的卧室。古人认为，具有美好品格的女子在结婚前应该守在家中自己房间里，整天足不出户。

◎ [媒人]

古人结婚，不能通过自由恋爱，必须由专门的人居中介绍，在双方的父母都同意以后，可奉命成婚。从中谋合介绍的人称为媒人。

我的话，还是答应了她。”六郎听从母命，修书一封交给来人递回，约定明晚里应外合。等破阵后，入军中完婚。

黄琼女得书后，非常高兴。次日将近黄昏时，黄琼女下令众军整点齐备。忽然阵外金头马氏率本部攻打太阴阵，喊声大振。黄琼女听知宋兵已到，引众军从里面杀出。巡阵黑先锋忽到，和马氏交锋，只一个回合，被马氏斩于马下。辽兵大乱。黄琼女与马氏合兵一处，杀出北营而去。等到韩延寿、萧天左引兵赶来时，黄琼女和马氏已回到了宋营。韩、萧二人懊悔不已。

金头马氏带着黄琼女进入军中，见了佘太君说：“如今黄琼女归降，又杀了黑先锋，大胜辽人一阵。”佘太君大喜，召六郎来与黄琼女相见，各营军官一齐贺喜。

次日，宗保禀告六郎说：“昨晚蒙钟师傅指示阵图，攻打出入之路，非常分明。后日时日不错，可以破阵。请父亲奏明圣上，前来监战。”六郎道：“你用心进兵，我马上奏报圣上知道。”宗保退出，见钟师父问道：“明天出兵，哪个阵先破呢？”钟道士说：“铁门金锁阵，相当于咽喉之处，必须先破。次则为青龙阵。”宗保问：“那可派谁去破铁门青龙两阵？”钟道士说：“铁门阵可派穆桂英前往。青龙阵要烦劳令堂柴郡主前去。”于是宗保吩咐孟良跟随柴郡主，前往破阵。吩咐完毕后，两支队伍各有精兵三万，一声炮响，两军一起出发。

穆桂英领兵三万，快到敌阵时，分兵一万，号令拿火炮、火箭之类，等待入阵交锋的时候，炮箭齐发。又带领一万兵马，命他们从九龙谷正北打入，抄出青龙阵之后，接应柴郡主等人。众军领计而行。穆桂英驱军呐喊，分左右攻打铁门金锁阵。辽将马荣看见，走下将台，引众向穆桂英杀来。桂英约退一箭之地，诱马荣近前，交战二十余回合，不分胜负。桂英正战之时，她派出的一万步兵各往通道攻入。铁锁兵一时而到，被宋兵施放火炮、射火箭，死伤不计其数。铁拴、铁棍一十四门精兵都来救应，结果宋兵蜂拥而进，辽兵阵势一下全乱。穆桂英奋勇杀进，大喝一声，钢刀起处，马荣人头已经落地。宋兵乘势攻入，杀死敌兵无数。

◎ [一箭之地]

古人用箭射出的距离作为度量单位，每箭射出的距离约在一百三十步左右。一箭之地也用来比喻相距不远。

柴郡主引军三万去打青龙阵，吩咐孟良说：“你引军一万，先攻九曲黄河，杀到龙腹而出。我引兵攻打龙头，绕到阵后，与穆桂英会合。”孟良得令，领兵先进。郡主遣孟良去后，令军努力攻击龙头。守将铁头太岁引兵离将台直来迎敌，郡主与他交战数合，不分胜负。忽然听得，一声炮响，孟良引军截杀。辽兵大乱，铁头太岁复来迎战，柴郡主乘势进兵。交战近二十回合，忽逢穆桂英前来会合，她趁铁头太岁不防，一刀将铁头砍于马下，然后与柴郡主奋力杀出。这一战，宋军大获全胜。

辽将韩延寿听闻宋人又破了两阵，赶紧召椿岩商量。椿岩说：

“宋人虽破了两阵，岂能再破我的迷魂阵！等到他们再来，一定要全部歼灭！”延寿道：“也难说这个大话了。我们的阵势他们已经破了三个，我看，一定是有智谋之士相助，因此千万不能小看他们。”椿岩道：“我自有主张，不劳元帅忧心。”说完，就去找吕军师商议。

探马来报知宗保，说辽军阵势的提防非常严密。宗保说：“他们虽然顽固，但被我们打破了三阵，锐气已挫，现在我们再依序攻打，不怕不获全胜。”说完，请钟师傅进帐，和他商量进兵。钟道士说：“现在可以攻打白虎阵，等白虎阵一破，我们再看机行事。”宗保说：“现在可派谁去呢？”钟道士回答：“此阵令尊可以破之。”宗保于是前去告知六郎。六郎说：“我亲自出马一定能激励大伙。”

人物点击

韩延寿

辽国大将，后任辽军主帅，是辽军中能征善战之将。曾将太宗围困在幽州。后来杨继业随潘仁美出征，韩延寿作为辽军主将，和其他辽将一起围困杨继业，将杨继业逼死在狼牙谷李陵碑下。为南征宋朝，韩延寿建议萧太后招贤纳士，由此将吕客招入辽军之中，摆下七十二天门阵，让宋军付出了沉重代价。在天门阵被破后，韩延寿被焦赞擒拿，对辽国忠心耿耿，在帐前毫无贪生之念，最后被杨宗保处死。

第二十三回 杨宗保连胜立威

次日，六郎全身披挂，带领骑军三千，杀奔北营，攻打白虎阵。宋兵喊声大振，势如潮涌。椿岩登上将台，将红旗摇动，苏何庆打开中座阵门，领兵迎敌，正遇六郎到来。两骑相交而战，交锋二十余回合。何庆佯装败走，勒马而回。宋兵乘势杀进，忽然，听得将台铜锣一响，黄旗闪动，陡然变成八卦阵。霸贞公主引精兵将六郎围住。六郎正要撤出，只见阵中门路纷纷，不知如何进退，苏何庆催兵回头，将六郎困在阵中。六郎左冲右突，不得其路。败军慌忙回报宗保，宗保大惊，说："是我计策失误了。"于是叫来焦赞，对他说："你快引兵三千，从西侧攻入白虎阵内，用石头打破两面铜锣，让虎失去眼睛，这样阵中自乱，我再引兵杀入。"焦赞引兵而去。又对黄琼女说："你引军五千，从东侧攻入白虎阵内，砍倒黄旗两面，使虎失去耳朵，则不能听音，其阵必乱。"黄琼女领兵而去。又唤穆桂英道："你引骑军一万，从中门杀进白虎阵内，搭救我父亲。"桂英也领兵而去。宗保分遣已定，自己带领岳胜、孟良等接应。

◎ [八卦阵]

八卦阵是按照周文王八卦方位图设计的一种阵法。八卦阵包括群英、长蛇、卧龙、十面埋伏等，相传为三国时期的诸葛亮所创造。

焦赞一听杨六郎被围，声振如雷，率兵从西侧攻入。辽将刘珂镇守虎眼，只见宋兵杀到，马上下台迎敌。结果交马不到两个回合，被焦赞一刀砍了，杀散余军，拍马走近台边，将铜锣打得粉碎，然后又乘势杀进。

黄琼女从东侧杀入，恰遇辽将张熙，交战只一回合，黄琼女一刀将张熙砍于马下，然后来到台前，将黄旗砍倒，同焦赞合并一处，一齐出白虎阵后而去。苏何庆见阵势已乱，急忙赶来救应。穆桂英杀入，与苏何庆交战二合，苏何庆不敌，绕阵而走，穆桂英拈弓搭箭射去，苏何庆应弦落马，被乱兵砍死，霸贞公主见丈夫落马，忙来救应，不防后面黄琼女杀到，用铜锤将她脊背一击。霸贞公主口吐鲜血，单马逃回本国去了。六郎听到外面金鼓之声，想着一定是救兵来了，于是从阵中冲杀而出，正遇焦赞，两人合兵一处，砍杀敌兵，于是白虎阵被破，众人收兵回营。

六郎破了白虎阵，宗保等迎接而回。第二天升帐，诸将进来拜贺。六郎说："阵图果然玄妙，战到一半，又变出一阵，于是我就迷了路。如果不是救兵到了，我差点就被其所害。"宗保说："如今爹爹破了白虎阵，我们可乘势进兵，攻打通明殿，则其余阵图，就不难攻破了。"六郎道："阵中变化不一，你要仔细调遣，不要轻敌，以免误了大事。"宗保说："爹爹放心，儿子心中有数。"于是请过佘太君、八姐、九妹说："敢劳祖母与二位姑姑领兵三万，攻打通明殿。其殿有人扮作梨山老母，祖母去了，先要擒拿此人。"说完，佘太君领兵而出，命八姐、九妹各引军一万前进。宗保又请王贵进帐说："敢烦老将军领军一万，从通明殿正中攻入，以救应佘太君之军。"王贵领军而去。宗保分派完毕，和诸将一起登台瞭望。

◎ [梨山老母]

道教中鹤发童颜的仙人，精通天文地理、五行术数，行踪不定。传说她的修行地点在骊山，因此也被称为"骊山老母"。

佘太君带领众人呐喊，杀奔通明殿而来。椿岩见佘太君杀进阵来，摇动红旗。阵中扮作梨山老母的人本是董夫人。董夫人见红旗摇动，拍马来与佘太君交战。战了几合，董夫人不敌，勒马逃走，八姐、九妹两翼夹攻，一齐赶进阵去。忽然听得阵内金鼓齐鸣，辽将围合而来，将佘太君等人困在中间。王贵急忙引兵从殿正中杀进去救佘太君，正好遇到巡营元帅韩延寿来到，拈弓搭箭，朝王贵心窝射去。王贵应弦而倒，部下军兵被辽兵杀死大半。败军回去报知宗保，宗保大惊说："折损了圣上的爱将，此恨怎能消！"于是派遣穆桂英引军五千前去救应。桂英得令而去。又命杨七姐，即六郎之女引步军五千，直入殿前，打破红灯，让敌人不知变动。七姐引兵而去。

穆桂英望见阵内杀气腾腾，佘太君等人被团团围住，她纵骑冲杀进去，正遇董夫人力战八姐、九妹，八姐、九妹力量渐渐衰危，穆桂英拿出弓箭，射中董夫人眼睛，董夫人坠马而死。穆桂英于是催兵杀入，救出九妹、八姐、佘太君等人，然后合兵杀出。杨七姐打破了红灯，绕出通明殿后面，与佘太君等会兵一处，再杀进阵内。韩延寿见宋兵威势锋利，不敢交战，勒马退了回去。宋兵上前夺回王贵尸首。

宗保等接见，无不悲伤。当时王贵之妻杜夫人也在行营，见夫阵亡，号哭不止。六郎说："婶娘请节哀，侄现在就去奏明圣上，请他对叔叔重加表彰，以报其功。"夫人于是收泪不哭。六郎进御营向真宗奏道："叔父王贵，在敌阵上被射死。请陛下旌表，以鼓励后人。"真宗闻奏，也感伤不已，于是答应六郎的奏请。随后宣杜夫人进帐抚慰说："王令公是朕的爱将。如今战死，朕非常悲痛。幸好将军留有子嗣，朕封他为无职恩官，月给俸米八十石，等他长大了，就入朝承袭他父亲的旧职。朕封你为忠义夫人。谥王贵将军为忠义成国公，钦赐金银缎匹十二车。"夫人谢恩而退。次日，杜夫人辞别佘太君等人，回到洪都庄去了。

◎［石（dàn）］

中国古代市制的容量单位，十斗为一石。古代官员的工资，用米来发放。

宗保请钟道士入帐商议进兵计策。钟道士说："如今虽破数阵，但还有迷魂阵极难攻打。可调你五伯率僧兵前去，方能破敌。"宗保道："弟子在将台上瞭望正北为吕军师之营，像山峰一样，弟子担心不能攻破。"钟道士说："你不必多忧，等我亲自打破此处。"宗保大喜。

第二天宗保升帐，请出五郎对他说："烦劳伯父领僧兵先去攻打迷魂阵，侄调兵随后接应。"五郎即引头陀僧兵五千人呐喊，杀入迷魂阵中去。正好遇上辽将萧天左，接战交马十数合，天左假装战败，引五郎入阵。单阳公主纵马挥刀，直取五郎。五郎与她交战两个回合，公主拨马往回，五郎驱兵追赶。这时，阵中五百罗汉一齐杀出，被头陀僧兵奋勇力战，将五百罗汉杀死了一半。单阳公主一看形势不对，干脆往回逃去，结果被宋兵活捉回寨。萧天左非常愤怒，提兵杀来。五郎冲出接战，未及五回合，五郎抽出早已准备好的特制斧子，将他砍作两半。五郎杀了萧天左，于是令军士收阵。那边孟良引军攻打太阳阵，辽将萧挞懒看见了，驱马来战。只两回合，被孟良一斧砍为两段，杀散了余军，直抄出阵后，与五郎合在一处，一齐杀出，于是大破迷魂阵。

五郎收军回营，押单阳公主进帐中，见宗保，告知破阵杀萧天左之事，宗保大喜道："此阵破了，我军尽扫胡尘，一定能活捉萧太后。"于是命人押出单阳公主，下令斩首。穆桂英劝道："此女容貌端庄，为萧太后亲生，不如留下她，日后也许用得上。"宗保应允，于是饶恕单阳公主。

然后，宗保召集诸将，唤过呼延赞，让他攻打玉皇殿，孟良、焦赞、岳胜、张盖、刘超五人分东西攻打北天门。延赞等得令后，各领兵五千而去。宗保分调完毕，与六郎登将台观望。

呼延赞呐喊扬威，杀奔玉皇殿，正好遇上金龙太子。两人战到一起，只数回合，太子佯装不敌，引呼延赞入阵。孟良、焦赞等乘势杀入，呼延赞率兵绕阵冲杀，忽然，土金秀摇动真武旗，岳胜拍马上前，陡然间天昏地暗，不辨东西。岳胜于是被辽兵生擒而去。等到焦赞知道，正要前去救助，辽兵从四面合围而来。呼延赞见辽兵势锐，引兵杀回，见到宗保，告知阵中之事。宗保查点军将，发现没了岳胜、孟良二人，正在着急。忽小卒报孟良、岳胜回寨。宗保将二人召入帐中询问，岳胜道："小将杀进阵去，只见土金秀将旗摇动，天昏地暗，小将迷路，被敌兵擒去。幸好孟良假扮辽人，这才将我救出，不然，我就要丧命了。"宗保说："这个阵内所能变化的，只有那四十九盏天灯，二十八宿将官，我们必须用计去掉天灯和将官，此阵才能破掉。"于是唤来孟良说，"玉皇殿前有真珠白凉伞，你明日攻进去后先把它砍掉。"又唤焦赞说，"明天入阵，你去砍倒日月真武皂罗旗，我自有兵接应。"孟良、焦赞领命而去。

宗保又进来禀告六郎说："玉皇殿上有假扮的玉皇大帝，要圣驾亲自出面交锋，才能获得全胜。再请父亲出马，从西侧攻打白虎殿；请八王出马，从东侧攻打青龙殿。儿子则引兵从中间杀进，攻打正殿。现在请父亲奏明圣上知晓。"六郎听完，即入御帐奏请圣驾亲自出马。

◎ [玉皇大帝]

道教的神仙，统领天、地、人三界的神灵，被认为是神中之神，神中至尊。

王钦密奏道："将帅都在这里，怎么能让陛下亲自出阵？万一有个闪失，如何是好？还是让诸将出去应战吧。如不能克敌，就责罚元帅。"真宗听了王钦的话，迟疑而不能下旨。八王慌忙奏道："锦绣江山哪里是臣子的！如今诸将出力死战，都是在为陛下争江山。现在正是一决胜负的时候，如果陛下退却，诸将就会跟着解体，陛下的大事就完了。请陛下勇往直前，诸将目睹陛下天威，锐气自然增长。敌人见了，则披靡而逃。再说，宗保行兵有方，百战百胜。陛下不要忧虑会有危险。"于是真宗下定决心，亲出临阵。

人物点击

黄琼女

西夏国女将，本为国主之女，早年由邓令公说媒，许配杨六郎，后因邓令公去世，而未能成婚。后来受辽国之邀，带领部下女兵前往宋辽战场，布下太阴阵。因该阵对黄琼女部下女兵多有侮辱，经宋将金头马氏教训和开导，黄琼女最终决定归降宋朝，并与杨六郎成亲。在黄琼女的帮助下，宋军不仅大破太阴阵，也连破白虎等各阵，在战斗中，黄琼女还击败了援助辽军的霸贞公主。

第二十四回 宋军大破天门阵

次日，三通鼓罢，孟良、焦赞两人骑着马直杀往玉皇殿。孟良砍倒真珠白凉伞，焦赞砍倒日月真武皂罗旗，正遇上土金秀、土金牛二人杀到，两下鏖战。孟良愤怒，将土金牛一斧劈死。焦赞将土金秀斩于马下。辽军被宋兵砍死的不计其数。孟良、焦赞二人催促军队攻打入阵，先射灭四十九盏号灯，阵势顿时变乱。二十八宿将官一齐杀出，被孟良、焦赞等杀死。金龙太子见阵势溃乱，勒马逃走，被真宗搭上箭射中左肋，坠马而死。宋兵纷纷杀入阵中，杨宗保将火箭射上玉皇殿，将殿烧了，火焰冲天，然后与孟良等合兵一处，破了玉皇殿。

◎ [号灯] 在军中传达号令时所用的指示灯。

宗保破了玉皇殿后，下令诸将尽力克敌。命孟良攻打朱雀阵，焦赞攻打玄武阵，呼延赞攻打长蛇阵。军令下达后，孟良奋勇当先，引军杀入朱雀阵。正遇辽将耶律休哥挺枪来战。战有数回合，不分胜负，忽听得阵外一声炮响，刘超、张盖杀到。耶律休哥力怯，于是丢弃将台逃走。孟良乘势追击，破了朱雀阵。这边焦赞攻进玄武阵，遇着耶律奚底，交战十余回合，奚底败逃，被焦赞赶上，一刀斩于马下，杀散余军，破了玄武阵。六郎率众攻打长蛇阵，耶律沙见阵势俱乱，不敢迎敌，拖刀绕阵逃走，被宗保拦住去路，两马相交，战不过数回合，孟良、焦赞等从后面杀到，耶律沙进退无路，于是拔剑自刎而死。

于是宗保下令攻打吕军师之营。韩延寿见天门七十二阵几乎全被宋兵破掉，慌忙跑进营中去问吕军师。吕军师怒道："黄口孺子，怎敢如此猖狂！看我出去擒拿他们。"随即引本营劲骑与椿岩一起杀出，气势十分嚣张，连斩宋将数人。宋兵望见，都纷纷后退。宗保父子和诸将都伏在马上，心中十分惊恐。辽军趁机从四面砍来，宋人正在危急之际，被钟道士看见，几步冲到阵前，椿岩见是钟道士，慌忙报知吕军师："钟道长来了，师傅快走吧！"原来，钟道长本是吕军师师兄，当年同在终南山王禅真人处学艺。后来，吕军师偷偷下山，助辽人与宋国为敌，杀害生灵无数。王禅真人曾叮嘱钟道士，他日学成下山，如果遇上吕军师为非作歹，可代他清理门户。此时钟道士见了吕军师，大声喝道："小辈可恨，居然助贼灭宋，伤害无数生灵。如果我不来，你还不知道要做多少孽？"吕军师无言可答，掉转马头便走，钟道士追上，抽出宝剑，将吕道士斩于马下。然后，拜别众人而去。

萧太后之营的左右前后尚有七个仙姑阵、四个天王阵没有破。宗保下令，让八姐、九妹、穆桂英、佘太君、杨七姐、金头马氏、黄琼女引军攻打七个仙姑阵，又命五郎、岳胜、孟良、焦赞引兵攻打四个天王阵。众皆得令，引兵前往攻打。

八姐等人杀退辽将鞋鞑令公等七人，杨五郎等杀进阵去，将耶律尚、耶律奇、兀术儿、不花颜儿四将全部斩杀。韩延寿见阵势已破，忙奔入萧太后寨中奏道："四下都是宋兵，请娘娘快走。"太后惊呼："吕军师何在？"延寿答道："被宋军一个道士斩了。"萧太后听完，心中慌张，于是乘小车与韩延寿、耶律学古等往山后逃回幽州。六郎知道后，命众将追赶。焦赞等人奋勇向前追上，大叫："辽贼速降，饶你不死！"韩延寿回马与焦赞交战，因身

◎ [牙将]

古代的一种军衔，在军中为下级军官。

边的牙将都被宋兵杀死，心中胆怯，枪法慌乱，被焦赞抓住破绽，奋力拨开延寿之枪，向前活捉而去。孟良等一起向前，杀得辽兵丢盔弃甲。学古等保护着萧太后从偏僻小路逃回幽州。不到一月间，杨宗保指挥众人将辽国七十二天门阵全部破了，杀死辽兵四十余万，辽国从此元气大伤。

六郎追赶萧太后，没能追上，于是收兵回营。次日，宗保升帐，查点各处军队所获辽人的器械、马匹和俘虏。士卒将韩延寿押入帐中，捆着丢在阶下。宗保指着韩延寿骂道："你这贼人，不安本分，凭着武力，侵犯我国边境，残害生灵数十年。不想今天被我擒拿，我现在要为民除害，不然，只怕有更多生灵丧在你手！你不是说自己是英雄嘛，今天怎么会落在我手中？"延寿道："不必废话，请马上用刑。现在我被你抓住了，你自称英雄，但如果换了时间和地方，英雄是谁，尚不可知。你说我伤害生灵，你不也杀了我辽国四十余万军兵，难道就不是伤害生灵了嘛！"宗保闻言大怒，命左右推出斩首。然后，宗保命记功官记录诸将破阵的功绩，并吩咐诸将各自依队归营，等候圣旨，诸将得令后退去。自此，宋国名声大振，四方拜服。

六郎将众将功绩奏报真宗，真宗说："朕班师回京后，要商议封赏。"六郎又奏道："现在这个机会，千古难得。我们可以趁辽人战败，命诸将长驱而入，直捣幽州，以绝后患。"真宗道："军马太过劳累，等再休息几年，再商量攻辽吧。"于是六郎退出营去。两天后，真宗命澶州三路军兵各回原镇，又令在九龙谷修筑牢固的关隘，命王全节、李明领兵镇守，其余征辽将帅随驾回朝，听旨调遣。

圣旨下达后，三军欢欣鼓舞。第二天一早，宋军分为三队，真宗居中队，六郎在前队，宗保在后队，一起离开九龙谷，浩浩荡荡，往汴梁而去。

真宗回到了汴梁，文武迎接入宫。第二天早朝，群臣向真宗拜贺，

真宗宣六郎到御前说：“日前攻破辽军阵势，全都是你父子的功劳，等几天后，朕一定对你重重封赏。”六郎奏道：“破辽军阵图，是陛下洪福所致，加上将士们拼死向前，臣父子怎敢贪天之功？”真宗说：“将军如此谦虚，真是社稷之臣。”于是命设宴犒赏征辽将士，这天君臣尽欢而散。第二天，六郎上朝谢恩，真宗赐给他黄金甲二副，白马二匹，红缎二十二车，金银各一千两。六郎推辞，真宗说：“这些不值钱的东西酬劳将军破阵的功绩，不必再推辞了。过两天，朕和群臣再商量给将军父子和诸将军以相应的职务。”六郎于是拜谢真宗之赐，回到天波府，见了佘太君，告知圣上赏赐的事。佘太君道：

"圣上的恩典太厚了，我儿应该牢记在心。不过三关之地，辽人可能会不时侵犯，你还是快点回去镇守防御吧。"六郎说："母亲所言极是。"于是命摆宴犒赏部下。岳胜等二十余员战将坐在左席，黄琼女、穆桂英以下二十余员女将坐在右席。佘太君、柴郡主、杨六郎、杨五郎、宗保都在中间坐下。这一天，府中摆酒作乐，众人开怀畅饮。酒到一半，杨五郎起来对佘太君说："儿子还在受沙门法戒，今天特向母亲告辞。"佘太君道："修道是好事，你尽管去吧，我不阻拦。"五郎于是拜别佘太君等，领头陀僧兵去往五台山。席散之后，诸将告退。第二天，六郎上朝谢恩，并奏明真宗，愿领部兵回到三关镇守。真宗闻奏大喜，降旨让六郎等前往三关镇守。杨宗保带领禁军，巡视京城。六郎辞别真宗，回到天波府，拜别佘太君，引部将岳胜等奔赴三关。

◎ [沙门法戒]

沙门是佛教用语，出家佛教徒的总称。法戒表示佛教戒律。

王钦回到府中，心想，进入宋国十八年了，还没替萧太后立什么功绩，于是心生一计，入奏真宗道："臣蒙陛下厚恩，未有报答。如今辽军战败，一定畏惧宋国之威。请陛下下一道旨意，臣带往前去劝降辽国，以杜后患。陛下如果让臣前去，臣当着官领着俸禄尚且心安，如果不让我去，我也就白占着这个位子了！"真宗说："卿如果委身做成此事，就是忠于王事，朕怎么会不答应？"于是下令让武军校尉周福领兵一万，随王钦前往。周福得旨，领兵同王钦离开汴梁，向幽州进发。

走到城外十五里的驿站，王钦问道："不知有几条路可通往辽国？"周福回答说："有两条。一条是从黄河向北，一条从三关向北。"王钦问："那我们从哪里过去呢？"周福回答说："我们可从三关过去。"王钦听完，心想："如果从三关经过，六郎怎能饶了我？他有先斩后奏的权力，万一杀了我怎么办？不如瞒着周福，我自己单独从黄河过去。"于是对周福说："刚才想了起来，我忘记带公文了。现在我回去取过来，你领着军马只管向前进发，不要等我。"周福不知道是计，于是引军先行。王钦于是直接从黄河过去。到了太原府，令人报告知府薛文遇。薛文遇出城迎接王钦进府。施礼后，薛文遇问："大人至此有什么事？"王钦道："圣上命我往辽国劝降，太守可派船只送我过去。"薛文遇于是命军校用官船送王钦过河。王钦过河之后，辞别薛文遇，往幽州而去。

周福引军接近三关地界，被六郎手下巡逻的骑兵拦住，问："是谁领兵经过这里？"军士称："是钦差王枢密前往辽国办理公事，你是什么人，敢来截我？"巡逻的说："杨将军得到八王的消息，说王钦逃到辽国，让我们在此等候，今天果然让我等来了。"众人于是向前将周福捆绑，报知六郎，说奸贼王钦到了。六郎大喜道："这个贼人本来因为我举荐才能做到枢密之位，他却屡次作乱，在圣上面前进谗言陷害我。我每次想捉拿他，他都倚仗圣上的恩宠，因此我不能下手。不想他今天自投罗网！"于是让手下将王钦推进来。

众人得令，将周福捆绑着丢在地上，满营军士听说抓来了谋害六郎的奸贼，个个都咬牙切齿，恨不能将他凌迟处死。周福吓得面如土色，哑口无言。六郎看了几眼，对手下人说："此人不是王钦，你把他抓来干什么？"周福这时赶紧说："小将是周福，请将军饶命。"六郎问究竟是怎么回事，周福说："蒙圣上派遣小将随王枢密到北边招降辽国君臣，不想王枢密忘了带公文，于是回去拿取，让小将先行。不知将军的部下为了何事，要抓小将。"六郎笑着说："本来要抓王钦，却误抓了你。你被他骗了，哪有拿着圣旨出行而忘记带公文的？这家伙一定是知道我不会放过他，因此才会经过黄河向北而行。"说完，让手下放了周福。六郎说："你记得当年河东交兵，我被潘仁美陷害的事情吗？"周福回答："小将记得，不曾忘记。"六郎道："你是我的故旧，不要惊慌。"因六郎当年在河东交战的时候，不小心迷路，被周福带领出来，所

◎ [凌迟处死]

古代一种非常残忍的刑罚，即用刀将犯人身上的肉一块块割下来，让犯人在剧烈疼痛中死去。

以两人从前就认识了。六郎放了周福，命人准备酒食款待。这天，两人饮酒，尽欢而散。

人物点击

钟道士

主动投奔宋军的高人，被宋朝封为辅国正军师，传说为神仙钟离化身，是辽国军师吕客的同门。杨六郎因无法破除辽军天门阵，急火攻心，无法医治。钟道上自荐入营，为六郎开出药方，用宋真宗的胡须和萧太后的头发为药，将六郎的病治好。同时，指点前往幽州取发的孟良，弄污琉璃井水，破除了辽军的天门阵。后来受命出任军师，并收杨文广为徒，帮助宋军破除了天门阵，同时，也降服了其同门吕客。

第二十五回 宋臣赴宴九虎谷

王钦到了幽州，让近臣奏报萧太后，萧太后宣他进殿，一见王钦，怒骂说："你这奸佞之贼，我恨不能生吃你的肉，以消我心头之恨！我正四处找你，今天你却自己上门送死！"喝令左右将王钦推出斩首，军校得令，将王钦绑了，正要推出，耶律休哥奏道："娘娘息怒，王钦此来一定有事，不如等他把话说完，杀他不迟。"耶律学古也说："王钦现在像笼中之鸟一样，无处可逃，娘娘不如暂时放了他，问清楚他的来由，再行定夺。"萧太后怒气暂息，于是放回王钦，问他来干什么。王钦吓得魂不附体，停滞半天，说："臣告别娘娘去后，绝不是不尽心，只不过没有得到好机会，因此难建功劳。如今宋人又要发兵征辽，还说要取得辽国全部后才会班师。臣担心辽国没有能抵敌宋国的将领，因此进奏宋国皇帝，请他下令让我来此，我正好可以借机和娘娘商量对策。如今娘娘不问究竟，反而认为臣是奸佞，还要将臣杀掉，臣实在是冤枉啊！"萧太后听王钦这么说，于是脸色一变，问道："你有什么好办法，先说来我听听。"王钦慢慢地说道："如今宋国的良将都被派到各处镇守去了，只有十大朝臣在汴梁。娘娘可写书，就说愿献上辽国版图归降，只是王钦官职太小，难以担当这一重任，还请派遣十大朝臣到飞虎

◎ [魂不附体]

古人认为，人有肉体和灵魂。灵魂在肉体内，人才有精神、思想。如果灵魂脱离身体，人就失去了意识，就要死亡。魂不附体形容人在惊吓后精神失去常态。

谷接受降书。这样，娘娘便可以将宋国大臣诓骗而来，趁机将他们抓住。然后，派人告知宋君，和他约定同分天下，如果他答应，就放了宋国的大臣。宋君一定会以大臣身家性命为重，将土地割让给我们。那时我们得了土地，再商量进兵，以图中原。”萧太后点头道：“这个计策不错，但谁能去将此意告知大宋呢？”王钦道：“小臣愿去，这样宋君也不会生疑。”萧太后马上命文臣写好降表，交给王钦带回汴梁。王钦辞别萧太后，离开幽州，星夜回到汴梁。

这天王钦回到京中，向真宗奏道：“陛下命臣入辽，将旨意交给萧太后。萧太后敬畏，愿交出九州版图，献给陛下。但她又说这样的大事，除非朝廷大臣前来接受，不然其后肯定会生出争议。臣想，臣官卑职小，如果有十大朝臣前往飞虎谷，接受辽国的降书，就一定能成就宋辽之好，免除日后的征伐。”真宗闻奏大喜，随即下旨，让朝中大臣前往飞虎谷领受降书，即日起行，不得违命。

寇准、柴玉、李御史、赵监军一班大臣前往八王府中商量，寇准说：“这明显是王钦的奸计，陷害我们。大家看怎么办好？”柴玉说：“圣上下旨了，我们只得前往。”八王道：“我想，此去必然经过三关，可向杨将军借兵，扮成仆人，随我们一起前进，这样也好有个照应。”寇准等都表示同意。第二天，十大朝臣进殿向真宗辞行，真宗说：“止息边患，在此一举。卿等要谨慎从事。”

八王等领旨出朝，离开汴梁，向三关进发。先派人报知六郎，六郎命孟良、焦赞在中道迎接。八王和朝臣接近三关时，被一队军马拦路去路，军校急忙回报八王。八王大惊，急近前问：“谁人大胆，敢在这里拦住去路？”孟良一看八王到了，滚鞍下马，伏在道旁回答：“杨将军派遣小将等在此等候八王。”八王于是和众人一起进入三关。又见一支人马来到，原来是六郎来迎接八王。八王见了，喜不自胜。

入营后，十大朝臣依序坐下。六郎摆列筵席，大家举觞称谢，六郎问：“殿下和列位大人到这里，为了什么事？”八王道：“圣上

◎ [鞍]

放在牲口的背上驮运东西或便于骑坐的器具。一般用皮革、木头做成。

◎ [觞]

古代的一种酒器。

要取辽国九州，王钦奏称不需用兵，只需让他领旨前往幽州见萧太后，陈述利害，让萧太后归降，缴纳降书就行了。圣上听信了王钦之言，派他前往辽国。王钦到幽州见到萧太后，萧太后果然答应，但又说宋国必须派十大朝官前往飞虎谷接受，才能使得降书作数，日后不至于生出变故。圣上听了王钦的话，就命我等前去接领辽国归降文书。我担心这是王钦之计，因此来与将军借部下兵士助行，以防遭遇不测。”六郎道：“之前小将接到殿下之信，本来要将王钦抓捕除掉，不想他却从黄河向北而去。如今他既想出了这样狡诈的伎俩，小将自当引兵赴援，一定不能让对方得逞。”八王听罢，大喜道：“如果有将军的调度，我们还有什么好怕的？”这天，大伙尽欢而饮。

◎［不测］

不测指没有预测到的事情，意外。

酒筵散后，六郎唤出岳胜、孟良、焦赞、林铁枪、宋铁棒、董铁鼓、丘珍、丘琪、孟得、陈林、柴敢、姚铁旗、郎千、郎万、张盖、刘超、李玉等二十余人来近前，吩咐他们说：“此行关系重大，你们要谨防辽人谋害十大朝臣。”岳胜说：“将军派遣，我们怎敢不从。但我担心辽人认识我们，到时如果迟疑而不交文书，岂不耽误了大事？”六郎道：“我有一计，让他们认不出你们。你们都装成是随行的仆人，各挑一只箱子，里面藏好兵器。再用竹筒藏起刀枪。辽人如果问起，你们就说不服水土，因此用竹筒带本乡的河水来喝。如果他们不生事，你们也不要声张；如果他们施用诡计，你们就临机应变。”岳胜等领计而去。

第二天，八王等人辞别六郎，和众人领着六郎借给的二十多员将领离开三关，向飞虎谷进发。没用几天，众人就接近了飞虎谷，辽国探子飞报总兵耶律学古。学古奏明萧太后，萧太后马上让耶律学古为御营总管，引精兵一万，前往飞虎谷等候宋国大臣。学古领旨后，领军前往飞虎谷正北安营扎寨。第二天，他亲自到谷中巡视了一遍。回到军中，对牙将谢留、张猛说：“你们二人领兵前去此谷东南平旷的地方扎下营寨，大排筵席，接待宋臣。”谢留等领计，

前往安排。

耶律学古派遣谢留去后，下人报宋国十大朝臣已到。耶律学古带着数十人到谷口接见八王。八王在马上欠身施礼说："王钦道你们娘娘愿献九州给我大宋。我等今日特来接受降书。你们可速来交纳，以结两国之好。"学古说："交纳文书这样的大事，怎么能这样随便呢？还是明日在酒筵中献纳吧！"八王应允，于是到正南安下营寨。

耶律学古回到帐中，召集谢、张商议说："我明天在筵中唤出你舞剑，然后你借机杀掉宋臣，方不负娘娘的托付。"谢、张领计而退。学古又召太尉韩君弼，对他说："你带领精兵一万，埋伏在谷口。如果事情有变，就出去截住他们，不许放走了这些宋国的朝臣。"君弼领命而去。

分遣完毕后，耶律学古派人前往宋营去请十大朝臣赴宴，约定两边军士人等不许身携兵器随行。八王得到消息，将送信人打发回去，对寇准说："王钦贼人心肠真狠！明明是让我赴鸿门宴！如果不是在杨将军处借来部下，我们恐怕就很难活着回去了。明天赴会，看他们有什么计策。"说完，众人退出准备。

第二天，耶律学古亲自出帐迎接宋臣。只见大伙并未携带兵器，学古暗喜，心想："这下我就能如意了。"于是邀宋臣进营相见，依次坐定。八王说："萧娘娘如今肯归顺大宋，很有识见。一则不失为一国之主，二则止息干戈，让百姓得到安生，让两国和好，真是千秋万代之计。"学古道："此等事我们可从容商量。我们这次相聚，可谓是千载奇逢，不如先饮数杯，以表示我辽国和好之意。"于是命人倒酒。

柴驸马坐在左筵正席，学古举酒问："莫非您是柴先生？"柴玉道："正是。"学古说："我记得从前我国将天字图送给宋国，被先生将'天'改为'未'字，娘娘听到后大怒，于是和宋结仇，想不到今天在这里遇到了先生。"柴玉应声道："我说你有什么事请教，原来不过为了这事。我主顺天应人，一统中原，因你北国土地贫瘠，故暂时置之度外，不加征讨。不想你国君臣却屡为边患，害我生民。前者我陛下震怒，大破你天门阵。如果那时我国杨元帅驱军直捣幽州，你们早就没有今天了。幸得我主仁慈，不忍让生灵遭受涂炭，班师回朝而去。现在萧太后如果明白事理，就应该归顺大宋，俯首称臣，还能为一方之主。不然，堂堂大宋兵马雄壮，岂能让你们嚣张而不加剿灭！改天字之图，是我的主意，既然事情已经过去了，你谈这些又有什么意思？"学古被柴玉说了一番，非常惭愧。饮酒数杯，又问右筵正席的寇准说："咸平年间，我国将锦被暖帐送给宋主。但先生藏匿起来，不予奏报，最后导致两国兵戎相见。以此来看，先生并非为国为君。"寇准厉声回应说："我希望主上清心寡欲，论道治国，怎么敢进献这等玩物，懈怠主上的意志？我的做法，正是为国为君，谁敢说我做得不对？现在我们特意来接受你们的降

◎ [鸿门宴]

秦末，刘邦率领军队攻下都城咸阳后，项羽率军四十万进驻鸿门，准备进攻刘邦。为化解危机，刘邦前往鸿门与项羽相会。在宴会上，项羽的谋士范增吩咐武士项庄舞剑助兴，趁机杀死刘邦，但未能成功。后人用"鸿门宴"比喻加害客人或对客人不利的宴会。

◎ [咸平]

宋真宗在位前期的年号。

书，你为何纠缠一些往事不放？”学古道：“文书还请另外择日交割，今天我们备下的酒菜简陋，筵中无以为乐，我帐中有一人善于舞剑，不如让他上来舞剑，为各位老爷助兴！”说完，谢留手执长剑上前，在筵前挥舞。八王问耶律学古道：“你不是说不许带刀赴会吗？今天却为何令人舞剑？”这时，孟良跳出说：“一人舞剑不好观看，不如让二人对舞，这样也有观赏性。”说完，挥剑与谢留对舞。耶律学古见孟良意气风发，心想，此人手段一定了得，谢留恐怕不是他的对手。于是对大家说：“两人舞剑，恐有伤和气，不如我们射箭取乐吧。”孟良问：“要如何射箭取乐呢？”谢留说：“走马穿杨，我们见得多了，现在可想出奇巧的方法，才能见比试者的手段。”孟良问：“要怎么射才叫做奇巧？”谢留说：“将一个活人绑在柱子上，如果他能三次避开箭头，就算是高手。”

人物点击

耶律学古

辽国大将，从小聪颖好学，文武兼通。在宋军围困辽国的幽州时，耶律学古奉命前往解救。当时宋军挖地道靠近城墙，并强行攻城，经耶律学古力战，击退来敌。随后辽国援军赶到，幽州解围。后来潘仁美率军进攻辽国边境，耶律学古手下兵马较少，于是他下令打出很多旗帜，用以疑兵，让宋军摸不着底细。《杨家将》故事中，耶律学古为辽军主将。在将宋国朝臣迎接进营后，他首先让手下在宴会上舞剑，试图趁机杀死朝臣。当计谋被孟良识破后，又使出比试射箭的招数，结果又败给孟良。耶律学古恼羞成怒，将十大朝臣围困在谷中。之后孟良搬来救兵，耶律学古在兵败后被六郎杀死。

第二十六回 孟良返汴搬救兵

谢留讲完射箭比试的规则，孟良听了暗笑，心想："此贼想设计害我，不如依了他，到时借机除了此贼，以挫辽人的锐气。"于是回答说："这个方法好，但谁先来射呢？"谢留道："我先试试看。"孟良慨然允诺，让人将他绑在柱子上说："任凭你怎么放箭吧！"八王等见了，都面面相觑，心中捏了一把汗。谢留走出筵前两百余步，拈弓搭箭，先瞄准孟良之口放箭一支，结果被孟良张口咬住。又放第二箭朝孟良头上射去，孟良略斜头部，将箭一打，于是箭头落在地上。谢留一看两箭未中，于是朝孟良心窝再放一箭，不想孟良里面戴有护心镜，箭无法射入。十大朝臣看到孟良安然无恙，连声喝彩，命人解开绳索。孟良对谢留道："将你的箭给我试试吧。"谢留自认为有些本事，想着一定能接过三箭。于是命人将他绑在柱子上，叫孟良射箭。孟良心生一计，头一箭故意射偏。谢留心想："此人只会舞剑，不会射箭。"于是他不加防备地说："任凭你那两支箭怎么射，我绝不害怕！"孟良想："这贼该死了。"于是取过箭，瞄准谢留咽喉射出，谢留应弦而死。

耶律学古见谢留被射死，大怒道："我们不是来讲和的吗？你们为什么如此大胆，射死我的部将！"遂大叫，"军士何在？出来

将宋人拿下。”只见筵前冲出五六百名辽将。焦赞、岳胜等不胜愤慨，打开各自的箱子，穿好甲衣，从竹筒中取出长枪短剑，和辽将厮杀。耶律学古见他们原本有准备，于是抽身出营。众辽将未曾想宋人会有准备，他们哪里是孟良等人的对手？很快，辽将被孟良等人杀死大半。孟良等人夺了他们的马匹，保护朝臣撤走。撤到谷口时，忽听得一声炮响，韩君弼伏兵齐出，将谷口堵上。岳胜担心辽兵紧困，其后更难突围，于是号令大家奋勇杀出。只见辽人弓弩齐发，箭如飞蝗，大伙不敢靠近。

◎ [飞蝗]

一种昆虫，是重要的农作物害虫。飞蝗侵袭农作物时，一般结成大的蝗群，遮天蔽日，蝗虫一过，大面积的农作物就会遭受毁灭性的灾害。

八王见走不出谷，惊慌失色。寇准道：“此等灾祸，我们离开汴梁时就已经预知了。现在没办法，我们只能暂时在这里等待，慢慢想办法。”八王道：“你说得固然对，可现在粮草短缺，朝廷也不知道我们被困，外无救兵，这里辽兵又重重困守，难道我们就这么等下去，生生饿死在这里？”孟良道：“殿下不要担心，等到敌兵稍微懈怠之时，小将就偷偷出谷，奔回三关借兵。”八王点头称是。于是大家下寨安歇，暂时等待。

耶律学古见宋人不出，和张猛商量说：“我们也不必去和他厮杀，只要紧守在这里，他们即使有拔山的力气，也无法出来。”张猛道：“久困宋人固然是好，但如果消息传入汴梁，宋君知道了，一定会发兵来救。依小将之见，应该奏请娘娘提大兵来围，才能成功。”学古道：“你说的有理。”于是派人回幽州奏明萧太后。萧太后得到消息后，马上与群臣商议。耶律休哥道：“宋臣既然已被困在谷中，现在机会难得，请娘娘亲自率领大军，前往擒拿。”萧太后说：“我辽国良将因为天门阵被破，损失大半。现在没有人保驾，怎么能随便出兵？”说完，忽然阶下有一人应声道：“娘娘如果提兵前去，不才愿意在左右保驾。”大家一看，原来是木易驸马。萧太后大喜，下令封木易为保驾大将军，引领女真、西番、沙陀、黑水四国军马，共十五万朝飞虎谷前进，木易受命退出。

◎ [不才]

没有才能的人，古人用“不才”自称，表示谦虚。

第二天，萧太后车驾离开幽州，不过几天，便到了谷口。耶律学古迎接萧太后到军中，奏道：“赖娘娘洪福，我们已将宋国的朝臣困在谷中，现在他们粮草将尽，再等几天我们就可出兵擒拿。如今臣担心宋国有兵来策应，因此请娘娘亲自前来监战。”萧太后大喜道：“如果能擒得宋国大臣，就足以洗雪天门阵的耻辱了。”于是命军马分作两座大营，屯扎在飞虎谷。耶律学古统女真、西番二国之兵屯在正北，木易驸马统沙陀、黑水二国之兵屯于正南。学古等领旨而退，各自分头去调遣军士。

这天晚上，木易驸马在帐中想：“朝臣被困已久，救兵又不能来。粮草如果用尽，岂不全部饿死在谷中！”于是心生一计，修书一封，绑在响箭之上，悄悄走到宋营边上，直射进去，约其派人出山后抢粮。孟良正在巡哨，忽然听得一声响箭射到，于是命人满营寻找，最后找到一箭，有书信绑在上面，慌忙送进帐中，和八王等一起观看。八王接了，拆开一看，原来是杨四郎延朗约定宋军派人明天前往山后抢粮。八王看完书信，长叹一声说："杨门后代，都是忠义勇将啊！"于是召来寇准等入帐商量说："杨四郎将军刚才射箭报信，说明天有粮草从山后经过。如果去抢，我担心灾祸马上就要降临；但如果不去，就怕我们快要断粮了。"寇准接过书信，看完后说："我们不妨前去抢粮。四将军书上写了，如果有兵侵害，他会想办法阻止，殿下不必过虑。"八王于是唤孟良、焦赞、岳胜、刘超、张盖二十余人埋伏在山后，等辽国粮车经过，就将其抢夺过来。只留陈林、柴敢领着五百兵士守护营寨。

孟良等人得令，次日带领五十员强健军士埋伏在山后。一直至傍晚，果然看见粮车前来。孟良等一齐杀出，将粮车抢夺去了。监运粮草的辽将律轸宣儿见宋兵前来抢粮，奋勇杀出迎敌。被孟良、焦赞、岳胜、董铁鼓四人联合起来，乱枪刺死在马下。运粮小卒急忙禀告耶律学古，学古大怒，马上前往南寨与木易驸马商量说："可恨宋人将我军粮草抢去了二十余车，现在我来约驸马明天进兵，一定将宋兵全部杀光，才解心头之恨！"木易道："宋臣手下一定都是良将。如果我们杀进去，他们一定拼死杀出。到时我军岂不会伤亡惨重？兵书云：穷寇莫追。再说宋营中人口有一千多人，现在他们虽然夺了二十车粮草而去，又能支撑几天呢？依我的看法，我们只宜围困他们，不过两三个月，宋人就会全部饿死在谷中。到时我们不费力气，就能成大功。再说，娘娘的意思，是要生擒宋臣，向宋君抵换一些土地，我们何必劳兵损将，将他们杀死呢！"学古点头称是，于是回到北营。

◎ [穷寇莫追]

对走投无路的贼寇不要追赶，因为他们已经没有了出路，如果赶得紧，他们就会拼死反扑，造成己方人员伤亡。

孟良等人杀了律轸宣儿，将粮草搬运回营。八王道："粮草虽有二十余车，但也只能管上一段时间。如果没有救兵赶到，我们终究要饿死在这里。你们有何逃脱之策？"孟良说："殿下请稍微忍耐，小将今晚就偷出谷去，回朝搬取救兵。”八王道：“你要小心，我们在这里等你的消息。”孟良道:“不劳殿下吩咐，小将心中自然有数。”于是孟良辞别八王，等到天黑，即从后山走出。

孟良离开宋营，快接近辽营南寨时，被巡游的辽兵撞上，孟良正要上前相敌，不想却被一块石头绊倒，贼众上前将他捆缚去见木易，说捉到了一个宋国的奸细。木易一看是孟良，上前骂道:“死奴才，刚才我让你回幽州见公主，为何与别人相争？”孟良应声道：“天色昏暗，小人走迷了路，众人不知，还以为我是宋国奸细，于是把小人捆来。”木易骂道：“没用的奴才，你当时怎么不分辩？”孟良回答说:“驸马吩咐说让我逢人少说话，因此未曾分辩。”木易道:“你速去速来，路上若再有延误，小心我打断你的腿！”众人于是上前替孟良解开绳索。孟良连忙应声，走出辽营，到了谷外，高兴地自言自语：“今天如果不是四将军，我这脑袋恐怕就要搬家了。”一路想着，如果到三关报告给六郎，必须申奏朝廷，等待朝廷下旨才能动兵，这样岂不误了大事？不如前往五台山，请杨五郎下山前来解围，这样更快些。于是，孟良抽身前往五台山参见五郎。

五郎远远望见孟良从寺门外来，于是对身边小僧说：“那是我的冤家，他屡次上山让我下山，今天不知又是为了什么事前来缠扰我。”等孟良来到，五郎问他说：“你为什么打扮成辽人模样？”孟良道:“如今有一件紧急的事情来告知师父。可恨那萧太后用了诡计，将十大朝臣骗入飞虎谷中，现在十大朝臣危在旦夕。我领八王之令，潜回三关搬取救兵。因担心时间长了误事，想到师父离飞虎谷最近，还请师父不要推辞，同我共赴国难，救出朝臣。”五郎高声叫道:“孟良，孟良！我说你是我的冤家对头，果然就是！”孟良道：“小将也没办法，遇到朝廷多事，杨将军命令我随同朝臣前往辽境，我也不敢推辞。请师父念在杨将军和朝廷的分上，领众人下山救助。倘若不去，辽人将八王和众官杀了，师父的心难道就能超然解脱？”

五郎道："但你每次来，都没有好消息。"五郎沉默很久，然后说，"我本来不愿意去，但八王殿下对我家有恩，我现在只能领众前往搭救。"原来，五台山靠近关西，犯法该死的凶顽歹徒为了逃脱罪责，很多都削发进入五台山，五郎将他们一一收留，教练武艺，每次带他们出战，都所向无敌。于是，五郎集中寺中头陀两千余人，准备起行。孟良说："师父先去，小将还要到三关报告杨将军同去救助。"五郎应允。于是孟良辞别下山，星夜回到三关，向六郎报告朝臣被困的事。六郎说："我马上起兵去救，你带着我的奏表到京城禀明圣上。"

◎ [关西]

古代指陕西函谷关或潼关以西的地区。

孟良带了表文，星夜回京，直奔金殿，将朝臣被困的事奏明真宗。真宗听闻后大惊，问道："朝臣被困多长时间了？"孟良回答说："已将近一个月了。幸好杨四郎将军放出消息，让我们抢得二十余车粮草，才能支撑一段时间。现在三关军马已经出动，请陛下再派其他将领前往救应。"真宗问朝臣道："谁敢引兵前去飞虎谷救人？"说完，杨宗保奏道："臣愿领兵前去救应。"真宗大喜，于是命老将呼延赞为监军，宗保为统兵正帅，孟良为先锋，领兵五万，征伐辽国。宗保领旨出朝，回天波府辞别佘太君。佘太君于是命八姐、九妹和他一起前去。

人物点击

杨四郎

名杨延朗，杨继业第四子。在宋太宗出巡时，与父亲和兄弟一起护驾，遭辽军攻击。杨家为保护太宗脱险，损失惨重，杨延朗被辽人活捉。被俘后，杨延朗隐藏自己的真实身份，化名为木易，假降辽国，被萧太后看中，招为琼娥公主的驸马。潜伏辽国多年，曾经帮助宋朝获取辽国军情，协助救助六郎病情。

第二十七回 重阳女计入辽都

众将整备完毕，孟良为前队，呼延赞为中队，杨宗保统率大军为后队，离开汴梁往飞虎谷进发，不日便到。木易驸马探知消息后，奏明萧太后。萧太后随即召耶律学古等人商量迎敌。学古奏道："现在我们有四国军马在此，不必畏惧宋国！到时我们分兵迎敌，一定能制胜。娘娘不要担心。"萧太后道："军马是虽有四国的，但你一定要用心调遣，不要像上回那样控制不住。"学古领旨，退出军中，召来女真国国王胡杰、沙陀大将陈深、西番国驸马王黑虎、黑水国国王必达到于帐下吩咐道："娘娘下旨，来日与宋国对阵，你们如果能够斩将夺旗，就能超升职位。"胡杰说："总管在上，我看宋人没有什么过人的手段，我们一定让他们有来无回，片甲不留！"

说完，有人报宋兵到了，耶律学古全身披挂，引军出阵，远远看见南阵上旌旗下面端坐着一个和尚，正是杨五郎。杨五郎见了辽将，大骂："你们这群辽奴，这么不懂事。往日我们破了天门阵，现在又想出诡计将我朝臣围困在山谷中，实在太可恶了！你们今天如果能好好送出朝臣，我就不予追究；如敢说半个不字，我一定要踏平幽州，活捉你们的家小，然后才回师。"学古大怒，对诸将说：

◎ [披挂]

穿戴好头盔和甲衣。

◎ [秃驴]

对和尚贬义的称呼。

“谁人能擒拿这个秃驴，挫挫宋人的锐气？”说完，女真国国王胡杰挺枪跃马，直取五郎。五郎抡斧交战，战到数十回合后，胡杰力怯，拨马回走。杨五郎拍马追赶，北阵中王黑虎舞方天戟纵骑从中杀出，头陀僧兵前后散乱。这时，王必达也提着斧头拍马驱军赶来。杨五郎见四下都是辽兵，无法突围。正在危急之际，忽然见西南征尘滚起，鼓炮齐鸣。一对队军马骤然杀到，大家一看，原来是八姐、九妹、杨宗保率军赶到。

杨宗保一马当先，正遇王必达。战不过数合，八姐引兵从一旁杀入，王必达抵不过，拍马逃走，八姐乘势追赶。将近谷口，忽然听一将厉声喊道：“贼徒休走！下马受降，我饶你不死。”原来大将呼延赞正当头杀到。王必达措手不及，被延赞生擒。孟良杀进北营，正遇上沙陀国陈深，两马交战数合，陈深被孟良挥斧砍于马下。杨宗保催促后军追击，九妹奋勇当先，正遇上胡杰。同他接战两个回合，暗地抛出红绒套索，将胡杰坐骑绊倒，胡杰落于马下，被宋兵上前活捉。杨五郎听到西南边金鼓震天，于是勒马杀出，正遇上王黑虎，与之交战数合，头陀僧兵一齐上前，将王黑虎的马脚砍断，黑虎被掀落于马下，僧兵拥上前去，将他擒拿。

◎ [青骢]

青毛和白毛夹杂的马。

耶律学古见四国军马瓦解，慌忙走到营中奏报萧太后说：“宋兵英勇难当，四国将帅都被他们擒拿，请娘娘快走。”萧太后听完后，心惊胆战，跨上青骢，与耶律学古、张猛等逃走。杨宗保从后面驱兵追赶。萧太后正逃跑间，忽然坡后冲出一军截住去路，抬头一看，原来是杨六郎领兵在此等候。辽兵一见六郎，魂飞魄散，丢盔弃甲而逃。萧太后仰天长叹道：“不想今天是我的末日，你们大家各自珍重吧！”说完，拔出宝剑，试图自刎而死。耶律学古劝道：“娘娘为何这样呢？幽州还有雄兵数万，战将千员，尚能抵挡宋兵。这里离幽州仅有咫尺之遥，不如我们先回去，再作打算。”张猛说：“请总管保娘娘从邠谷撤退，小将愿去拦住宋兵。”萧太后于是收回宝剑，与耶律学古一起往郊谷逃走。杨六郎策马杀近，和张猛交战，只一回合，将张猛刺于马下。辽军被三关之兵杀死者不计其数。杨宗保军马杀到，与六郎合兵一处，六郎等本要乘势追击，直逼幽州，只见杨四郎单骑赶到说："六弟可假装战败，让我领兵回到幽州，你到时候再领兵过来，我自会想办法和你策应。现在你可先去飞虎谷，救出朝臣。"说完，挺枪与六郎交战。后面辽军赶到，六郎假装输了一阵，于是木易率众冲杀，飞奔幽州而去。

六郎听了四郎之言，挥军杀回飞虎谷。韩君弼得知宋兵杀到，撤围逃走。孟良拍马当先，正好遇上韩君弼。过了几个回合，韩君弼被孟良一斧砍成两段。岳胜、焦赞等听到外面呐喊，知道是救兵到了，于是奋勇杀出。辽兵逃走，多有自相践踏而死的。六郎解了朝臣之围，于是下马和十大朝臣相见。

六郎与朝臣相见之后，下令扎下营寨，八王称贺道："今天如果不是将军发兵来救，我们恐怕全都要丧命在飞虎谷，大宋也会元气大伤。"六郎说："这都仰赖殿下的洪福。兵士报称辽军死了一十二万，只可惜让萧太后逃走了。"八王道："这个妇人太可恨，屡次挑动边患，我们不如趁今天这样的机会，直抵幽州，除去后患。不然，今后恐怕再也不会有这么好的机会了。"六郎说："刚才截住辽人归路，碰上了四兄，他说他会作为内应，让小将领兵前去策应。现在本应举兵赴约，但没有得到旨意，我担心日后圣上听信谗言，加罪于我。"八王道："军中之事，君命有所不受。将军请根据需要行动，朝廷的事，我来担当，不必过虑。"六郎于是让岳胜、孟良、焦赞引兵往幽州而去，八姐、九妹、杨宗保引兵跟随。呼延赞引军一万，保护朝臣。分派已定，大伙兼程北上。

萧太后回到幽州，心中痛恨王钦，不胜烦闷。耶律休哥道："娘娘不必忧虑，胜败乃兵家之常。如今城中粮草可够我们十余年之用，大辽雄兵尚有数十万之多。宋兵不来就罢了，如果一定要来，

我们只需闭门不出，坚守城池。时间一长，他粮草耗尽，一定会撤退。到时我们再率领重兵袭击，就一定可以取胜。”萧太后道：“我们屡战屡败，怎么还能克敌呢？不如归降，以救辽国生灵，这才是上策啊。”张丞相道：“娘娘不可如此。大辽从五代以来，让中原畏惧，如今遭受挫折，应该自己力图振奋，如果屈膝投降，怎有面目去见大辽的列祖列宗？等宋人来到后，臣等出兵力战，一定能洗雪前仇。”说完，人报木易驸马全军回城。萧太后召木易入殿问：“我正愁驸马被宋人困住不能回来，现在既然突围出来，我也放心多了。

只是宋兵那样雄壮，你是怎样带领全军完好突围的？”木易奏道：“臣引军围困朝臣，忽然听探马来报，说我军杀败，臣即引兵去救。正好遇到宋军交锋，被臣冲杀出一条血路，直来救护娘娘。这时又遇到几个败军，说娘娘的车驾已经回幽州多时了，臣担心娘娘有事，于是一路赶回。”萧太后道：“宋兵是否有再来攻打的意思？”木易道：“臣听宋兵说，他们要来围困幽州，娘娘还是小心提防为好。”说完，哨马来报：“宋兵到了城外，已将城池围了三圈，水泄不通，请娘娘马上调兵抵抗。”萧太后大惊失色。木易道：“娘娘不要惊慌，我幽州武士尚多，让臣等调遣，出去杀退宋兵。”萧太后道：“卿等要用心交兵，不要有什么闪失。”木易领命而去。

河东庄令公的孙女名重阳女，本是九月九日重阳节所生。此人有勇力，武艺精通，曾许配给杨六郎。只因兵戈阻碍，最终没能嫁成。这时，听说宋国朝臣被辽兵围困在飞虎谷，于是举兵前来救应，同时寻找她旧日未婚的夫君。当天重阳女领兵走在路上，探子来报说六郎已救出了朝臣，现在正统军围困幽州。重阳女听完大喜，说：“姻缘之事，不是偶然。如果他引兵回去，我就碰不到了。幸好现在他率军围困幽州，我不难与他相见。”于是带领部下前往宋营，要见六郎。六郎听了下人来报，大吃一惊说：“此女曾经许配给我，只是当时国家多难，未通音信，因此不知下落。现在既然引兵来救，我理应接待。”于是命岳胜等人出寨迎接。重阳女进入帐中，见了六郎，不胜欣喜。二人诉说了往日订婚的事情。六郎问：“现在你远道而来，足见真情。但我有重任在身，自然不能现在完婚。等破了幽州，回汴梁见过佘太君，然后再商量我们的婚事如何？”重阳女道：“我一定要替夫君立功，然后再谈婚事。”六郎道：“你有什么计策，帮我立功？”重阳女说：“我现在趁着机会，暗投在萧太后那里，做个内应，与郎君里应外合，岂不是能成就大事？”六郎道：“你若能这样行事，幽州怎会不破！”

◎ [重阳节]

中国重要的民俗节日之一，在农历的九月九日。因为“九”在中国文化中为阳数，九月九日，月日相同，因此称为重阳。人们在这一天有登高的习俗。

于是重阳女欣然告别，回到自己营中，率领部下冲开南阵，岳胜、孟良等假装不敌，重阳女杀出重围，到了幽州城下，高叫开门。守军入帐报知耶律学古："现在有一女将杀开南阵，到于城下，说举兵前来救应。"学古得报后，入奏萧太后。萧太后于是和众臣登楼观望。只见旗上大书"河东重阳女将军"，其女正在城下追杀宋兵。萧太后于是命耶律学古开门迎接。重阳女入城后见了萧太后，说："臣本是太原庄令公的孙女，可恨宋兵灭我汉主，我家一直想着报仇，只是不得机会。现在听说宋兵逞威，将娘娘围困在幽州，因此，我特意领兵相助，共破宋人，取下中原，以消我心头之恨。"萧太后大喜道："如果取得了宋朝的江山，一定与你同分。"于是设宴款待重阳女。酒至半酣，重阳女说："蒙娘娘赐宴，明天我率部下擒拿宋将，以报答娘娘之恩。"萧太后点头答应，重阳女谢宴退出。杨四郎想，这女子从前曾经许配给我六弟，今天为何引来军士帮助辽人？其中必有计策。于是向萧太后奏道："臣愿引精兵前往，为重阳女助阵，以攻破宋军。"萧太后大喜说："驸马出兵，胜过他人万倍。"于是命领兵同行。

木易驸马领了萧太后圣旨，前往军中召集一万精壮兵士，带到重阳女营中商议退敌之策。重阳女说："宋兵虽众，不难攻破。驸马引兵出北门先战，我引部下出南门交锋。两下出兵，不愁宋军之围不解。"木易道："依你的做法，幽州城就算完了。"重阳女不解地问："驸马为何这样说呢？"木易喝退左右道："你我本来就是一家，不要再隐瞒我了。"于是将自己的身世和目前的情况，详细告知重阳女。重阳女高兴地说："这次我来，本就是为杨将军做个内应。真巧又碰到了四哥，一起谋事，何愁幽州不克！"木易道："依我的看法，只有除掉萧太后驾下精勇的武士，才能最终成事。"重阳女道："四哥有何妙策，能除掉这些人？"四郎说："来日我传令让上万户、下万户、乐义、乐信等先战，我跟在他们后面，斩杀此四人，然后放宋兵入城，即可成功。”重阳女领计退去，准备来日出兵。

人物点击

重阳女

河东庄令公的孙女，生于九月九日重阳节。她勇力过人，精通武艺，早年曾与杨六郎有过婚约，但后来因为宋辽战事，导致最后婚姻耽误。在十大朝臣被辽军围困在飞虎谷时，重阳女得到消息，前往救应。后来听说六郎已救他们脱险，并包围了幽州，于是到六郎营中，向六郎献计帮助宋兵攻陷幽州。她先是以辽国援兵身份取得萧太后信任，然后率军进入幽州。到达幽州后，重阳女和杨四郎秘密商议，在宋辽交战时，由四郎杀死萧太后手下大将，由重阳女负责将宋军引进城中。第二天，两人如约而行，宋军攻陷幽州，顺利进城。之后，重阳女如愿与六郎成婚。

第二十八回 杨家将平定幽州

第二天一早，木易下令上万户等四人领兵迎战。上万户得令，一声炮响，引兵扬威出阵。正遇宋将岳胜，接战数回合，下万户、乐信从旁边夹攻。岳胜无法取胜，于是退至空旷的平地，辽兵乘势杀了过去。这时，重阳女引骑兵从后面过来，大喝一声："辽将慢进！"手起一刀，将乐信斩于马下。乐义大惊，还没明白怎么回事，就被岳胜回马砍为两段。孟良、焦赞引兵杀到，喊声大震。上万户被孟良杀死，下万户被焦赞斩首。重阳女当先杀进城去，宋兵随后一拥而入。幽州城一片混乱，侍臣赶紧报告萧太后。萧太后心想："我是一国之主，如果被宋人活捉，岂不是奇耻大辱？到时候就怕求死都不能了。不如现在寻一个好的地方自尽，尚能全身而死。"于是萧太后走入后殿，解下丝绦自缢身亡。

◎ [丝绦] 古人用丝织成的带子。

重阳女进城之后，杨延朗迅速跑入禁宫，正遇上琼娥公主走出，说："娘娘现在已经自缢身亡了，听说宋兵布满城中，请驸马快走。"延朗道："公主休慌，我并不是别人，乃是杨令公的第四子，诈名木易。"公主听完，两眼流泪，双膝跪下说："妾之命全在君手中，任凭发落。"延朗道："公主说的什么话！蒙公主不弃，情意深厚，我怎能伤公主！如果公主愿意跟着我，就请一起离开这里。不然，我也不能勉强。”公主说：“现在我已国破，不能再遭家亡。驸马肯念夫妇之情，带我离开，我怎能不从？”延朗大喜，即命收拾金银财物离开宫中。收拾停当，延朗从宫中杀出，正遇上耶律学古走入殿阶。延朗厉声道：“逆贼休走！”学古还没弄明白怎么回事，就被延朗一刀斩了。耶律休哥听说宋兵入城，于是削发为僧，越城逃走。

杨六郎提大军进城，下令禁止滥杀。八王进城后，问萧太后在哪里。有人报称，萧太后已经自缢而死。八王命解下尸首，停在宫中。六郎调遣各军驻扎在城东，不许毁拆民房，不许掳掠。第二天，八王、六郎入殿观看宫室，众将押过辽国太子二人及丞相张华以下文臣百官。六郎命全部囚上槛车，押解回京，请旨发落。当天诸将集在一起，杨延朗对八王说：“臣偷生辽国十八年，现在见了殿下，惶恐无比。”八王安慰他说：“如果不是将军内应，幽州还不知道什么时候能够安定呢！破幽州之功，将军第一。等到回去后我奏明圣上，一定对你重封官职！”延朗称谢。六郎道：“幽州已经平定，凡所辖地方，要挂出榜文安民。然后我们就可以班师回京了。”八王依从其意，命寇准起草榜文张挂在各门。

几天后，八王下令在宫中大设筵席，赏犒诸将。延朗进言说：“臣有一事求殿下，不知道殿下是否能够允从？”八王道：“将军有事，但说不妨。”延朗说：“臣被辽人所擒，蒙萧太后以礼相待。现在萧太后虽然国破身亡，大宋怨恨也已经雪洗，还请允许我将萧太后尸首葬埋，以报她收留之情。这样，辽人也不至于过分怪罪我。”八王道：“将军心地如此仁义，真可谓是君子。我哪有不从的道理呢？”第二天，八王下令，命以皇妃礼厚葬萧太后。

六郎与八王商量班师的事，八王答应。寇准说：“必须留兵镇守幽州。”八王道：“自然要屯兵于幽州。但我细细想了一下，这样也不是长久之计。如今辽国刚刚归降，人心不服，假如他们谋逆，将屯戍的官兵全部杀了，那我们不是太失策了？还是回京后，另外想一个长久防御之策。”寇准点头称是。于是六郎调兵出发，回到汴梁。

且说这一天大军到了汴梁，八王遣人奏报真宗。真宗派孙御史等人出城迎接。孙御史将八王与众臣接入城中，六郎下令军马驻扎在城外。次日一早，八王与群臣向真宗进平辽表章。真宗看完后大喜，对众臣大加抚慰。寇准奏道：“杨景父子精忠报国，平定北辽。请陛下重加封赏，以表彰他们的功绩。”真宗道：“朕深知杨家忠义，等商量好了就下旨。”八王等人称谢而出。

六郎与延朗回到天波府中拜见佘太君。延朗悲喜交加，说：“辽人捉儿子而去，幸得萧太后释放，招为驸马。十八年未能侍奉母亲，实在该死。现在回来拜见母亲，发现母亲头发已白，更加相信人生在世，像白驹过隙一般。”佘太君说：“我儿身在他国，老母整天悲思。现在你既然回来了，我的愁思顿时消解。你带你妻来见见我吧。”于是延朗唤过琼娥公主入拜佘太君。佘太君非常高兴。延朗说：“此女性情温柔，儿子得到她照顾，这些年过得还好。”佘太君说：“这也是你前世修来的缘分啊！要相信夫妻是赤绳系足的，仇敌之间，未必就不能结合。”说完，命家人准备酒席庆贺。这天，府中众人欢饮而散。

◎ [白驹过隙]

小白马在细小的缝隙前跑过，用来形容时间很短。

◎ [赤绳系足]

古人认为，男女之间的缘分是由一位月下老人安排的。月下老人用一根红绳系住一对男女的脚，这样，他们不管经过多少波折，都会最终结成夫妻。

王钦见辽国已被灭了，担心六郎等人将他捉拿，于是扮成游方道士，星夜走出汴梁。侍臣报告真宗，真宗听了之后，大怒道：“这个贼人屡次在朕面前陷害杨将军，朕念在旧日情分上，多次宽容他。现在他背着朕逃走，就是欺骗了朕。”延朗奏道：“王钦并非宋人，他名叫贺驴儿，本是萧太后派来的奸细，要来这里寻找机会。现在见到国破，担心自己遭殃，于是赶紧脱逃。陛下如果不信，可将他捉来，他脚心刺有‘贺驴儿’三个字。”八王奏道：“王钦恶贯满盈，不能宽恕。如今他肯定出城不远，陛下可派骑兵追捕。”真宗允奏，

派杨宗保带领轻骑追赶。

宗保得令，率兵往北门追赶。行至北门，问守门军士是否见过王钦，守军回答："刚才见一道士慌忙出去，面貌很像王钦。"宗保听完，纵马去追。

王钦走到黄河边上，见了艄公，连忙喊道："快把船划过来渡我过去，我多给你金银。"艄公听了这话，赶紧撑船过来接应。王钦跳上船，艄公举棹划行。快到东岸时，忽然狂风大作，将船吹往

◎ [艄公]

在船尾掌舵的人，也泛指掌船之人。

南岸。艄公道："风太大了，现在很难通过。稍等一会儿，再试着渡船。"王钦心中紧张，于是躲在篷下。

不一会儿，南岸有数十人驾着轻骑赶到。杨宗保在马上大声喊道："可否有道士在这里过河？"艄公正准备回答，王钦低声言说："就告诉他，说过去很长时间了，我一定会重重谢你。"艄公问："你是何人？快点告诉我，我再替你隐瞒。"于是王钦告诉他真实身份。艄公听完，大怒道："我们这些渡船的被你等贪官污吏压榨得厉害，我一直想找机会报复，现在你来了，休想走脱。"于是将船靠近南岸，告知宗保，王钦在船上。宗保上船将王钦捉住，捆绑押解而回。

此时正值真宗在朝上，文武百官集中于廷中。近臣奏报，说将王钦捉到。八王命人扯下他的鞋袜，露出脚心，果有"贺驴儿"三个字。真宗大怒，骂道："你这贼人，朕如此厚待你，你却总想着加害。现在你想逃走，难道还想找机会侵犯我大宋？"王钦低头不语，只求让真宗快点杀了他。真宗于是命人将其推出斩首。忽有侍臣奏报，大将呼延赞昨夜因病而卒，真宗闻奏，不胜悲痛地说："呼延赞忠心报国，勤劳王事，临大难不慌，是股肱之臣。"于是命人将他下葬，赠号忠义侯。

◎［股肱之臣］

股是大腿，肱是手臂从肘到腕的部分。股肱之臣用来形容得力的大臣。

真宗下朝，群臣散班后，特宣八王升殿说："平定辽国之后，还未封赏将士。今日特召卿来商议。"八王奏道："给有德者赐爵，为有功者封赏，是王者应该做的。现如今陛下一统天下，四方宁静，封赏谋臣勇将，让他们镇守各处边关，这是稳定社稷的长久之计。"真宗说："前天押上殿的俘虏，朕也未曾发落。那辽国太子与臣子怎么处置呢？"八王道："之前班师的时候，寇准等人商议，留兵镇守幽州，但臣等未敢自作主张，因此请陛下裁夺。臣认为，幽州土地贫瘠，就算得到了，对国家也没有什么好处，不如让辽国太子归国，让他继续管理故地，以德让天下诸侯拜服。"真宗允奏，下令赦免辽国二太子并文武大臣，将他们遣送回国。圣旨下达后，辽人大喜，上殿叩谢圣恩。真宗下旨，赐辽太子蟒衣玉带，太子拜谢，辞别真宗，即日率领众臣往幽州而去。

◎ [蟒衣玉带]

绣有蟒蛇的官袍，镶有玉玦的腰带，是古代高官才能穿戴的服饰。

辽太子回国后，真宗宣六郎进殿，对他说："你父子破了天门阵，立下大功，朕还没来得及封赏。今天又有平定幽州之功。朕要对你们好好奖赏，作为酬谢。"六郎叩头说："能建立功劳，只是因为上托陛下洪福，下赖大家的努力，和臣没有太大关系。"真宗说："卿太过谦虚了，朕自有主意。"六郎拜退。

这天，真宗下旨，封六郎为代州节度使，兼南北都招讨。杨宗保为阶州节度使，兼京城内外巡抚。杨延朗因取幽州有功，授秦州镇抚节度使。六郎帐下各位将领及八姐、九妹、穆桂英等人都有封赏。

第二天，六郎上殿谢恩，奏道："蒙陛下恩赐，部众都已经领旨准备赴任。只是家中老母年事已高，请陛下宽限几天，让臣在家尽孝，臣将不胜感激。"真宗说："卿能伺候母亲以尽孝道，可为天下人的榜样，那就宽限你一段时间，到时朕再定期让你赴任吧。"

六郎拜谢真宗，回到天波府中。岳胜、孟良、焦赞等都在府中等候。六郎召岳胜等人，对他们说："现在圣上论功行赏，授你们要职。你们要各自尽力镇守，光耀祖宗，实现志向，不要玩忽职守。"岳胜等道："小将们都是赖将军的威名才能建立微薄的功劳。如今圣上授给官职，我们实在不愿离开将军帐下。"六郎道："授职让你们镇守边关，这是圣上的旨意，你们不可违抗。你们赴任后，要独当一面，尽忠报国，才不枉做一回大丈夫。快点上任去，不要心存私念，误了期限。"

于是岳胜等人拜别而去。只有孟良、焦赞、陈林、柴敢、郎千、郎万六人在府中跟随六郎。孟良说："如今岳胜等人各自赴任去了，三关寨上的守军没有得到消息，还在那边镇守，请将军派人将他们调回。”六郎应允，派遣陈林、柴敢、郎千、郎万前往三关调回守军。陈林等人领命而去。

人物点击

耶律休哥

字逊宁，辽国著名将领，辽太祖耶律阿保机的侄辈。曾经跟随辽将萧干征伐乌古、室韦等部，并统帅辽军西征党项，大胜而归。多次参加宋辽之战。在高梁河之战中，大败宋军，几乎活捉宋太宗。在此后宋辽战争中，多次出色击退宋军，辽帝称赞他说：“你勇猛远过名声，如果每个人都像你一样，何愁敌军不破？”后来耶律休哥在一次战斗中手臂负伤。他一生征战，声名远播。在《杨家将》故事中，耶律休哥镇守辽宋边境的云州，屡次上奏萧太后，要求主动伐宋，但每次都以失败告终。在战事不利的情况下，他开导萧太后不气馁悲观，以伺机再起。最后宋军攻破幽州城，耶律休哥削发为僧，躲过了宋军的追捕。

第二十九回 侬智高兴兵叛宋

杨六郎在家中伺候老母。这天晚上，六郎睡下后，忽然刮起一阵狂风，大风过后，听到外面有敲门的声音。六郎慌忙前去开门，只见有一人站在檐下，六郎一看，原来是他父亲。六郎拜倒说：“父亲为何在此？”令公道：“我有一件事情告诉你。如今你建功立业，我心中很是欣慰。只是我的骸骨被抛在他乡，你要命人取回来，葬在我家的先陵，让我叶落归根。”说完转身而去，六郎挽留不住，于是起身去追。一时醒来，发现原来是一场梦。

◎ [叶落归根]

树叶从树根长出来，最后凋落了，还要回到土里。叶落归根是中国人的一种思想观念，认为人老了或死后一定要回到自己的故乡。

第二天，六郎请来佘太君，再召来四郎、孟良前来询问：“听孟良说，父亲的骸骨在幽州红羊洞中，被孟良取回安葬了。昨天我梦见父亲，他说骸骨还在远方，未能安葬。”四郎道：“这段时间因为事务繁多，我差点将此事给忘了。十几年前，萧太后得到父亲的骸骨，担心被我宋人盗走，于是将假的藏在红羊洞中，真的留在望乡台。之前孟良所得到的，乃是假骸骨。在望乡台上的，才是真的。”佘太君道：“如今辽国已经归降，令人取回骸骨，有什么难的？”于是让孟良前往望乡台取回令公的骸骨，并嘱咐他，要晚上去盗，不能白天去拿，不然，辽人知道了，恐怕又会换成假的。孟良说：“将军放心，从前辽国是敌国时，我尚能取出；如今辽国归顺了，这事肯定没问题。”六郎道：“你说的虽然在理，但北人珍视我父亲的骸骨，一定会派乡民严密把守，你还要仔细才是。”孟良道：“将军放心，如果他们不为难便罢，如果有谁敢为难我，就让他吃一斧子。”说完，孟良就回去收拾东西前往望乡台。不料，他们议事时，焦赞正好入府。他见众人议论纷纷，于是上前询问，众人告诉他说：“杨将军吩咐孟良前往幽州望乡台上去取令公的真骸骨了。我等正在这里叹息，那孟良真有本事呢。”焦赞听完，跑回营中。心想：“孟良屡次为杨将军办事，今天我兼程而进，先到那里取回令公的骸骨，不就是我的功劳了？”于是准备行囊，往幽州而去。此时杨府没有一个人知道。

◎ [申时]

下午三点到五点。

孟良星夜赶到幽州已将近申时，孟良扮成辽人，直接跑到望乡台边。只见有五六个守军喝道：“你是什么人？敢到这里乱走。”孟良说：“前几天，太子归国，我等护送，还没有回去，因此到各处看看，怎么说是乱走呢？”守军没有怀疑，对他也不加提防。等到深夜，孟良悄悄上台，果然看见一只香木匣盛着一副骸骨。孟良于是解下包袱，将木匣裹起，正背起来，不想焦赞躲在背后，一手托住包袱，大声喊：“谁在台上？”孟良非常慌张，以为是捕缉之人来了，于是抽出利斧倒劈，正中焦赞脑门。焦赞顿时气绝。孟良背了包袱，走下台来，并没见什么动静。心想如果是巡逻兵丁，怎么只来了一个人？于是回过身登上台，拨转尸身一看，大惊道：“原来是焦赞！”于是仰天叹息说，“今天本来是为杨将军办事，不想却伤了杨将军的人。就算我带了骸骨回去，此罪也难赎了。”说完，背起包袱走到城边。此时已到三更，正好遇上巡逻的军人提铃前来。孟良捉住问道：“你是哪里人？”那军士大惊，听孟良是南方口音，回答说：“我不是辽国人，原来是宋国的屯兵，因犯了军法逃走，到这里充为巡军。”孟良一听对方也是南方人声音，于是说：“你愿意还乡吗？”巡军道：“当然愿意了！但是我没有盘缠，只能留在这里。”

◎ [盘缠]

古人使用的铜钱，中间有眼。人们外出时，用线将铜钱串起来缠在腰间作为旅费。因此盘缠就是旅费的意思。

孟良想，能遇到此人，也真是巧了。于是解下腰间的银子和背后的包裹递给巡军说："我送你一场富贵，先将这几两银子给你作还乡的路费。你背着这个包袱前往汴梁，送到天波府中，交给杨郡马，他一定重谢你。"军士说："杨将军在太原时，我曾经跟着他干过一段时间。现在我遵您之命就是。请问阁下高姓大名？"孟良说："不要问了，到府后自然知道。你现在就去，如果不去，我若先回到汴梁，就马上差人抓你，到时一定对你重重惩罚。"巡军道："您说哪里话，我既然受您托付，自然会帮你把事情办好，怎么会不去呢？"说完，接过孟良的包袱离去。而孟良抱了焦赞尸身，到了城外，拔出佩剑，连喊："焦赞焦赞，是我害了你的性命。你不要怪我，我现在就随你去。"于是自刎而死。

那军士当晚接了包袱，非常惊疑，只得暂时隐藏。第二天，他偷偷潜出城南，往汴梁而去。

这天，那军士来到府中，拜见六郎说："小人本为幽州的巡逻兵士，前几天夜近三更时分，小人在提铃巡城，突然遇上一位壮士，将包袱交给我，再三叮嘱，让我送到将军府中。小人不敢有误，如今特意送来。"六郎令他解开察看，是盛着令公骸骨的木匣。六郎问："当晚你是否问过他的姓名？"军士说："问了，但他不说。只说到府后，自然知道。他交给我包袱后，就慌忙离开了。"六郎命左右取过白银三十两相谢，军士告退。六郎于是派出轻骑星夜到幽州察访。过了没几天，派出的人回报说孟良、焦赞二人的尸体都在幽州城外找到，现在已经用沙土掩埋好了。六郎仰天长叹说："平定辽国，二人出力最多。现在好不容易等到国家稍微安定了一点，他二人却都不幸身亡。真是让人痛惜！"第二天，六郎入朝禀奏真宗说："臣部下孟良、焦赞为了取回臣父的骸骨，都死在了幽州。请陛下为二人追封官职。"真宗闻奏，也悲伤了一阵子，于是下旨，赠孟良为忠诚定北侯，焦赞为勇烈平北侯，六郎谢恩而退。

◎ [公]

古代的爵位分为五等，从上到下分别为公、侯、伯、子、男。公是最高的一等。

八王从幽州回来时，因为在路上偶感风寒，回来后卧床不起。真宗不时命寇准前往问安。八王对寇准说："我与先生相处了数十年，不想就要永别。"寇准道："殿下偶感风寒，一定会马上好起来，为何说这样的话？现在四海升平，殿下正好辅助圣上总理朝政，让天下久安。"八王说："生老病死，每个人都是逃不过的，我又怎么能例外呢！"从此，八王卧床不起，不再参与朝政，不久后病故。

杨六郎因忧伤失去了孟良、焦赞，于是染下重病。柴郡主报知佘太君，佘太君和延朗、八姐、九妹到卧榻前探视。六郎对佘太君说："儿子这病恐怕治不好了。"佘太君说："我儿放宽心，等我请良医来治，应该能转危为安。"六郎道："死生有命，儿子的病看来很难好了。儿死之后，请母亲保重身体，不要因为儿子的原因，哀恸伤神。”又叫来宗保，对他说：“你延德伯父曾对我说，大宋兵革灾祸，每代都会有。如果圣上命你前去征讨，你一定要努力从事，忠心王事，不要损坏我杨门的威望。”宗保拜倒受命。六郎说完，闭眼死去。

六郎死后，佘太君等一家痛哭，哭声震动京师。汴梁军民听到后，无不掉泪，延朗进奏真宗，真宗叹息说：“皇天不让大宋太平，让朕失去了擎天之柱。”满朝文武听到这个消息后也无不感伤。真宗下旨，辍朝三日，以示哀悼。寇准等人奏请给八王、杨六郎谥号。柴玉说：“杨将军忠贞为国，保家卫国的功绩，实在无与伦比，应谥赠为公。”寇准道：“柴大人之言有理。”于是真宗追封八王为魏王，谥日懿；杨景为成国公，下旨用王礼葬祭。寇准等领旨，同百官前去执行。

真宗封赠六郎为成国公，用王礼葬祭完毕后，杨宗保入朝谢恩。此后在家尽孝。多年后，真宗驾崩，仁宗即位。在仁宗景祐年间，邕州有一人，名叫依智高，生得浓眉青脸，身高一丈，曾遇到神人传授十八般武艺。四方暴徒听到他的名字，都前往归附。于是，他聚集上万人，杀入南蛮水德国，水德国国王举城降之。得到水德国后，他自称为侬王，封了左右丞相并一班朝臣，称王一方。他经常夸耀说：“上天赐给我这么雄壮的身躯，我又学成了这么高的武艺，就算是古代的轩辕黄帝也比不上我。什么汉高祖、宋太祖等，不过是些凡夫俗子。他们都能东征西讨，成就帝业，我为什么不能？我如今发挥平生所学，北上征伐，一定能得到中原。”

◎ [汉高祖]

名刘邦，是汉朝第一个皇帝。他出身低下，在秦末战争中逐渐积蓄势力，最后打败强大的对手项羽，统一了全国，建立了汉王朝。

这一天，侬王叫来手下左丞相陆侃和右丞相石宜，商量侵宋的事。侬王对他二人说：“宋君这些年征伐不断，国家虚耗元气过多。本王现在人马精强，以图伐取宋国，成中原之主，卿等以为如何？”陆侃奏道：“谚语说：‘事有可为而为之，则容易成功；事有不可为而强为之，将后悔莫及。’现在宋朝一统中原，谋臣猛将不可胜数。从前北番南蛮与中原为敌，多被中原所败。如今我们的兵士，不足挡宋朝的一郡人马，倘若兵甲一动，让宋君恼怒，长驱而来，岂不是惹火烧身，自取灭亡？主上要谨慎从事啊！”还未说完，石宜应声答辩说：“何必长他人志气，灭自己威风！我们不在此时进兵而取中原，还要等什么时候？宋军人数虽多，但国内因年年征战，早已不堪重负。我早就派人侦察过了，发现中原将士凋残，号称能征惯战的杨六郎等老将早已经身死；沿边守将，武备不修，一听说敌兵来了，都只顾自己的性命，望风而逃。凭我平日所学，声势及处，先叫郡县瓦解；到时兵抵汴梁，一定能一战而成功。取宋天下，又有何难？”侬王大悦，命即日起国内之兵，准备伐宋。陆侃见侬王不听劝阻，执意伐宋，料想日后城破，侬王被擒，自己不过是一个牺牲品，于是次日就称病不起，向侬王要求辞职返乡，不再出仕。侬王不便强留，准了陆侃的辞呈。

◎ [柳州]

古代地名，在今广西柳州附近。那里有汉、壮、苗等多个民族混杂居住。

这一天，侬王召来石宜商量伐宋之策，石宜对侬王说：“主上要得到大宋的天下，一个人是不行的，必须要借五路蛮王的兵力。我们可以先取邕州为基地，然后再取柳州。得到柳州后，乘破竹之势，进图汴梁，这样就非常容易了。”侬王听了大喜说：“朕有石相，就像唐尧有了虞舜。”于是遣使带着金帛，往交趾国见锐金秀王借兵五万；又遣一使臣，到暹罗国请岳刀立大王借兵五万；又遣一使臣，到捍坪国，见剌虎哈喇王借兵五万；又遣一使到乌扎国，见贺花天王，借兵五万；又遣一使前往打煎国，见定儿五角王借兵五万。五个使臣领旨后，带着金帛去见五国国王。五国国王见侬王遣礼前来，又许诺得到大宋的天下则分割土地相谢，都非常欢喜，各自提兵五万前来助战。没过几天都到了水德国。侬王接见诸王，非常高兴。于是大摆筵席，为他们接风洗尘。

◎ [唐尧、虞舜]

是中国古代传说中的两位圣王。尧号放勋，因封在唐，故称“唐尧”，尧到年老时，由部落首领推举继承人，大家一致推荐了舜。尧对他进行了长期考察，并将自己的两个女儿嫁给了舜，最后将帝位传给了舜。

第二天，侬王自起本国之兵十万，与五国之兵加在一起，共三十五万人，攻破邕州。侬王进入邕州城中驻扎一天，然后率众杀奔柳州。柳州节度使高严得报大惊，星夜遣人到汴梁将消息告知仁宗。仁宗闻奏后大惊，于是问群臣道："南蛮叛乱，哪位能领兵前去征剿？"包拯奏道："狄青深知南蛮底细，请陛下命狄青前往征讨。"狄青道："讨伐南蛮，老臣自然不敢推辞，只是少了一员先锋。"包拯道："殿前都虞候魏化为先锋。"于是仁宗降旨，命狄青领兵二十万征伐南蛮，授狄青为总督大元帅，魏化为先锋。狄青辞别仁宗，领兵往柳州进发。

人物点击

侬智高

北宋中期广西一带少数民族的首领，早年受汉族文化的影响较深，曾经考过进士，但没能成功。他父亲侬全福本为当地部落首领，后来被越南抓走。侬智高接位之后，向越南索要他的父亲，但遭越南拒绝，并将其父杀害。后来侬智高打败越南军队，并向宋朝进犯。宋仁宗年间，侬智高自立为帝，北上攻打广东广西，并计划进攻湖南。宋仁宗被迫撤回在西夏前线征战的狄青，让他率兵南征侬智高。《杨家将》中的侬智高，起兵反宋后，连续攻下宋朝南方的柳州等城，并将前来征剿的狄青困在长胜镇。宋仁宗派出杨宗保、杨文广父子前往，替回狄青，战局才得以扭转。后来侬智高兵败被俘，被杨宗保的女儿宣娘杀死。

第三十回 杨宗保挂帅征南

依王领兵杀至柳州城，这时大宋因为太平日子过久了，这里的军队很长时间已经没有见过军队厮杀。一听说南蛮军马杀来，柳州守军都望风而逃。于是高严放弃了柳州城，退到长净关驻守。于是，依王率领军队进入柳州城驻扎。军士掳掠民财，杀害了很多百姓。依王见不费力气，连续得了两州，心中大喜，不免生出骄傲和得意。心想，取宋天下肯定易如反掌。于是设宴犒赏五国国王和军士。酒席上，依王问五国国王："如今听说大宋派将率军前来，各位大王有什么破敌之策？"锐金秀王说："等他们到了，我们再临机应变，想办法将其击破吧！"

第二天，依王升帐，讨论进兵之策。忽然哨兵来报，说宋兵已到。依王说："现在我们就趁宋兵刚到，立足未稳，杀他一阵，挫伤他的锐气。"于是问将领们谁可领兵迎敌。贺花天王道："我马上命部将隆元出马，将宋将枭首来见。"隆元得令后，披挂上马，引军出阵，向宋阵冲来。宋将魏化正要上马迎敌，牙将张诚说："不劳先锋出阵，小将就能将此贼擒获。"魏化道："你要小心，这是头阵，意义重大，如果输了，就会挫伤我军锐气。"张诚道："小将认为这群叛贼不过是乌合之众，杀之不难！"说完，跳上马，出阵与隆元交战。战只

◎ [乌合之众]

像乌鸦一样临时杂乱凑成，毫无组织、训练和纪律的队伍。

数回合，隆元抵挡不过，拨回便走。不想那马忽然跌倒，张诚拍马追赶，马走得快，反被隆元之马绊倒，跌在地上。贺花天王看见了，飞马上前，一刀斩了张诚。魏化正要拍马来救，五国国王却驱兵冲杀过来。于是宋兵大败，死伤无数。狄青收军后，查点兵马，发现损伤数千人，非常不高兴，对魏化说："你是先锋官，不出阵迎敌，为什么让张诚出马而导致我军受损？"魏化说："并非小将让他出阵，是张诚他执意要迎战。"狄青道："今天暂且饶恕你的失职，如果以后再有这种情况，一定杀无赦！"

第二天，狄青亲自出阵，在北边排开队伍。侬王亲自出阵，在南边排阵。狄青指着他骂道："你在南边荒芜之地居住，安分守己，定时进贡，安享富贵就是了，为什么要反叛大宋，掠我人民疆土？如今王师南下，如果你能幡然悔悟，倒戈拜降，我替你在天子面前说几句好话，说不定能赦免你的罪过。如果你执迷不悟，我定当驱使大军，捣毁你的老巢！"侬王听完，哈哈大笑说："我听说，天下绝非某个人的天下。从天地开辟以来，不知道经历了多少帝王，哪有让你宋朝千秋万代的道理？我本以为，你作为宋朝的太师，一定有什么高论，想不到你说话也这样没有水准。你宋朝欺负人家周代的孤儿寡妇，窃取人家的天下，应遭万世唾骂。我今天兴兵，就是为百年前的柴家申冤。老匹夫你快快退下，我的刀斧是不认人的！"狄青听完大怒，命魏化出马擒拿侬王。这时，天色骤变，狂风大作，于是两边各自收兵。

◎ [幡然悔悟]

幡是用竹竿挑起来的长条形旗子。幡然悔悟是一种形象的说法，比喻人的思想像风中的幡一样，变化很快。

侬王道："宋兵人数众多，又有无数大将，我们可以用计取胜。"于是对锐金秀王说，"烦大王领兵到长净关后面埋伏，听到炮响后，杀进关来。"又对贺花天王、刺虎哈喇王吩咐说，"请二位大王各自领手下兵马，一支伏于在关东，一支伏于关西，听到炮响，也一起杀出，向关前运动。"锐金秀王等各自领兵，前去埋伏。侬王又对定儿五角王说："烦请大王镇守柳州城，没我的命令，不要擅动。"

五位国王领命，各自回去准备。

第二天，侬王和岳刀立大王、大将松刚、白右钦等人出阵，狄青与魏化摆出长蛇阵。侬王问刀立大王：“大王是否认识此阵？”刀立大王说：“不知道。”侬王解释说：“此阵叫长蛇阵，如果你攻击其头部，那么尾部会回转来救援；如果攻击其尾部，则头部会上去营救。现在请大王出马进攻此阵的头部，松刚击其尾部，白右钦击其腰部，让他们首尾不能相救，我再领大军冲击。”分派完毕，侬王命令施放信炮，于是岳刀立等人领兵而出。宋兵果然首尾不能相应，溃乱奔走。这时，贺花天王、刺虎哈喇王从东西夹攻过来，宋兵于是退往关后。忽然，锐金秀王领着一队人马从正面冲杀过来。狄青丢了长净关，退回到长胜镇。侬王率众紧追不舍，一直到镇前，命人扎下营寨。

第二天，侬王陆续调来兵将，将长胜镇团团围住。狄青见宋军损失太多，非常感伤。又见侬王围住长胜镇，在四门攻打，心中感到十分惊慌。于是召来众将问道："南蛮勇不可挡，现在把镇给围了，我们该怎么办？"魏化说："当务之急，是将情况奏明朝廷，让朝廷派兵救助。"狄青道："他们将城围得这么紧，我们的人怎么能出得去？"魏化说："小将愿意杀出一条血路，保护使者突围。"于是狄青写好奏表，交给使者，魏化打开北门，护着使者杀出重围，将他送上去汴梁的路。然后，魏化再杀进重围进入城内。

使者星夜赶回汴梁，将奏表交给仁宗。仁宗看完后，惊叹说："狄青现在兵败，南蛮马上就能长驱而进。大宋江山，看来是保不住了。朕不能替列祖列宗守住基业，有何面目见九泉之下的祖先呢？先帝在时，何等幸运，还有杨六郎保驾。朕如今是生不逢时。假如我朝中没有能人，南蛮怎么会看得起我大宋！"言罢，包拯奏道："陛下不提起六郎，臣差点给忘了。如今，六郎的儿子杨宗保告老在家尽孝，请陛下宣他前来，商讨征蛮之策。"仁宗允奏，马上命人到天波府中去宣宗保。宗保正在金水河边散步，忽然家丁来报，说朝廷遣使臣来召他进宫。宗保听完，急忙回府接旨，然后随同使臣到朝中拜见仁宗。仁宗给宗保赐座，见宗保已经长出很多白发，于是闷闷不乐，心想，这样的年纪，怎么能领兵出征呢？对杨宗保说："朕很长时间没见到将军了，没想到现在老成了这样。"宗保说："岁月无情，不能挽留啊！天下没有驻颜的药，因此今天臣已经满是白发。但不知今天圣上宣老臣来，为了什么事情？"仁宗道："将军还不知道我大宋江山现在正危在旦夕啊！如今南蛮叛乱，侵犯边疆。朕命狄青、魏化前往征剿，不想狄青被南蛮击败，退守长胜镇，我大宋疆土，已经被南蛮占去千里了！"宗保道："陛下今天宣老臣进宫，打算怎么办？"仁宗说："因将军对军事比较在行，从前曾长久在军中做过指挥，因此今天特意宣来，商讨征剿蛮贼之策。但我看将军现在已经年迈，因此心中非常不高兴。如果将军现在还年轻，南蛮怎么能这样长驱而入！”宗保听仁宗说他老了，就对仁宗说：“陛下说臣老了，请命人牵匹马过来，再取过盔甲、刀枪、弓箭，让臣在殿前演示一番，看臣究竟老不老。”仁宗马上命武士牵过马来，并取出刀枪、盔甲等物件。不一会儿，武士将马匹和刀枪等取到，宗保摘下朝冠，脱了朝服，戴上头盔，穿上甲衣，取过硬弓，使劲一拽，弓马上折了。他又拿枪在手，让武士打马前行。宗保走路如飞一样，向马后奔去，走到近前，跳身一跃，就上了马。在马上，杨宗保提枪左挥右刺，并于殿前走了一个来回。然后宗保跳下马，跪在仁宗面前说：“陛下看臣是否能够上阵？”仁宗笑着说：“将军勇武不减当年啊！”于是亲自下阶，扶起宗保，命人设宴招待。酒席上，仁宗从容地对宗保说：“将军可前去，代狄青掌元帅大印。只是还少一员先锋。”宗保说：“我儿杨文广可挂先锋印。”仁宗道：“文广年幼，怎么能当此重任呢？”包拯说：“知子莫如父。杨元帅认为可以，那就一定可以。不然，军旅大事，他怎么会自己害自己呢？”仁宗点头称是。第二天，仁宗命宗保统领羽林军五万，前去代狄青元帅之职，杨文广代魏化先锋之职。宗保领旨归府，将圣上任命的事告知杨夫人。杨夫人说：“夫君已经老了。妾年近五十，才生下文广。文广年幼，万一有个闪失，该怎么办呢？”宗保说：“我已经做好安排了，夫人不要忧虑。”于是命手下人整军起程。

◎ [羽林军]

始建于汉代，是我国古代历史上最著名的皇帝禁卫军。

杨宗保辞了仁宗，领兵起行，往柳州进发。侬王听说宋君遣人来救长胜镇，于是撤去包围，退回到长净关。没过几天，宗保率领大军到了常胜镇，狄青等人将宗保接入。宗保宣读圣旨，狄青随后拿出印信交给宗保。他见宗保头发都白了，不禁冷笑，心想，派这么年迈的人为将，怎么能取胜呢？宗保见狄青冷笑，大怒，命左右将狄青拿下，退出辕门斩首。狄青道：“我又没有错，你怎么能随便杀人？”宗保说：“刚才你递印的时候竟然敢冷笑，有损我元帅的威仪。你敢这样轻慢，手下人自然不会对我恭敬。这样让我怎么能统率众军破敌？”说完，喝令手下人将狄青推出斩首。杨文广急忙跪下对杨宗保说：“父亲刚刚到军营，就杀了前元帅，恐怕对军心不利。”宗保道：“我从十三岁就跟随父亲出征，统率大军，如有不听指挥的，就直接下令斩首，有什么不利的？”文广又说：“狄太师是朝廷重臣，圣上所宠信的老将，现在如果不请旨就将他杀了，圣上日后一定会怪罪。”宗保道：“看在圣上的分上，暂且饶了你，我岂会怕你是太师就不敢杀你！”于是命人放了狄青。狄青被宗保羞辱了一番，收拾行李起程回京。一路上痛骂宗保，暗暗发誓：“不把杨家赶尽杀绝，誓不为人！”

人物点击

杨文广

杨家将第四代，杨宗保与穆桂英之子，杨六郎之孙。在南征侬智高的战争中，杨文广被荐为先锋官，随他父亲杨宗保前往战场，曾被侬智高围困于柳州城，后因杨宗保女儿宣娘前来援助，宋军得以大败侬智高。为使杨宗保父子脱险，仁宗向东岳之神许下三件宝物。在杨宗保父子平安返回后，杨文广奉命前往东岳还愿。在还愿途中，杨文广三次被人劫持，分别与劫持他的山贼杜月英、窦锦姑和鲍飞云成亲。返回汴梁后，根据早先的婚约，仁宗命杨文广与长善公主成亲。但其仇家狄青为报南征侬智高时遭受杨宗保羞辱的旧仇，告发杨文广欺瞒仁宗，先娶贼女。仁宗大怒，要重治杨文广之罪。后经魏化说明真相，文广才能免于责罚。此后文广对朝廷失望，长期在家奉养老母。神宗时因征伐西夏国，杨文广被再次起用。

第三十一回 败智高柳州小胜

杨宗保命军士扯起杨家的令字旗号，摆开阵脚，出马与侬王对话。侬王见宗保头发花白，又见手下一员儿童披挂端坐在马上，于是问军士："那孩子难道是老头的亲生子？"军士道："那老者是元帅，那孩子是先锋。"侬王听罢，微微冷笑，心想："宋国大概没什么人了，竟然派出一老一小对阵。早知道这样，我干脆提兵北上，说不定早就做皇帝了。"于是他说："不久前狄青老儿顽抗我师，差点丢了命。你这老头，比狄青还老，还敢出阵为帅？那小孩乳臭未干，也敢挂先锋印！看来，宋国真的是没人喽！老头如果识相，就赶快下马受降，不然我手中宝剑饶不了你！"宗保听完，哈哈大笑，说："你可曾听说过破天门七十二阵，擒拿萧太后之人的名姓？"侬王道："她是女流之辈也，不小心上了你的当，我是堂堂男儿，岂能让你轻易得手！"宗保道："军前不必废话，你如今叛我大宋，敢犯皇威，如果真有本事，舞剑弄枪想必你也比较擅长，但不知你能否识别阵图？"侬王说："我在未学接战的时候，就已经先学会了列阵，怎么会不识阵图？"宗保道："那我现在就排下一阵，你看看能不能辨识。"侬王说："你先排来看看。"于是宗保吩咐两军不要放冷箭，让侬王过来辨阵。侬王走进这边阵中，宗保问："这是什么阵？"侬王回答说："九龙出海阵。"宗保于是又变出一个阵图，问侬王："可否认识这个阵势？"侬王道："这是八阵图，我国小儿都能识别，我堂堂统军之帅怎么会不知道？"宗保道："那你有胆量攻打这个阵势吗？"侬王说："我还要直驱中原，取大宋疆土，你这小小阵图怎么能够难得住我？"宗保道："那你试着打打看如何？"侬王当下就应允了，心想："杨宗保果然像狄青一样容易对付，又摆出一个容易的阵让我去破。"于是带领松刚、张益从生门杀入阵内。宗保见侬王进阵，马上知会军士，将阵变成九宫八卦。侬王三人在阵内东冲西突，没有出路。又听到外面喊杀连天，高声大叫活捉侬王。侬王大惊，正在慌乱的时候，忽然东南角上杀出一军，原来是定儿五角王驱短剑军，一直砍进，其势甚锐，宋兵抵挡不住，节节后退，于是被他救走了侬王。宗保下令将人马分成五队，往对方五处营寨杀去。

◎［八阵图］

三国时诸葛亮创设的一种阵法。相传诸葛孔明御敌时以乱石堆成石阵，按遁甲分成生、伤、休、杜、景、死、惊、开八门，变化万端，可挡十万精兵。

原来，四国国王和侬王立下五个营寨，等到他们看见侬王被围，其他四营都吓坏了，只有在柳州的定儿五角王听说侬王斗阵后，担心有失，于是提兵来救。将侬王救出之后，只见对面宋兵分五队杀来，四国国王不愿抵挡，于是全部弃寨，逃回长净关。正在逃奔过程中，忽然冲出一支人马拦住去路，为首的正是小将杨文广。松刚看杨文广年纪小，拍马杀了上来，不想却被杨文广一刀砍倒。魏化和隆元交马数个回合，将隆元砍于马下。文广、魏化两人东冲西突，遇贼便砍，却遇上定儿五角王率领的短剑军，英勇难敌。文广想：这支队伍这么勇猛，难以抵挡，不如伤其主将，设法取胜。于是诈败而走。定儿五角王见文广败走，拍马去追。不防文广拨回马头来战，将标枪一戳，正好扎在五角王左腿上。五角王掉落马下。文广上前正要砍他，忽然侬王一马赶到，大声喝道："黄口孺子，不许猖狂！"于是两人战到一起。他二人交马数回合，不分胜负。文广于是佯败，用拖刀计去砍侬王，侬王闪躲过去，文广见无法取胜，于是用十二金枪法去刺。侬王不能抵挡，身中数枪，拍马逃走，与五国国王丢弃了长净关，退守柳州城。

第二天，侬王升帐，对五角王曰："大王怎么知道我被困在阵中？"五角王道："哨马来报，大王与宋人斗阵，我料定一定有失，因此引兵相救。"侬王说："昨天如果不是大王，我恐怕就要遇害了。只是大王因救孤而中了枪伤，孤心中感到难受。"说完，泪如雨下。五角王道："壮士在阵上，不死就伤，这点伤算得了什么。请大王不必悲伤。"侬王说："五角王乃真壮士！"又道，"我小时候曾听说杨宗保智慧和勇力过人，曾经攻破萧太后七十二天门阵，无人能敌。昨天上阵见到他，发现他英勇依旧。我又以为杨文广年幼，结果被他刺了几枪。正所谓虎父生虎子。细想起来，杨宗保老头实在英勇，我们必须想出计策，才能破敌。"五角王说："之前我们连胜狄青几次，因此太过大意，导致了昨天的失败。"侬王点头说："是啊。只是不知各位大王有什么妙策，请尽管说来。"锐金秀王道："请两位大王先率领伏兵埋伏在万春谷的两头，明天我与宋人交战，诈败逃走，丢弃柳州，直奔万春谷。等宋兵赶到时，你们伏兵一起冲出，截断谷口。如有他们想冲出，就放弓箭将他们射回。不到一个月，宋人就都要饿死在谷中。"刺虎哈喇王道："杨宗保用兵如神，如果他不追赶怎么办？到时我们不能得逞，又白白丢了柳州，岂不可惜？依我看，不如准备柴火与引火材料，布满在城中。等明天和宋兵交战时，到晚上诈败逃走，丢弃此城。他们一定入城休息。等到二更时分，我们引军围城，发射火箭进城，将引火材料点燃，放火烧城。各位大王认为如何？"侬王说："此计实在是妙，正合我意。"

◎ [火箭]

古代将引火物绑在箭头上射到敌阵引起燃烧的一种箭。

第二天，侬王先吩咐手下悄悄准备柴薪等引火材料。准备好之后，率军出城，到长净关前挑战。杨宗保说："这贼人早上不来，说不定有什么计谋。探马是否有消息？"说完，一名探子向前禀告："早上奉将军之命，前去打探消息。只见侬王军士纷纷挑着柴火进城，

放在城中各处。”宗保道："这计策只能瞒得了小孩子。”说完，命文广出阵。文广得令，引兵出马，骂侬王道："该死的贼人，还敢来战！”依王大怒，挺枪策马直取文广。和文广交战几回合，诈败而走。文广不去追赶，侬王勒马而回。打了三合，侬王又假装逃走。文广仍然不去追赶。宗保向前问道："我儿为什么不去追他？”文广说："他是佯败，其中定有诡计。”宗保道："不要紧，你只管赶上去抓住他。”说完，侬王又回过来交战。文广与他打了几合，侬王再次败走。文广紧追不舍。宗保催动后军，一起向前赶杀，一直赶到柳州城边。到了傍晚，侬王和众军弃城逃走。宗保让军士入城休息。

文广发现城中满是柴火，急忙劝宗保说："爹爹赶快命人撤出城中，儿子看到街市全部都是引火之物，如果他们射火箭入城，我们就要全都被烧死了。”宗保道："我儿放心，想来那南蛮也没有这么多心眼。”于是吩咐三军入城歇息。

夜晚二更时分，宗保和魏化等走上城楼，忽然听见侬王军马靠近城墙，魏化紧张地说：“小将军白天说的有理，他们可能会来烧城。”宗保从容说道：“我看城中石凳潮湿，料定今晚二更时分必然有大雨。到时柴火全部湿掉，他们如何烧城？”刚说完，只见迅雷大作，雨下如注。城中顿时积水三尺，侬王军士的甲衣全都湿透了，天亮时收军回到万春谷口。军士忙着晾晒衣物，埋锅做饭。宗保叫来魏化说：“你带领三千骑兵，到万春谷口呐喊，他们心惊胆战，一定会被吓跑。不要追进谷中，只要把他们的马匹盔甲夺回来就算你的功劳。”魏化领兵而去。又命文广带领五千人马，接应魏化，搬运盔甲衣物。文广也领兵而去。

◎ [石凳潮湿]

古代有一句名谚叫“础润而雨”，就是说因为湿度和气压的原因，下雨前石墩会变湿。人们通过这一现象判断雨水的到来。

魏化带兵到万春谷口，一声炮响，宋军喊声大震。侬王和五国军士惊魂未定，赶紧逃入山谷。魏化和军士将他们丢下的盔甲、衣物、马匹等收拾在一起，会同杨文广一起运回柳州城。

侬王走进谷中，见追兵没有过来，于是下令在谷中扎寨，与五国国王坐定，哭着说：“昨天的失败，不是我等的过错，而是天意。如果没有下雨，恐怕宋军早就都被我们烧死了。”说完大哭。五国国王都上前劝说道：“胜败乃兵家常事，大王不要如此悲伤。我们尽管败了两阵，幸好没有损兵折将。明日我们收拾人马，和他们决一死战，又有什么不可以的？”侬王道：“我军疲劳，尚不算什么。只是我害得各位大王受苦，心中实在难受。”五国国王说：“我们几国唇亡齿寒，患难与共。现在您就别这么说了。”侬王道：“列位大王既然毫无退却的意思，孤能射神箭，明日就在阵上射射看。”说完，传令下寨万春谷，整顿兵马器械，准备第二天与宋兵交战。

宗保第二天升帐，诸将参拜，宗保对文广说：“我晚上做了个噩梦，今天恐怕有点小灾。”说完，探马来报说侬王整兵出谷，杀向柳州而来。宗保道：“我想号令出军，但恐怕出现疏失，应了昨天的噩梦。”文广道：“既然爹爹不放心，不如我们暂不出交兵，静观其变。”宗保道：“我军远道而来，缺少粮草，应该速战速决才是啊。”魏化道：“暂且停战两天观其动静，再想办法出兵不迟。”宗保点头答应。于是传令军士，让全军紧守城门，不得妄动。

侬王见宗保两天都不出来交战，于是心生一计，写了一封书信，让小卒送进柳州城。小卒拿着书信到城下喊道：“守军快点报知杨宗保。”宗保传令将他放进来。小卒递上书信。宗保拆开一看，上面说：“日前你排了阵图让我攻打，我今天也布了一阵，你如果有本事，就出城观看。”宗保看完，对来卒说：“就算是神仙布阵，我也能破。料你主一匹夫，能摆什么特别的阵图，等我明天出城，观阵攻打！”小卒赶紧回报侬王。侬王大喜说：“杨宗保中计了！”

人物点击

魏化

宋朝大将，在侬智高叛乱时，包拯奏请仁宗，命狄青挂帅出征，同时保奏魏化为先锋。之后狄青和宋军被围困在长胜镇，魏化冒险出城，让使者到京城搬取救兵。杨宗保取代狄青挂帅后，魏化成为宗保手下的大将，对杨家忠心耿耿。后来宗保被围柳州城，魏化再次冲出重围，回朝去搬救兵。平定南方之乱后，魏化随同杨文广往东岳上香献宝还愿，杨文广在途中被三位女山寨头目劫持，后来成亲，魏化均亲眼所见。回京后，狄青状告杨文广先娶贼女，魏化替杨文广作证，说明当时情形属于无可奈何，仁宗因此宽恕杨文广。后来杨文广辞官在家，魏化一直跟随。征伐西夏时，魏化跟随文广出征，西夏平定后，被封为护国大将军、宁西侯。

第三十二回 勇宣娘挂帅救父

第二天，侬王摆开阵势，出马于门旗下面。宗保也摆开阵脚，刚策马出来，侬王就发箭射他。宗保看见，忙伸出右手去接，忽然他左手所拿的枪杆正打着马眼，那马惊跳起来，把宗保掀翻于地，伤了左脚。文广急忙上前将宗保救起。侬王见宗保落马，命五国兵士一起杀出。魏化、何承恩等出马迎敌，文广护送父亲进城，然后出来杀退南兵，将魏化等人救回城里。侬王率军将城团团围住。文广命四门紧守，不许乱动。号令下达后，文广进帐禀告说："爹爹保重身体，不要担心军情。"宗保道："我的脚要一个月才能好。无奈现在城中粮草短缺，敌兵虽然战败，但是没有伤到元气，他们不会后撤。现在必须遣人上表朝廷，调兵前来救应，才能破得了此贼。"文广说："蛮贼现在将四门围得非常紧。到处都安排了弓弩手，我们的人怎么出去呢？"宗保说："你让四门军士披挂，擂鼓呐喊，假装要冲出城去，每天都这么办，时间一长，蛮贼损失过多的弓箭，自然就会慢慢懈怠。只要他不再放箭，就让魏化出城，回到京城向圣上禀告。"文广领命，让军士一连三日都装做要出城的样子。南军纷纷放箭，时间一长，见白白损失了许多箭，于是心生懈怠，不再放箭。文广趁机开了北门，同魏化杀出城去。等到其他三门的南

◎［弓弩手］

使用弓和弩为攻击武器的兵士，需要力量极大才能胜任。

军发现时，文广已经送出魏化，自己也收兵进城。

魏化连夜回到汴梁进奏仁宗，仁宗闻奏大惊说：“杨家父子现在被围柳州，谁能去救呢？”包拯奏道：“殿前检校元和可以前去。”仁宗允奏，即宣元和上殿，命其领兵。元和奏道：“小将愿往，但要一位主帅前去更妙。听说杨府中有女将，请陛下宣穆夫人来，问一下府中是否还有能统兵的女将。”仁宗听完，命侍臣前往杨府宣穆夫人入朝，商议军情。穆夫人接了圣旨，忙同侍臣进朝拜见仁宗，仁宗问：“杨家父子现在被蛮贼围在柳州城，魏化回来搬取救兵。朕命元和领兵五万去救，但元和自认为有勇无谋，不能胜任元帅之职，你府中常出女将，不知现在还有没有？若有能挂帅的，朕马上命她领兵前去解围。”穆夫人听说杨家父子被围，大惊说：“杨门只有文广承续血脉，如果有个闪失，杨家可怎么办？现在杨门虽然有几个丫头，但都没有演习过兵戈战事，不知道现在能否出征。待妾回去询问之后再来复命。”

于是穆夫人辞别仁宗，回到府里召集众女眷到客厅问道：“文广现在被贼人围在柳州城中，圣上问我，是否还有女将可领兵前去解围，你们有谁能去？”宗保的女儿宣娘说：“我愿去。”穆夫人道：“你肯去，一定要小心。”于是带着宣娘入朝奏明仁宗。仁亲大喜，任命宣娘为征南总督，元和为车骑将军，即日领兵南征。仁宗又对穆夫人说：“文广已经和长善公主订婚，朕现在许给东岳庙三件宝物，祈求文广能平定南蛮，平安归来。”穆夫人与宣娘谢恩而去。

◎ [东岳]

就是泰山。初名为岱山，与南岳衡山、北岳恒山、西岳华山、中岳嵩山一起，被称为“五岳”。其中，东岳号称“天下第一山”。

宣娘领旨，辞别穆夫人，与元和、魏化领军出城，往柳州进发。没过几天就到了柳州，在离城十里的地方安营扎寨。宣娘道：“谁敢杀入城去，告诉文广消息？”魏化道：“小将愿去。”正要出寨，宣娘说：“你先等等，让我想个计策，告诉他，来个里应外合，这样最妙。”元和道：“想个什么计策呢？”宣娘道：“如今敌兵驻扎在万春谷中，我希望引兵截断他们的归路，不知道是否有路通向那里？”忽然帐下一员小卒应声回答："有路可通。"宣娘问："你怎么知道？"那军士说："之前狄太师曾派小人到此谷中打探消息，只要偷偷过了柳州城外的蛮贼之营，不让他们发觉，便可以过去。"宣娘道："我有计策了。魏将军杀进城去，告知我父亲，就说我引兵偷路到了谷口，截断叛贼的归路。可打开四门，让军士一起杀出。元将军分兵四路杀进，和城内做个里应外合，叛贼一败，一定逃亡谷中，不要追得太紧，不然他们会舍命拼杀出去，只需让步兵放炮放箭，一步步将他们逼进谷中。到时，再对他们紧追不舍。"说完，又吩咐元和，"将军请放炮呐喊，大造威势，一来助魏将军进城，二来让敌兵全部出动，我们好趁此机会，偷过敌人的营寨。"说完，魏化领一千，冲进重围，进到城中。宣娘自带骑军两千，偷偷绕过叛贼的营寨，经小路，抄到万春谷另一头。这时，元和放炮擂鼓，喊声震天，只见敌兵纷纷出来迎敌，不料宣娘却偷偷溜了过去。元和叹道："想不到杨门妇女也这么有本事。"

杨宗保的脚伤已好，正在军中休息，听到城外喊声忽起，急忙登上敌楼观望。只见魏化杀进城来，宗保忙命文广开门，放下吊桥，将魏化迎进城中。魏化见了宗保，说："如今宣娘领兵偷过敌寨，到万春谷去截断叛贼归路去了，她让小将前来禀告元帅，如此这般而行。"

第二天，杨宗保命魏化出西门，与定儿五角王交战；又派孙文与焕出东门，与刺虎哈喇王交战；何承恩出北门，迎战锐金秀王；文广出南门，接战贺花天王。他们各领兵五千，一声炮响，从四门一起杀出。宗保又命高严守城，令冷如冰领兵一万，出马与岳刀立大王接战。宗保自已带领大军，接战侬王。元和也遵从宣娘之言，兵分四路，整顿完毕，一听城内炮响，马上指挥四路军马杀进四门。宋兵内外夹攻，敌兵大败，逃向万春谷。宗保命大军缓缓追赶，一直赶杀到谷口。将敌兵全部逼入谷中后，宗保加紧攻打。敌兵将领

◎ [吊桥]

古代的城为了防御敌人，都修筑有城墙，墙上有门，门外还挖有护城河。城楼上可放下吊桥，跨越护城河，以沟通城内城外。当遇到敌人进攻时，吊桥收起，敌人就无法靠近城门。

本来希望从那头的出口逃走，不想前军回报说谷口有军拦住去路。依王听完，奋勇当先，杀向谷口。宣娘见那旗帜是侬王的，于是出马交战。只一回合，将侬王砍在马下。侬王跌落于地，还未气绝，宋兵一拥而上，将侬王捆绑。侬王手下军士全部投降。只见五国国王翻山越岭，想要逃命。宗保急令军士在岭下高喊："为乱者是侬王，现在已经被我们擒拿，与你们没有关系。你等归路都已经被我们截住了，现在你们快点投降。我们元帅到时候在天子那里保奏你们，还能保证你们继续称王。假如你等执迷不悟，被我捉了，绝不轻饶。"五国国王听宗保这么说，都下山道："我等担心元帅杀我们，假如能饶恕我等之罪，我等现在就倒戈投降。"宗保道："诛戮投降的军士，是不仁的表现。说话不算数，也是不义的表现。我大宋军队是正大光明之师，绝对不做不仁不义的事，不然也不能让四夷拜

◎［四夷］

古人对生活在中原四周的少数民族蔑称为四夷，四夷分别为东夷、西戎、南蛮、北狄。也用来泛指中原王朝周边的少数民族。

服！”五国国王都说：“请元帅暂且退兵，我们明天自己绑了自己，前去见你。”宗保于是下令收军，将军队驻扎在谷中。

宣娘入见宗保说：“久别爹爹，儿营救来晚，请爹爹恕罪。”宗保道：“如果不是我儿来救，老父的命就不能保了。”文广道：“刚才爹爹为什么不趁机督促军士擒拿五国蛮王，却急着收军，让他们逃走？万一他们日后再次制造混乱，岂不是今天的错！”宗保道：“兵书有言：‘穷寇莫追。’如果追赶得太急，蛮贼拼死杀出，我们就要吃亏了。这叫做‘欲擒故纵’。他们如果肯来投降，我们就奏请圣上让他们回国，以德来感化他们。如果他们再叛乱，我们就出师将他们降服。这些南方蛮夷，想要征服他们，就一定要让他们从心底敬服我们，而不能简简单单地诉诸武力。”魏化说：“元帅所说很有道理。”

与此同时，五国国王凑在一起商量，有人提议说：“难得宋人收军回去了，我们各自回归本国，岂不是上策？为什么一定要投降，受他人的节制！”锐金秀王道：“宋兵现在气势正盛，万一驱兵捉到了我们，一定不会轻饶。我听说宋主宽仁大度，不残害降将降卒。我们不如将自己绑了，写表称臣投降。”于是，几位国王依照锐金秀王的主意，将自己绑了，前往宋营请罪。宗保出帐，亲自解除他们身上的绳索，对他们说：“现在各位既然倾心归顺，我就写表奏明朝廷，让朝廷赦免各位，仍封各位为王。”说完，命设酒相待，当天大伙尽欢而散。

宗保捉了侬王，叫来降卒一百多人，对他们说：“你们如果愿意帮我做一件事，我就重赏你们，将你们送回国去。”降卒叩头说：“愿听元帅之命。”宗保道：“现在你们星夜回到邕州，就说侬王战败而回，不想却被一支军兵截去了归路，困在途中。我等特意回来搬取救兵，请丞相快发兵相救。你等走到邕州，要趁天黑的时候，急叫守军开门。”说完，众卒领命而去。宗保又命文广与何承恩领兵两万，同降卒星夜兼程，向邕州进发。吩咐他们，到了城边让降卒叫开大门，然后大军一拥而入。

文广得令后，领兵走到邕州，天还没亮。文广和军士埋伏在城外，命降卒叫门，降卒依照宗保之言，如此这般说了一通。守军听完，见是本国军人，于是大开城门。不料，文广领兵一拥而入。文广一马当先，杀到邕州衙前。正好遇到石宜，一刀将他砍倒。然后，文广下令不许军士杀害市民，并且贴出榜文安抚百姓。第二天，文广命何承恩暂时代理邕州刺史。吩咐完毕，于是收军赶回柳州城。文广回到柳州，入帐见到宗保，禀告说："石宜被儿砍了，现在儿命何承恩暂时掌管州事，安抚百姓。"宗保大喜，于是写好奏表，连同五国国王的降表，准备派人一起送回汴梁，奏明仁宗。

人物点击

包拯

字希仁，合肥人，出生在官僚家庭，宋仁宗时中进士。曾任龙图阁大学士、开封府尹、枢密副使等职。包拯在任职开封府时，敢于惩治王公大臣的不法行为，打击府吏的骄横气焰，同时严惩无赖刁民。由于包拯在开封府执法严明，铁面无私，京城内的贵戚、宦官和大臣不得不有所收敛，听到包拯的名字就害怕。普通百姓都亲切地称呼他为"包青天"。开封府广泛流传着"关节不到，有阎罗包老"的话，也就是说，想走后门行贿托关系，在阎罗王和包拯那里是行不通的，用以比喻包拯的铁面无私。在《杨家将》故事中，他性情耿介，敢于直言，多次奏请派杨家将出征。

第三十三回 文广东行成姻缘

杨宗保派出的使臣正要出发赶回汴梁，忽然宣娘冲进帐中，将侬王的人头掷在地上。当时五国国王都在帐中，吓得魂不附体，面面相觑。宗保一看，大怒，喝令军士将宣娘绑了，推出辕门斩首。文广急忙向前跪禀说：“爹爹息怒，侬王死有余辜，本就应该处斩。现在却为什么要杀了姐姐？”宗保道：“我写好了奏表，说已经活捉了侬王，要押解他进京，让圣上发落。如今幸好奏表尚未送出去，万一已经送走，我就犯下了欺君之罪，到时就要满门抄斩了。我已然和狄青结仇，到时候即使圣上念我家功绩，狄青岂能容我？他一定会假借公义而报私仇。”文广道：“暂且将宣娘放回来，让我问问她杀侬王的理由。”宗保于是让军人将宣娘推回到帐下。文广含泪问：“姐姐为何要擅自做主，杀了侬王？”宣娘说：“侬王两臂有千钧之力，爹爹正要命人将他押解回京，不想他却打破了囚车，自己跑出来抢了军人的兵器，杀死数十名军士。我看他如此猖狂，就上前将他一刀斩了，现有被他杀死的军人可为明证。却不想触犯了爹爹的军令，还请爹爹饶了我这一次。”宗保道：“暂时先饶了你，以后如果再敢如此，我一定严惩不贷。”于是重新写好表文，派人送回汴梁。

◎ [千钧之力]

钧是古代的重量单位，合三十斤，千钧之力表示力量非常大。

使者星夜赶到汴梁，进奏仁宗。仁宗大喜道：“朕有文广，再也不担心边患了！”于是遣使臣拿着赦文释放五国国王回国，依然袭承旧日的王爵。命高严为柳州刺史，镇守柳州。命何承恩为邕州刺史，镇守邕州。又命杨宗保马上班师回京。使臣领旨，前往柳州。宗保接旨后，召来五国国王，命其跪听圣旨后对他们说：“蒙圣上恩典，让各位归国，仍封王位。但从此你们要各守疆土，不得扰我边疆。若再犯天威，绝不轻饶！”五王拜谢说：“蒙元帅不杀之恩，大宋天子又能宽容我等，恩情如再生父母，这一辈子也难报答，我等怎敢再生叛逆之心？”于是向北朝拜，然后拜别宗保，各自回国去了。

宗保下令班师回京。到了汴梁，宗保穿上朝服，入朝复命。仁宗宣诏，让宗保进入偏殿赐坐，对他说：“南方湿热，劳顿元帅征伐一趟，朕非常不安。”宗保跪下道：“为国分忧，是微臣分内的事。”仁宗让宗保平身坐下，对他说：“之前听人说将军被困柳州，朕曾许给东岳之神三件宝物，祈求保佑将军等早日脱离险境，平定邕州叛乱。朕派人带着宝物送往东岳许愿，不料使臣到了焦山，宝物却被强盗抢走。后探明此贼他居住在焦山下，对当地危害不小。将军可派人前去剿除，拿回三件宝物，到东岳去送宝物，以了却朕的心愿。”宗保道：“可命文广和魏化前往。”仁宗说：“朕想让长善公主和文广尽快完婚，还是另外派人去吧。”宗保说：“如果派他人去，恐怕有闪失。等文广进香回来再完婚，也为时不晚。”命文广与魏化领兵前往焦山取宝，进香还愿。

文广领旨后，命军士展开大旗，上书“奉敕取宝进香”。写完，回到天波府，辞别宗保，带着三千骑兵，即日起行。临行时，文广问魏化说：“不知这里到焦山有几条路可走？”魏化道：“听说有两条路可以到那里。一条是大路，可到焦山正面；另一条是小路，必须抄到焦山后面。走这条小路要更近更快一些。”文广道：“既然小

路更近，我们就星夜前进，出其不意攻其不备，打破他的巢穴，迅速办了这事。”魏化说：“小将军所言非常在理。”文广于是率军士走小路前进。

焦山杜月英抢了朝廷的宝物，于是派人到汴梁打探消息。探子打听到朝廷派小将杨文广从小路来取宝，月英听后大喜。忽有人报结拜姐妹宜都窦锦姑来了，月英出迎，叙礼之后，锦姑问：“贤妹因何喜笑颜开？”月英道：“我抢了朝廷的三件宝贝，现在打听到杨文广前来索取，此人是长善公主的未婚夫婿，只是现在尚未成亲。人长得非常标致。他见我是个女子，一定不会在意提防。我就用计将他擒拿，到时候再成就我和他的婚事，我的终身就有托了。”锦姑心想：“她要好夫君，我也要好夫君。不如我将杨文广抢先抓来，和我成亲。”于是问月英：“贤妹可知他从哪条路来？”月英告诉她：

“听小卒报告，他走小路，正要从姐姐那条路过来。”锦姑暗喜，于是辞别月英，定下计策要捉杨文广。

此时杨文广领军来到宜都山，探子回报说，前面有一队人马拦住去路。文广命军士摆开阵势，准备迎战。只见一队人马朝他们走过来，杨文广出阵问：“我奉圣上旨意，前往东岳进香，你是什么人，敢拦住我的去路？”那阵中一位美貌女子向前答道：“我是宜都山窦天王的女儿，在此镇守，凡往来客商经过这里，一定要留下钱物，我才放他过去。你是什么人，连这个规矩都不知道？”文广道：“我就是不久前活捉侬王、官拜先锋的杨文广。”锦姑说：“你只能抓住那蛮贼，怎么能胜我手中的宝刀？”文广大怒，提枪直取锦姑，和锦姑交马数合，被锦姑用绊马索套了马脚，用力一拉，其马跌倒在地，于是将文广掀翻。众喽啰一起冲上前，将文广绑了。魏化急忙上前相救，却被锦姑一箭射中坐骑，魏化也被掀翻在地。锦姑并不去管魏化，只让人将文广绑进寨中。

锦姑坐于帐中，众喽啰将杨文广推了进来，文广挺立不屈。锦姑见他果然面如敷粉，唇如涂朱，仪表出众，心里十分高兴，恨不得当时就与他拜堂。于是命喽啰告诉文广，说要和他成亲。告诉文广。文广道：“我是圣上的女婿，怎么能和你这种山中的野女结婚！我宁死也不会失身给下贱之人！”锦姑大怒说：“你现在已经被我捉了，还敢说这种狂话！我要将你扔进海中，就算朝廷知道了，又能拿我怎么样？”文广听完大骂，用头去撞锦姑。锦姑命喽啰将文广紧紧绑缚住，私下对喽啰说：“你们不要伤了他，我自有计策，到时不愁他不愿和我完婚。”喽啰得令，便将文广绑上，丢在后寨的床上。

忽然寨外喊声大起，锦姑出寨一看，原来是魏化。于是对他说：“我刚刚饶你不死，你现在又跑来干什么？”魏化道：“不要废话，快将我们小将军交出来，我饶你不死！”锦姑说：“我已经将他杀了，你回去吧！”魏化大怒，直取锦姑。交战几个回合，魏化也被锦姑

◎ [拜堂]

古代婚礼中的一个仪式，又用来代指婚礼。古人在举行婚礼时，新郎新娘先参拜天地，然后再拜祖先及男方父母，称为拜堂。

捉了去。众喽啰将他绑到寨中。锦姑亲自为他解开绳索，扶起他说："我要你为我做个媒人。"魏化不解地问："做什么媒人？"锦姑道："我想嫁给杨先锋为妻，刚才对他说了，可是他嫌我出身微贱，坚决不允。"魏化说："这也不能怪他。他现在是朝廷的驸马，尚未与公主完婚，因此不能答应你。"锦姑道："我愿意让公主为大，自己居于其次，难道也不行吗？"魏化说："我去试着跟他说说吧！"

◎ [驸马]

对古代君主女婿的称谓。本来，驸马都尉是一种官职名称，因为有几位公主的丈夫都任这一职务，后来干脆将君主女婿都赐驸马都尉，因此，驸马成了君王女婿的专称。

于是来到后寨，见文广被紧紧绑定，扔在床上，魏化道："小将军受苦了！"文广大惊说："你怎么也到这里来了？"魏化说："我看小将军落马，急忙出马相救，不想被她射了坐骑，我回去换马来战，结果被她抓了。她说她要和将军结婚，不知道将军是怎么看的？"文广说："这事怎么能做！朝廷怪罪下来，我如何承担？"魏化道："小将也是这么想的，但现在如果坚决不允，只怕她不肯将你放回去。依小将之见，我们不如先答应她。再说，她又愿居于公主之下。假如日后朝廷怪罪下来，自有小将一一担当。"文广想了半天，说："听你的，我就答应了她吧。"魏化听完，回复锦姑说："小将军答应了，但他又说，日后不许生出变故。"锦姑说："什么变故呢？"魏化道："就是名分上的大小。"锦姑说："我虽然不是大宋子民，但还算知道礼仪，怎么会不知高下等级呢？只因他是将门之子，我特别喜欢，因此才敢托付终身，日后肯定不会计较地位名分。"于是命喽啰大摆酒筵。这天晚上，就和文广成亲。

第二天一早，文广辞别锦姑，正要动身，忽然听到寨外喊叫。文广披挂上马，却看见又来了一个美貌女子。他心想："冤家怎么这么多呢！"于是举枪向前言道："我是大宋皇帝敕令进香之将。你是什么人，敢挡住我的去路？"月英说："难道你就是杨文广？"文广道："正是。"月英说："你是妾的夫君，妾不和你交战。快让那泼妇出来一战！"文广听完，不做回答，拍马直取月英。月英迎战，两人交战数十回合，不分胜负。魏化又上来和月英交战，战了数十

◎ [冤家]

仇人或者情人的专称。

回合也不分胜负。文广正要出马夹攻，忽然听锦姑说："我们暂且收兵，明天再战。"文广于是收兵入寨。锦姑道："月英的才能胜妾十倍，并且非常贤达，不如夫君也娶了她，免生祸患。"文广问："那让谁去通知呢？"锦姑道："烦劳魏将军走一趟吧。"

第二天，魏化奉命前往月英寨中，告知此事。月英说："只是锦姑太可恨，居然抢我夫君！"魏化道："昨天如果不是锦姑苦劝，杨先锋恐怕也不会答应你们的婚事。"月英说："既然杨先锋应允，就请他单独来我寨中。"魏化回去禀告文广，文广随即辞别锦姑，锦姑挥泪说："将来不要嫌妾变老变丑，让妾遗恨。"文广道："我怎会这么做呢？我绝不是无情无义之人。"说完，单独到月英寨去了。月英将文广接进寨中，大喜道："妾迎接郎君来迟，还望恕罪！"于是杨文广和月英一起前往焦山。当晚寨中大设筵席，为文广和月英举行婚礼。

人物点击

杨宣娘

杨宗保的女儿，杨文广的姐姐，杨门女将后期的核心人物。仁宗年间，杨宗保、杨文广奉命南征侬智高，被侬智高围困在柳州城，魏化回朝搬取救兵。仁宗得到消息后，找穆桂英商量救助杨文广父子之事，因朝中无人，穆桂英奉旨回府在杨门女将中挑出合适人选带兵出征，杨宣娘自告奋勇，被封为征南都督，带兵救助杨宗保父子。到柳州城外后，宣娘与城中宋军里应外合，大破侬智高之军，并将侬智高杀死，回京后被封为鲁国夫人。后来西夏侵犯宋朝边境，杨文广父子带队出征，被西夏军围困。杨宣娘挂帅，和杨家其他女将一共十二位，共同领兵前往前线，最终救出杨家父子，大破西夏之军。

第三十四回 东岳还愿献三宝

第二天，文广对月英说："承蒙娘子深情，对我如此偏爱。只是我现在奉圣旨进香。沿途耽误，如果违了期限，恐怕会有麻烦。当天所夺的宝物，快点拿来给我，我拿去进香还了愿，再和娘子约定归期。"月英道："妾本想留郎君停留几天，无奈郎君以皇命为重，因此妾也不敢拖郎君后腿。只是这一去，不要忘了妾身。妾将终身等待、追随郎君，请郎君不要相负。"文广指着自己的心向月英保证说："我绝无抛弃娘子的想法，此心苍天可以作证。"说完，月英唤丫头进来递出三件宝来。这三件宝物，一件是万年不灭青丝灯，一件是报吉凶玉签筒，一件是夜明珠一串。文广收好宝物，辞别月英，领军前进。到燕家庄时，天色已晚，杨文广下马，想进庄休息一晚。

◎ [夜明珠]

一种莹石矿物制成的宝珠，在白天经日光照射后，内部产生一定的反应，晚上就能发出灿烂的光芒。古人将夜明珠当做难得的宝物。

燕家庄上有一户人家，主人姓鲍名大登，身长七尺，力气非常大，能拔生牛角。他自称"燕皇帝"，经常入海为盗，官军也无法捉捕他。鲍大登生有三子一女，长子名叫大卿，次子名叫步卿，幼子名叫世卿，女儿名叫飞云，都能征善战。手下聚集喽啰数万人，屯于燕家庄。此时鲍大登正在和夫人江氏坐在堂上说话，忽有喽啰来报，说宋朝皇帝派人带着宝物，到东岳进香。今天经过这里，想在此借宿一晚。

鲍大登道："这倒是个好机会，不如我们将宝物抢过来。只是大卿、步卿今天都下海去了，看来只能是我自己出马前去抢夺了。"世卿说："父亲为什么轻视孩儿呢？等孩儿前去取来宝物，定像探囊取物一样。"说完，自己披挂出马，出门带领众喽啰摆开阵脚，向前叫唤："来将如果能将宝物留下，随你进来歇息。如有半个不字，我一定将你杀得片甲不留。"文广听完大怒，举枪直取世卿。世卿拍马迎敌，交战数合之后，文广举鞭，朝世卿的左臂打去。只见一鞭重重打在世卿肩上，世卿负痛而逃。鲍大登见了，提枪出马，交战十余合，败回本寨，在帐中闷坐。

飞云听说她父亲败回，急忙出来问道："来将是谁，这么英勇？"大登道："我也没听过这个人，只是看到你哥哥中了他的金鞭，我就出马交战。如果不是我走得快，差点就被他捉住了。"飞云道："爹爹可用计去拿他，不能光靠勇力啊！"大登说："来将是个小子，长得十分英俊。我看他年纪不大，没想到却这么能干。"飞云道："等孩儿出马去擒他。"大登说："你要小心。那小子枪法非常精准，长得一表人才。如果能捉来和你完婚，也算了却了我的一桩心事。"飞云满脸绯红，含羞不语。于是披挂上马，来到阵前，问文广："来者是谁？"文广道："我是征蛮元帅杨宗保之子，先锋杨文广。"飞云见文广容貌俊美，又听说是杨府子弟，暗自想："父亲果然说得不错。"于是说："你应该听过民谚吧，有道是'强龙斗不过地头蛇'，现在你要从我这里过去，除非交出买路钱。不想你撒泼无礼，逞强恃勇，还差点伤了我父亲。我怎能容你如此猖狂！"文广听完大怒，直杀过去。两人斗了几合，飞云刀法渐渐乱了，于是拨马往回走，走到一条大涧边上。文广赶上大喝道："你这丫头往哪里走！"飞云因为经常在这里打猎，教练其马，因此马跳涧的动作非常熟练。她引文广来到涧边，打马一鞭，马就跳了过去了。文广不知道飞云是引诱他跳，以为自己的马也有这个本领，于是

◎ [涧]

山间流水的沟渠。

跟到涧边，也打马一鞭去跳那涧。只见文广的马哗啦一声，连人带马落进水中。魏化赶紧来相救，大登出马交战。飞云见文广落水，命数十名善游泳的喽啰下水去捉他。不一会儿，就将文广捆绑上岸。飞云让大伙不要伤害文广，自己先跑回去，到后堂中见她母亲，商量婚配的事。

飞云来到后堂，跟她母亲商量婚事，江氏对她说："我儿用计将来将擒拿住了，令我欣慰，也雪洗了父兄战败的耻辱。"飞云道："固然是雪耻了，但还有一件事，孩儿不好说出口。"江氏说："在娘面前有什么关系呢？尽管说来。"飞云本想说出，结果话到嘴边又咽了回去，只是捂嘴而笑。江氏说："莫非你想和所擒之将成婚？"飞云点头说："他是杨府的后代，再说正是青春年少，杀了他太可惜了。"江氏说："等你父亲回来，我和他商量。"不一会儿，鲍大登回来登堂，江氏坐在一旁。喽啰将文广推在阶下，文广挺身而立。江氏见文广美如冠玉，心中十分欢喜，说："真可做我女婿。"鲍大登喝问："你这小子为何不跪？"文广道："我膝盖很硬，怎么能向偷鸡摸狗的鼠辈下跪？"大登听后大怒，提剑想杀了文广。江氏慌忙上前，在鲍大登耳边说："小童有一事，要同圣上说。"文广也不耐烦地说："要杀就杀，何必鬼鬼祟祟！"又看那婆子自称为小童，称鲍大登为圣上，于是哈哈大笑。江氏道："这小子是杨府的子弟，不如留下他，和飞云婚配。圣上以为如何呢？"大登于是扔了宝剑，向前笑道："贤婿受惊了。"这时天色已晚，大登也不问文广愿不愿意，自己上前为他解开绳索，然后吩咐飞云出来拜天地。飞云应声而出，大登命其下拜。文广不拜，大登将他的头按在地上。文广心想："这次来得真是邪乎，一路上净碰到这些事情。假如不从，恐怕就要被他们害了，不如权且答应，再作理论。"于是下拜，与飞云拜了天地。

次日，文广对鲍大登说："承蒙岳丈的厚恩，本来应该侍奉在

左右，但小婿领了圣旨前去东岳进香，如果在这里耽误，恐怕会误了期限，现在只能告辞前去。”大登道：“自古做臣子的，就是应该尽忠，你走得在理，我不会阻拦。不过你媳妇怎么办呢？”文广说：“我回京复命之后，一定会派人来接她过去。”大登道：“我女儿既已许配给你，你今后不要辜负抛弃了她。”文广道：“小婿绝非那种品行轻薄的人，这一点还请您放心。”大登道：“那你就到房中向她辞别去吧。”于是文广进房去见飞云。只见飞云坐在榻上，半天不说话，只是长叹一声。文广问她：“娘子为何这样忧愁？”飞云道：

“如果知道郎君这么早就要走，还不如当初不相遇的好。”文广说：“话不能这么说，皇上命我前去还愿，去留由不得我。我不是那种轻言离别的人！”飞云道：“妾与郎君一起去怎么样？”文广说：“不可。我这次前去进香，要心灵虔诚，以奉神明。不能带妇女随行！”飞云道：“那我该怎么办？”文广道：“等我回汴梁之后，就派人来接你。”飞云说：“这样也好，只是希望郎君回去之后，要时刻想起我，不要将我忘在脑后。”文广道：“如果有这个念头，就让上天惩罚我！”

于是飞云起身出门，将文广送到庄外。只见飞云依依不舍，泪如雨下，文广见了，也不由得流下眼泪，说：“你我夫妻一场，自然不能忘记。日后如果我没有消息，你就和焦山杜月英、宜都窦锦姑一起进京，到金水河边天波府上前来投奔，那就是我的家。”飞云道：“如果郎君不在家中，家人不让我们进门怎么办？”文广于是取下一根金簪，交给文英说：“假如我不在，你就把这个交给他们，他们不会不让你进门。”飞云道：“妾去寻她二人，如果她们不相信我怎么办？”文广于是又解下鸳鸯绣袋一个，交给飞云说：“这是月英亲手缝制的。拿这个去见她，她就不会怀疑你了。请娘子就此止步，不然就要误了大事。你我既然结为夫妇，自然后会有期。”飞云不胜伤感，依依不舍地与文广拜别。

文广辞别了飞云，回到军营，将成亲的事告诉了魏化。魏化说：“这是天赐的奇缘，是将军的缘分。就算是和仇敌，终究也能结成夫妇。”言罢，文广号令大军起行。没过几天，就到了东岳。文广对魏化说：“众军都在山下驻扎，我和你先斋戒沐浴，然后手捧三件宝物，到圣帝面前进献，才见虔诚。”

第二天，文广、魏化沐浴后，捧着宝物，一步一拜，直到大帝面前，挂了灯，安置了签筒，文广又说：“素珠要挂在大帝的手上才好。”于是登上案桌，揭开罗帐，将夜明珠挂在圣帝手上，然后下拜上香。

◎ [金簪]

簪是古人用来插定发髻或将冠与发连在一起的一种长针。用黄金制作的簪称为金簪。

◎ [鸳鸯绣袋]

绣有鸳鸯图案的口袋。鸳鸯是一种禽鸟，鸳指雄鸟，鸯指雌鸟，它们一般一雄一雌在一起活动，因此古人用鸳鸯比喻关系和谐的夫妻。

◎ [斋戒沐浴]

古人在做大事之前，为了表示诚意，都需要斋戒和沐浴，即只能吃清淡没有刺激的食物，并将身体洗干净。

拜完后，文广和魏化绕廊观看山上风景。

文广与魏化拜完圣帝后，在山上游玩了一番，然后引兵回到汴梁。这一天上朝，文广将上香还愿的经过奏明仁宗。仁宗听完后大喜，下令重修天波楼，封杨宗保为无敌大元帅、宣国公，杨文广为无敌大将军、忠烈侯。封宣娘为鲁国夫人，魏化为殿前都指挥使。又命文广和长善公主完婚。

那狄青自从当初被杨宗保羞辱后，整天痛恨宗保，这时看到杨家受封，心中愤恨地说："老贼，今天你家封公封侯，我的冤仇何时能报！"于是叫来心腹家丁师金，对他说："我往日南征，被杨宗保老贼羞辱过一番。现在我想杀了他，以消我心头之恨。你有什么办法？"师金道："宗保是朝廷倚仗的重臣，假如老爷将他害了，难道不怕有后患？这件事恐怕做不得。"狄青听完，拿起铁锤就要打师金，咬牙大声喊道："打死你这奴才！"

师金赶紧逃走躲避，狄青紧追不舍，追到后花园内。师金心想："不如想个主意骗他，不然今天恐怕要被他打死。"于是跪下对狄青说："老爷息怒，听小人禀告。"狄青道："死奴才，还禀告什么！别人说养军千日，用在一时。你这奴才却向着外人说话，长他人威风！"师金道："俗话说，重大事情如果不能保密，就会招来祸患。老爷在堂上大声问我害人的方法，如果我当时回答了，只怕会有人走漏消息，报知杨府。如果杨府参老爷一本，说老爷挟私谋害他家，到时满朝文武联合起来保奏，老爷后悔就来不及了。因此小人故意激怒老爷，将老爷引到这里说话。"狄青大喜道："你说得很有理。那我问你，怎样才能害他父子的性命？"师金道："老爷刚才说要打死小人，等小人走进房去，老爷装做找不到小人，让家丁搜寻后将我赶出去，然后小人前去投奔杨府，等到方便时将杨宗保杀死，消灭杀人的痕迹。这样既能替老爷报仇，也能让老爷不必惹祸上身。"狄青说："这是一条妙计。"于是命师金前去。自己则转到堂上，大骂奴才可恶，命家丁搜寻，将师金赶出府门，饶他一死。于是狄府家丁将师金推出府门，师金马上前去投奔杨府。

人物点击

狄青

山西汾阳人，北宋大将。出身贫寒，从小胸怀大志。宋仁宗在位时，党项族首领李元昊建立西夏，屡次犯边。宋朝择京师卫士赴边，狄青入选，到西北当了一名军官。由于他英勇善战，多次立下战功，因此声名也随之大振，升迁非常快，直到成为枢密副使。不久，南方少数民族首领侬智高起兵反宋，骚扰边地，宋朝命狄青讨伐，结果因将帅不和，导致损兵折将。后来狄青整顿军队，再次备战出击，终于平定侬智高之乱。班师还朝后，狄青被任命为枢密使，但随后就遭到朝廷的猜忌。最后被排挤出京，郁郁而死。《杨家将》故事中的狄青，被塑造成一个奸臣形象。他在挂帅平定侬智高之战的过程中失利，轻视新任元帅杨宗保，被杨宗保羞辱，于是怀恨在心，多次设计陷害杨宗保、杨文广。

第三十五回 为痴情三女寻夫

天波府中大摆筵宴，嘉宾群集，庆贺文广和长善公主完婚。大伙喝得非常痛快，最后都沉醉如泥。师金趁机悄悄跑进宣国公房中，潜伏在梁上。宣国公和大伙喝完酒，进房取下冠帽，躺在床上。只见一人藏在梁上，于是说："梁上君子，你到我家有什么事？是想要钱、要物，还是要杀我，请下来说吧！"师金听到之后，跌落在地，跪下相告说："小人是狄太师的家丁师金。太师派我来做刺客。"宣国公听完，将他叫到床边说："你把我的人头割去给他吧！"师金道："承蒙老爷不杀小人，小人又怎么敢做背信弃义的事情！"于是将狄青谋害杨家父子的话和自己的不愿意都一一告知宗保，然后对宗保说："请老爷想一个计策，一来让小人活命，二来也让狄爷不再想法子害您。"宣国公道："我现在就诈死，你回去告诉你主人。这样就能两全了。"师金领计，赶回狄府，告知狄青说，杨府今晚成亲，宣国公醉了，被他刺死在床上。狄青大喜道："今天已经报了一桩冤仇，日后再想办法除掉文广。"

宣国公那天多喝了些酒，到半夜的时候，身体非常不适，于是叫来文广吩咐后事。文广走到卧榻前问："爹爹为什么这么难受？"宣国公让文广将左右侍从屏退，对他说："刚才狄青派一家奴名叫师金的前来行刺，我让他斩首去献给狄青，他哭着说不敢，只求要个生路。我就诈死，让他将假消息告诉狄青。不想他走后，我身体感觉非常难受，恐怕是大限到了。狄青对我杨家怀恨在心，日后一定会来害你，你要小心提防。”说完，闭眼离世。第二天，文广表奏朝廷，朝廷下令厚葬宗保，并命文武百官前往祭奠。

◎ [大限]

古人认为，人的寿命都是有具体限期的，因此将寿数称为大限。大限到了就是说活到头了，即将去世。

鲍大登在杨文广走后，一直希望将飞云送往汴梁。后来因为大卿、步卿出海时，遭遇狂风，都不幸掉进海中淹死，而世卿也在一次打猎时，坠崖而死。大登因此日夜感伤，最后病倒在床，过了不久，就含恨死去。料理完大登的后事，飞云和母亲江氏商量说：“父死兄亡，我们也很难在此安身。杨郎临别的时候，曾说过让我去找他。”江氏说：“就怕时间一长，他早就把你忘了，或者变了心喜欢上别人，这些都是非常可能的。”飞云道：“他临别的时候，曾经送给我一根金簪和一个香袋，让儿前去找焦山杜月英、宜都窦锦姑，和她俩一起前往汴梁投奔他。杨郎如此重情重义，绝不会忘记我、亏待我。”江氏说：“既然你们有这样的约定，那就马上起程，前往汴梁吧！”于是，她母女唤众喽啰焚了山寨，然后前往焦山。

到了焦山，杜月英骑马出来问道：“来者是谁，为什么带人到这里鼓噪？”飞云出马答道：“姐姐莫非是月英？”月英道：“正是在下。”飞云说：“从前杨郎离开时，曾经跟我说，让我会同姐姐上京去找他，不知姐姐是否愿意同去？”月英问：“你尊姓大名？杨郎留下过什么话，你又有什么凭据？”飞云说：“小妹姓鲍，名飞云。杨郎离开时，曾将姐姐所绣的鸳鸯香囊交给我，并说让我们会同宜都窦锦姑姐姐一起前去汴梁。因此今天特来相邀。”月英听完，含泪问道：“杨郎离开你多长时间了？”飞云回答说：“当天只是在家中过了一天，第二天就离开了。”月英于是将飞云拉进寨中歇息。第二天，她二人收拾完备，命喽啰将山寨烧了，直奔宜都而去。

此时，窦锦姑正日夜思念杨文广，不胜忧闷，忽听说有人带兵

前来。于是锦姑披挂出马，出去一看，只见是月英引着众喽啰，锦姑于是开玩笑说："你这丫头，不料今天起兵到我这里骚扰，难道今天又来了一个杨郎让你抢夺？"月英也笑着说："上回被你这死丫头抢了夫君，因此今天到这里兴师问罪。"锦姑看她后面还跟着一个女子，于是问道："那位娘子是谁？"月英说："也是杨郎的夫人。"锦姑笑着说道："人都说杨郎貌美，好比莲花，这位娘子果然出色，配得上那朵莲花！"飞云听完后，害羞地说："我们闲话少说，到贵寨中一叙吧。"说完，锦姑邀进两位入寨相叙。来到厅中，锦姑说："今天有什么事，烦劳二位光顾？小妹有失远迎，还望恕罪。"月英道："姐姐刚才拿杨郎取笑我，我今天就是为他而来。"锦姑道："为杨郎的什么事？"月英说："杨郎离开两年，却没有给我们什么音信。现在我特来邀姐姐们一起前往汴梁寻夫。"锦姑道："我听说他家家法很严，如果杨郎因此而不接受我们，我们该怎么办？再说杨郎并不是那等轻薄子弟，我们还是等他来接我们，不必自己主动过去了。”飞云说：“小妹也曾想到这一层，但杨郎临走时，曾经送给我金簪一根，让我约同二位姐姐到汴梁天波府中找他。如果他外出不在，家人不接受我们，就可拿出金簪，府中绝无不留的道理。”锦姑道：“贤妹年纪虽小，但考虑得却非常周到，我们不如啊！只是我们手下的大队人马，是不能带入京城的。”月英问：“那该怎么办？”锦姑说：“我们叫来众人，只带几十个有用的勇士，其他人分给财物，让他们各自散去吧！”于是月英、锦姑分给部下财物，让他们散去，然后将剩下的财物用马车装了，带领少数随从往汴梁而去。

几月后，她姐妹三人到了汴梁，一路问到天波府门前。锦姑命手下去对守门者说：“我们送文广将军家眷来此，烦请前去通报。”其手下照锦姑所说，上前去对守门人说了。守门的军人骂道：“你们这群人不要在这里说梦话！文广将军怎么会有外面的家眷！”说完喝道，“快走！”手下回禀锦姑，锦姑下马，揭了幂首，亲到府门问道：“大哥，文广将军是否在家？”守门者见锦姑长得貌美，于是戏弄她说：“将军在家又怎样，你见将军有什么事？”锦姑怒骂：“你这贼人，竟敢如此傲慢！一会儿我见了将军，一定砍你的狗头！”守门人见锦姑言语凶狠，心想，这人肯定有来历，于是小心地说：“娘子不必烦恼，将军下操去了，到晚方回。”锦姑道：“那你去通报你家老奶奶，就说将军家眷在门外，不敢擅入。”那人忙进府中禀告穆夫人说：“外面有一干人，说是杨将军家眷来了，让小人通报老奶奶得知。”穆夫人道：“我儿未曾有过婚配，你出去对她们说，京中姓杨的很多，大概是寻错了门户吧。我杨府除了公主，再没有别的姻亲了。”守门人出来，将穆夫人的话告知锦姑。锦姑于是取下金簪，递给守门人言道：“此簪是杨将军临别时所赠，烦你去递给老奶奶看，一切便都知晓。”于是守门人拿着簪子，进来禀告穆夫人。夫人道：“这

◎ [幂首]

古代妇女用来遮面的丝巾。

不是我的簪子吗？从前吾儿征伐南蛮，我用此簪给他束发。今天落在此女手中，想来一定和我儿有些缘故。”于是命令下人放她们进来，等文广回来后，问清情况。守门人于是出来对锦姑等人说：“老奶奶让你们进去。”锦姑于是叫上月英、飞云下马进府，门外之人见了，都称赞说：“这三位娘子真是活观音降世。”锦姑等一齐进到中堂，站立阶下。江氏先和穆夫人通了姓名见礼，然后锦姑等三个齐拜在阶下道：“婆婆万福，媳妇久未在左右奉候，还请恕罪。”穆夫人惊道：“列位娘子，你们怎么如此称呼？”锦姑正要道明原委，忽然听得门外扬声叫喊：“忠烈侯回府”。文广进门，锦姑等上前对文广说：“郎君别来无恙？”文广见了三人，十分惊喜地说：“一切平安！委屈你们自己过来了。”说完，就将和三女成亲的事详细告知穆夫人。穆夫人于是吩咐家人备好酒菜为她们接风。

狄青听说文广与公主完婚之前已经娶了三寨贼人女为妻，想了一晚上，写好表章，第二天清晨进奏仁宗道：“文广违背圣旨，先娶了三个贼寇为妻，论罪当斩。”仁宗听了大怒说：“这家伙怎敢如此欺骗朕！”于是派驾前指挥使前往杨府拿问，包拯一听，要拿问文广，急忙奏道：“文广虽然违抗圣旨，但毕竟对大宋立下汗马功劳，不可让三法司用刑问讯，只能让圣上宣到殿前，亲自问清楚。如果这些事情属实，到时再定罪也不迟。如果其中另有隐情，尚可原谅，还请圣上宽恕。”仁宗允奏，于是下令拿文广来廷讯问。

◎ [三法司]

刑部、大理寺、都察院三个机构的合称，它们经常一起审理皇帝交办的重大案件。

不一会儿，十个武士押着文广上殿。仁宗骂道：“你这家伙好无礼，朕将长善公主许配给你，未曾亏待你！你竟敢大胆先娶贼女，快将事情从实招认，不然决不轻饶！”文广道：“臣实有罪，但事情出于无奈。请陛下宣魏化前来询问，便能知道事情的经过。”仁宗下令，命魏化上殿陈述。魏化伏在金阶下，将当初文广前往东岳上香还愿遇险的事一一奏明。仁宗听完之后说：“杨将军这么做，也不是存心欺君啊！如果不是包卿进奏，朕差点冤屈了忠良。”于是命人将文广释放。文广整理衣冠谢恩之后，将狄青当年与他父亲结仇的经过，以及派师金行刺的情况，一一奏明仁宗。仁宗怒道："老贼这样挟私害人，哪里像忠心社稷的人！"于是，文广奏道："狄太师深恨我杨家，不杀了臣，誓不罢休。不是臣不愿在陛下左右尽忠，只是担心不知道哪一天，就会变成无头之鬼。到那时，后悔就晚了。还请陛下善保龙体，让臣纳还官爵，回到天波府中侍奉老母颐养天年。"说完，在金阶下叩头不止。仁宗听了文广的话，想到杨家为大宋所做的事情，不禁伤感了一阵，最后准了文广的请求，又大骂狄青谗佞，陷害忠良。

文广回到府中，告知穆夫人，自己日后不再过问朝廷之事，只在府中侍奉母亲。穆夫人想到杨家几代人为大宋出生入死，立下汗马功劳，却总是躲不开朝廷争斗，现在文广能离开是非之地，心中非常欣慰。此后，文广与长善公主和另外三位夫人在家中奉养老母，一家人尽享天伦之乐。

◎ [天伦之乐]

天伦指父子、兄弟之间的亲密关系。天伦之乐指一家人团聚和谐的乐趣。

人物点击

宋仁宗

名赵祯，宋真宗的第六个儿子，北宋的第四代皇帝，在位四十一年。在仁宗做皇帝的时候，宋朝已经进入鼎盛，但也逐渐开始露出衰落的征兆。政治、经济上都出现危机。为应付危机，宋朝进行了被称为"庆历新政"的改革，但未能取得成功。仁宗在位时，南方的少数民族首领侬智高发动叛乱，仁宗在包拯的建议下，先任命狄青为帅，在狄青南征失败后，改任杨宗保挂帅。战争结束后，命杨文广到东岳进香献宝还愿，并将长善公主许配给杨文广。后来，狄青告文广在赴东岳途中，先与女贼成亲。仁宗大怒，要严惩文广，后经魏化解释，才宽恕杨文广之罪。

第三十六回 西夏国背义犯边

仁宗在位四十一年，英宗在位四年，国泰民安，边疆安定。等到神宗即位，大宋熙宁五年，西夏国侵犯边境。西夏国王姓李，名高材，勇力过人，因新招来一名西夏勇士，姓张名奉国，身长八尺，腰阔二十围。两颧突起，眼似金星，两肋长有八臂，人称八臂鬼王。这一天，猎夫们在打猎时赶出一只白额猛虎，于是上前将它团团围定，呐喊着要放箭。不想那虎动作非常矫健，三躲两闪，将那些箭都避开了。张奉国正从那打围的地方经过，忽然听到人们呐喊鼓噪，于是问手下人说："前面人呐喊着在做什么？"手下人回来说："是猎夫在打虎。"奉国道："听人说虎能吃人，但我从来没见过。让我过去看看。"于是下轿，走进围场观看。不想那虎被猎夫射发了脾气，咆哮起来要咬人。见奉国过来，于是跳到奉国面前。手下人慌忙拉扯奉国说："老爷快走，不要被虎伤了。"奉国道："怕什么，等这畜生走近了，我一脚踢死它。"手下人被虎吓跑了，那虎奔了过来，奉国向前几步，迎上去踢了一脚，将那虎踢在半空，如同踢球一样。那虎大吼一声，跌落在地，半天也不动。奉国上前一看，只见那虎七窍流血，于是招来猎夫们说："虎已经死了。你们过来将它捡回去剥皮吃掉吧！"大伙一看，忙上前跪拜说："老

◎［西夏］

宋代中国西北地区的党项族人建立的一个政权，后来被蒙古人灭掉。

爷真是个神人，今天感谢您帮我们除了这害虫，以往不知多少人被它伤了。”

某天早朝后，西夏李王对张奉国说：“咱们国家年年给大宋进贡，使臣年年入朝，经常被廷臣羞辱，想起来真是让人羞愧。他们是人，咱也是人，为什么要怕他们呢！孤现在想兴兵争夺中原，以雪往日廷臣羞辱之仇，卿有何良策可以教孤，孤一定遵从。”奉国道：“臣部下有一人，姓夏名雄，有神力，能举起殿前的重鼎。射箭百发百中，又能使一柄大斧，重九十余斤，能对付成千上万人。请主上封他为先锋。小臣不才，愿为总督，统领十万雄师，南下攻打莫耶关，夺取宋国城池。”这时有一老臣，名叫许武，急谏道：“不可如此。现在宋国民心归顺，江山一统。能征善战者多得数不清，怎么能轻视它，随便挑起战端呢？主上如果不听臣言，妄动刀兵，惹怒宋朝来征，必定会有覆亡之祸。”西夏李王沉默不语，奉国说：“老丞相有所不知，宋国天下久安，长期不习战事。大宋往日的良将，都已经死得差不多了。如今掌握兵权，镇守边镇的，都是些膏粱子弟，听说我们发大军前往攻打，一定心寒胆战，望风逃窜。这正是上天赐给我国夺取天下的好机会。如果不能顺天行事，恐怕国家永远不能强盛。”西夏李王听完大喜，于是拒不接受许武的劝说，下令封张奉国为伐宋总部都督，封夏雄为前部先锋，即日率领十五万大军杀奔莫耶关而来。许武因劝谏失败，出朝仰天长叹说：“天作孽，犹可违；自作孽，不可活。我国历代都过得好好的，不想接受了张奉国这个叛贼，要坏国家大事，使我辈无葬身之地。”于是回家后削发为僧，出门云游四海。

莫耶关都指挥使罗练正在升庭问事，忽报西夏国李王兴兵来攻莫耶关，声言要夺大宋天下。罗练大惊，一面派人驻关防御，一面派人回汴梁奏报。使者星夜赶到汴梁，正值神宗上朝，于是直接进殿将情况奏明神宗。神宗听完后，问群臣说：“谁能领兵征剿西夏

◎ [膏梁子弟]

膏梁，指肥肉和细粮，是一般大户人家才能吃得起的美味佳肴，膏梁子弟指耽于享乐的富贵人家子弟。

◎ [天作孽，犹可违；人作孽。不可活]

古代经典《孟子》中的话。意思是如果天降祸给人，人能通过各种方式避开；但人如果自己作孽，那就不可救了。

反贼？”忽有一人出班奏道：“臣愿领兵前去讨伐。”神宗一看，原来是右丞相张茂。神宗允奏，下令封张茂为征西大元帅，令前往团练营操演兵马，精选十万勇猛士卒前去讨伐。张茂领旨后，往团练营中选择兵士，从中挑出一个名叫胡富的军官，此人勇力过人，武艺精深，于是任命他为先锋。查点完众军后，张茂号令五鼓起行。安排妥当后，回府歇息。

张茂绕道从天波府前经过，随从跪下禀告说：“前面是天波府，凡大小官员人等，经过这里都要下马。”张茂喝道：“胡说！我堂堂征西大元帅，今天就是不下马！”于是端坐在马上，喝令众人敲金鸣鼓而过。

杨文广年近六十，正在府中读诸子兵书。其长子名公正，次子名唐兴，三子名彩保，四子名怀玉。当时文广正在讲读兵书，忽听府前吵嚷，于是唤来守门者问道：“府前发生了什么事情？”守门人告诉他说：“张茂丞相官拜征西大将军，今天下营挑选军士，征伐西夏反贼，现在从门前经过，不但不下马，还让众军奏鼓作乐。”文广听完说：“小小丞相，今日刚统大军，就这样嚣张。再说这家伙也没打过仗，还不知道胜负如何，就敢如此招摇。难道不知出兵征伐，是我杨家做得不要了的事。”又对他的儿子说，“我当时因为没有子嗣，那狄青百般陷害我们，于是只能在家奉养母亲，不问朝廷之事。现在你们兄弟姊妹都已经长大成人，朝廷对我杨家不薄，你等男儿也志在四方。我看你兄弟现在应该奋武扬威，报效朝廷，不损祖宗声威，也让老父我能看到杨家重振声威，这样就算死也瞑目了。今天张茂也是看杨家没什么人了，才敢这么欺负我们。”言罢，怀玉道：“儿现在去张丞相那里请求挂一个前部先锋，以报效朝廷，爹爹说是否可行？”文广说：“你又没什么名气，他怎么会将这么大的重任交给你？不如你去当个骑兵，在出战的时候，见机行事，斩将夺旗，崭露头角，到时候他才会用你。”怀玉道：“若做散军，

岂不是辱没了宗祖！爹爹放心，儿此去自有主意，一定要夺得先锋印。”文广大喜说：“我儿有些胆略，日后肯定能干出些大事来。但此行一定要谨慎。我看张茂这个人，不是什么善良之辈。”怀玉说：“爹爹怎么知道的？”文广道：“圣旨命官员人等经过天波楼前都要下马。但这个家伙才刚刚统领三军，就扬扬得意，自命不凡，以为世界上除了他，就没有别的能人。过我府门而不下马，这不光是欺侮我家，也是欺侮朝廷。欺侮朝廷的人难道能干出什么好事？”怀玉听完也点了点头。

第二天清晨，怀玉辞别父母兄妹，披挂上马，直接到张茂府中拜访。张府人说他已经领兵出城了。怀玉快马追赶出城，到了十里长亭，只见众官在长亭上为张茂饯行。

张茂领兵出了汴梁，走到西门十里长亭，只见众官派人禀告说：“列位老爷在官亭上为老爷饯行，请老爷暂留。”张茂随即命军士将

◎ [十里长亭]

指送别之所。古代在驿站的路上，约十里设一长亭，五里设一短亭，供游人休息和送别之用。

队伍停在官亭路上。于是下马直进亭中，与众官相见。施礼后，各官依爵位坐定，举杯向张茂劝酒。

怀玉赶到官亭，只见众军纷纷停在道上，于是向前问道："张丞相在哪里？"军士回答："在前面亭子上饮酒。"怀玉问："饮什么酒？"军士道："满朝官员为丞相饯行。"怀玉听完，到官亭边上对护衙卫军说："替我禀上，就说外面有一将特来向丞相求挂先锋印。"军士大声喝道："你是什么人，有什么本领，敢来求挂先锋印？"怀玉说："你不要管，上前禀告就是了。"军士不答，吐口水啐他。怀玉怒道："狗奴才，我自己去见，谁稀罕你去禀报。"军士赶紧上前阻拦，被怀玉一拳一个，打得抱头鼠窜。于是怀玉直抢进亭前跪下。张茂问："你是什么人，竟然敢打军士，擅闯此地？"怀玉回答说："我是杨文广四子杨怀玉。"张茂道："杨文广在家闭门这么多年，不问朝廷之事，现在怎么派你出来了？"怀玉回答说："我父亲回家多年，本来无心过问国事，但昨天听说丞相要领兵出征，于是命我前来相助，请丞相收留。"张茂一听文广还在关心国事，担心神宗知道了，派来夺了他的元帅之印，大怒道："你这厮，竟敢目无军法，殴打军士，擅闯此地！"于是喝令左右将他推出斩首。众人忙上前劝道："他既是杨府子弟，一定能征战。不如将他带往军中，让他出阵。如果能擒军斩将，就饶他不死；如果他没有本事，再杀他不迟。"张茂道："这厮就是仗着自己是杨府子弟，因此才敢打我军士，跑到这里犯我军令。这厮欺藐我等，实在可恶，让我如何饶得了他！"众官苦劝道："丞相现在刚刚出兵，如果先杀本国之将，恐怕不太吉利。"张茂于是说："看在列位大人的分上，暂且饶你不死。"于是令左右将怀玉松绑，带到行营听用。然后张茂命军士扎寨歇息，来日出发。

神宗有一位亲弟弟周王，人非常正直。这天出西门围猎，见一些人喘气而来，周王命人上前问发生了什么事。那些人跪下回答说："杨文广在家多年，本不问国事，现在却来一子，勇不可当。刚才到张丞相那里求挂先锋印，张丞相大怒，说他不应该闯围，要喝令军士将他推出去斩首。”周王听完，大惊失色问道：“那斩了没有？”那人说：“众官苦劝，才免了死罪。就怕晚上再找机会杀他。”周王令众人离开，心想：“张茂怎么能出征？我本来就想奏明圣上，另外选择良将领兵，只是未得其人。现在好不容易得了英雄，为何要杀人家？想必他是害怕杨家夺了他的兵权，因此先斩其子。明天他一定会在圣上面前进谗言，想办法害死杨家子弟。”于是急忙策马到官亭察看。这时已经到了黄昏，只见数十人押着一后生要推出去砍了。那后生大叫说：“你要砍我，我有什么罪？”周王策马向前，喝散军士，命从人解了绳索，问道:“你是谁？张茂为什么要杀你？”怀玉将情况详细说了。周王道：“你是我赵家外甥，我如果不来，恐怕你就要被冤杀了。”于是让从人为怀玉备马，带到府中歇息。第二天，周王将这件事奏明神宗。神宗说：“杨府之将，个个英勇。张卿为什么不加任用，反而要杀他？”周王奏道：“臣料张茂一定是怕杨家夺了他的兵权，因此要先杀怀玉，后害杨家。”神宗道:“恐怕张茂未必这么想。”周王说：“嫉贤妒能，是很多人都会做的事情，陛下为何不信？等一下张茂来了，陛下自然明白。”

人物点击

杨怀玉

杨文广第四子，自幼习武，熟读兵书战策，练得一身好本领。在西夏侵犯边境时，神宗命张茂挂帅，杨怀玉毛遂自荐，争取先锋之印，在大军班师后，杨怀玉一怒杀死张茂全家，又见几代皇帝因为听信奸臣谗言，杨家有好几次都差点被满门抄斩，因此心灰意冷，不愿再掺和朝廷的事。

第三十七回 宋兵初入迷魂阵

张茂那晚写了奏表，第二天一早入朝进奏神宗，神宗没有看他的奏表就将他宣入，问道："卿昨天出兵，今天又回来了，却是为何？"张茂说："杨文广之子杨怀玉擅打军士，抢入军围，罪当斩首。"神宗道："杨怀玉去求先锋之印，勇猛可嘉，卿应该录用才是。就算他有罪，你可以将他带到行营，让他出阵立功。如果不能立功，斩之不迟啊。"张茂被神宗教训了一顿，自己也觉得无理，于是跪下奏道："臣该万死，愿纳还帅印。臣不敢领，请陛下另请他人带兵。"周王乘机上奏说："张丞相既然不愿带兵，就请陛下宣文广代替他吧！"神宗允奏，于是降旨，宣文广入朝，领兵西征。

文广接旨后，心想"我在家多年，本不应该过问朝中之事。只是我杨家世代忠勇，现在正当国家用人之际，我怎能置身事外？"于是领旨上金銮殿。神宗说："现在西夏国举众犯边，朕要命卿为帅，统兵前去征剿，不知可让谁做先锋？"文广道："臣之子可以担当此任。"神宗说："早就听说往日征蛮，你杨家是父子上阵，今日又是父子出阵。这次要用心调遣军兵，不要辜负朕的厚望。"文广领旨，于是辞别神宗，统兵起行。

◎［金銮殿］

一般皇宫的正殿称为金銮殿，每逢重大节日和庆典，皇帝都会在金銮殿举行仪式。故宫的金銮殿是太和殿。

◎［演武场］

古代用来供士兵训练之用的大操场。

文广领了元帅之印，叩首辞别神宗。这天到演武场中点兵。坐定后，众将上前参礼，文广道："此去征敌，有谁敢挂先锋印？"杨怀玉向前禀告："小将愿领。"这时只见从军中走出一人，大声叫道："难道只有你杨门子弟能挂先锋印，我外姓人就不能挂印了吗？"怀玉喝道："你是谁，敢来和我争印？"那人笑着说："我乃驾上带刀指挥胡富。"怀玉说："我不管你指挥不指挥，要挂先锋印，就要同我在军前比试。"胡富道："你小子敢仗着你父亲吓我！"于是跃马出阵，与怀玉斗了十合，被怀玉用红锦套索套倒坐骑，胡富于是坠马，怀玉喝令众人将他捆缚，反绑在帅字旗下。于是他拈弓搭箭，跳上马去，约走百十余步，扭转身来叫一声"看箭"。众军大惊，以为他会射死胡富。不想他却将胡富背后反绑的绳索射断。胡富于是爬起来。怀玉叫道："再比一场何如？"胡富到武厅拜倒在地说："愿将先锋印让给小将军。"本来，先锋印最先由张茂给了胡富，现在胡富被怀玉打败，于是心甘情愿将印交给怀玉。文广于是任命胡富为副先锋，公正为掠阵使，唐兴为提调使，彩保为监粮使。这天分派完毕，命三军第二天起行。

第二天一早，文广与众夫人相别，率军往西进发。大军不久到了甘州，甘州都指挥使邓海迎接文广入城。参见完毕，文广问："贼寇现在到了哪里？"邓海答道："贼势浩大，已经攻破了莫耶关，现在已到白马关。"文广又问："离这里有多少路程？"邓海道："只有三百里。"说完，一骑进来飞报说："杨顺又下山来劫掠，声言今晚要攻破甘州城池。"文广问："这个人又是谁？"邓海回答说："是静山的草寇，为首的是两个人：一个叫杨顺，一个叫刘青。他们聚众八千，经常下山抢夺东西。官兵前去围剿，却屡被他们杀伤，因此也拿他们没有办法。"怀玉问："现在在哪里劫掠？"那骑军回答说："就在胡村，离这里有上百里。"怀玉于是禀告文广道："等儿子先去擒了此贼来献。"文广应允，于是命怀玉领兵三千，前往

胡村擒贼。

怀玉领兵走了约六七十里，只见路上有很多百姓结伴过来，派人一问，原来是静山大王前往劫夺，百姓都跑到城里躲避。

怀玉听完，催令大军前进。刚过一座山，只见旌旗蔽日，喊声震天。怀玉料想肯定是贼寇到了，于是命军士摆开阵脚，放炮呐喊。杨顺见了，也命人放炮，摆开阵脚。怀玉问："你是谁？"杨顺不知是杨家将来了，还以为又是官军，于是回答说："你怎么还不知老大王我的姓名，我就是杨顺！"怀玉哈哈大笑说："好你个大王，一会儿我将你擒拿过来，让你连小王也做不成！”杨顺大怒，挺枪直取怀玉。交马只三个回合，被怀玉擒了，绑回甘州来见文广。文广号令推出斩首，杨顺赶紧乞求饶命，说愿随文广左右效命。怀玉道：“想这小贼危害也不大，杀了也没用，不如暂且饶他一命，留在帐前听用。”文广于是将他放走，让他回静山招集余党往白马关听候调用。杨顺连忙赶回静山，去招集部下。

公正见怀玉擒了胡富、杨顺，满营夸他英雄，心中非常不服。于是入帐禀告他父亲说：“四弟为先锋，已捉拿了二将，儿也愿为先锋，前往擒贼，以立功劳。”文广说：“先锋是非常紧要的职位，儿假如有力量去做，老父当然高兴还来不及。就怕你现在还做不得。”公正道：“爹爹为何轻视孩儿，如果做不得，我为何来强争呢？”文广于是将怀玉叫了进来，让他将先锋印交给公正。

次日，文广率军往白马关进发。忽报前面有一队人马到了。大伙一看，原来是杨顺。杨顺下马与文广相见，文广命其引军前行。大军到了白马关，文广在公馆坐定，都指挥使罗练参拜。文广问：“贼来几天了？”罗练回答说：“已经两天了。”说完，骑军来报，说关前贼寇挑战。文广命公正引军三千迎敌。公正得令，披挂出关，令军士摆阵。公正出马叫道：“为首的是谁？快点出来送死！”那敌阵上八臂鬼王向前言道：“你这小子是何人？”公正回答说：“我乃征西大元帅之子先锋杨公正是也。你邦不守本分，侵我大宋边境，现在天兵到了，如果能痛改前非，卸甲归顺，我大宋不究你往日之恶；如果执迷不悟，现在就擒拿你们回京！”八臂鬼王道：“说什么不守本分！正所谓有德者昌，无德者亡。你大宋往年还像个样子，现在呢，奸臣到处都是，贼人充满宫廷。朝中看不到一个正直大臣，全都是溜须拍马之徒。我看你宋国主上昏庸，臣子谄媚，剩下的日子恐怕不长了。”公正大怒，挺枪直取鬼王。鬼王和他交战二十余合，诈败而走，公正勒马去追。鬼王回过头来迎战几合，心想：“不如诈败，引他过那山隅，然后用铁弹将他打死。”于是鬼王败走，往山隅而去。公正赶上鬼头，不防鬼王取出弹弓，等在那边。公正刚转过隅，鬼王就放出铁弹，正好打中公正的右肋。公正疼痛难忍，败回本阵。鬼王于是驱兵冲过，文广急命怀玉出马迎敌。怀玉出阵，斗了二十余个回合，鬼王败走。怀玉不去追赶，鬼王又来战几个回合。怀玉趁机将鬼王之马刺了一枪，鬼王败回本阵。怀玉也不追赶，收军回关。

第二天，文广道：“你们这些小子都不顶用，还是看老父出关擒贼吧！”于是炮响一声，文广出关，摆开阵势，叫张奉国前来答话。奉国出阵，见文广童颜鹤发，气象凌云，于是暗暗叹息说：“常听人说杨文广貌美，今天一见，果然如此。这般年老，还有这样的风度，想他妙龄之时，不知道怎样俊雅呢。”

于是奉国对文广说：“将军现在已经老迈，又远出边疆，万一有个闪失，岂不毁了一世的英名！”文广道：“大丈夫应该忠君报国，就算马革裹尸、肝脑涂地也在所不辞。我虽然年老了，这个道理还是不敢忘记的。现在你们叛乱，我领兵征剿，理所当然，怎能计较年纪。我想这个大道理，你们贼人也不明白！”奉国大怒，正要出马，夏雄进前禀告：“不劳都管出阵，待我出马去擒拿他。”说完，策马直取文广。文广拍马交战三个回合，用流星锤打中夏雄，夏雄坠马而死。奉国见伤了夏雄，挥戈直取文广。文广与他交战五十余回合，不分胜负。

◎ [马革裹尸]

用马匹将尸体包裹起来。东汉时期的马援曾经说过，大丈夫应该战死在沙场，马革裹尸而还。因此，马革裹尸成了精忠报国的一句豪言壮语。

这时，文广忽然念动咒语，变出十余个文广，围住奉国。奉国大惊，心想这人怎么会巫术？于是自己也念动咒语，变成十多个奉国，和文广接战。战了三天三夜，不分胜负。奉国暗想：“如果不下迷魂阵，怎么能够胜他！”于是又念动咒语，大喝一声。一时间天昏地暗，日月无光，三军乱窜。文广大惊，绕阵大叫：“军士们不要动，个个站着，看到靠近敌军，只管杀掉。”奉国驱军进阵去砍，结果一队进去，却不见出来。又催一队人进去，结果又被宋兵杀了。

奉国暗道："没想到没迷昏他们，却被他们算计我了。不过宋兵被我迷昏，不过十天，就会全部饿死在这里，我何必命军士冲杀进去造成白白伤亡呢？"于是命收军回寨。

文广在阵中哀叹："不想被这孽畜下了迷魂阵，这些军士怎么救出来呢？假如时间一长，岂不都会饿死在这里？"心中正慌，忽然看见杨顺，他靠上前去，只听得杨顺说："我那山后有一庵，庵前有一口井，庵中有一位太虚道人，常对我说：'大王如果遇上战斗，被人下了迷魂阵，可以来此井取水，将水洒到阵上，迷魂阵就可解除。'我想这莫非就是迷魂阵？须派人去那里取水来洒，方可解救。"文广于是拉出杨顺，走出阵中，随着杨顺到山中庵前取水。取来水后，文广急忙绕阵将水洒下，只见霎时天清气朗，白日当空。文广于是收兵入关。众军都到帐中叩头谢恩。

却说奉国收军后，命大摆筵席，宴赏诸将，饮酒作乐，一连三天。于是派人出去看宋军的动静，却发现并无一人在阵中。军士赶紧回报，奉国大惊说："怎么会被他解了？"于是遣奸细前往打听，奸细探明后回来说："杨文广前往静山，取得井水，将阵解了。"奉国道："你们等着不要动，我将这水源给他破坏了，看他们如何应对。"于是化装成一个道士，往静山而去。走到庵前，只见庵门上写着"奉国庵"三字。奉国想，此庵倒与我同名。

于是走进里面问："师父在吗？"只见一道童出来答道："师父刚才出去采药了。"道童反问说："仙长尊姓大名，从哪里来？"奉国回答说："我居住在终南山，别号古虚。"道童笑着说："我师父名太虚。古虚、太虚虽然不一样，却都有一个虚字。"奉国又问："此庵为什么叫奉国呢？"道童说："因为是奉朝廷敕命而建的。"奉国道："你这山中是否有好井泉？"道童回答说："前面有一口井，里面的水有些妙用。如果人被鬼魔了或者被人使用符咒昏迷过去，只要将这水一洒，就可解开。"奉国道："我这些天心神有些不安，也想去

◎ [符咒]

符是画满神秘符号的纸条；咒就是咒语。符咒是一套配合符纸，向神仙祈愿或请求惩罚坏人的仪式。

取些来喝。”于是到井边观看，发现果然是一井好水。

人物点击

张茂

神宗时的宰相，在西夏出边扰乱宋朝边境时，神宗任命张茂为帅，前往征讨。张茂自恃为宰相，又出任统兵元帅，因此不把杨家放在眼里，在路过天波府时，不但未按规定下马，而且鸣锣击鼓。后来，杨文广之子杨怀玉主动投军，希望随张茂征伐西夏，张茂担心杨家会夺走他的帅印，因此借机陷害怀玉。后经周王力劝神宗，使得怀玉脱险，杨文广代替张茂出征。在征伐西夏过程中，杨文广父子被困白马关，派胡富前往京城搬取救兵。胡富回京后，在张茂的逼迫下，伪造杨文广家书，诬告杨家父子投降西夏，神宗一怒之下，差点将杨家满门抄斩。后来，周王智审胡富，真相大白，张茂被贬为庶人，后又借机恢复了官位。杨家父子征西回京后，杨怀玉因对之前张茂陷害杨家一事充满愤恨，带人诛杀了张茂全家。为了避免杨家因为这一事件遭受灭顶之灾，怀玉带领家人迁入了太行山。

第三十八回 贤周王计审胡富

道童说井水能够解符咒鬼魇，奉国听了，心想这肯定就是文广取回的那水。于是又问："此山是不是只有一口这样的井，再无别的了？"道童回答说："再无别的了。"奉国于是骗他说，今天心思恍惚，想用这里的水治疗，道童告诉他可自己去取，于是走进庵中去了。奉国看道童离开，于是走到井边，向里面小便。然后下山返回营中，下令三军进围白马关。

文广正在关上商议进兵之策，忽有人报说八臂鬼王率兵围关。文广急令怀玉出关迎敌。怀玉得令，引众出关，忽然狂风大作，飞沙走石，天地黑暗，仍像前天一样，大量军士被困在其中。怀玉急忙收兵入关，告知文广。文广忙出来观看，只见关下阵中飞沙走石，天昏地暗，和前天一样，仍然是那个迷魂阵，怀玉问："此关怎样去破？"文广道："我须出去取来山中井水。"于是急忙赶到奉国庵前取水。文广走到井边一看，却发现里面的水不像从前那样清澈，有些浑浊。但没有办法，只能取些，用大壶装了，飞快带回。到了阵前，绕阵一洒，却发现并不能解迷魂阵。污浊的井水沾到那些阵中军士身上，军士们纷纷倒地。文广大惊，发现宋军无数人受害。

文广一看这情形，对怀玉说："想来一定是这鬼王知道我们取水的消息，因此提前下了毒药。”怀玉道：“肯定是这样。爹爹可带儿出关，星夜回到汴梁去取救兵。”文广说：“我们如果离开，军前就没人应战了。不如派一得力之人，前往汴梁报信。”这时胡富上前自荐说：“小将愿往。”文广点头答应。于是写好家书和表文，交给胡富带上，让他星夜出关前往汴梁。

胡富不日就到了京城，经过张茂府前。心想：“张丞相往日任命我为先锋，对我不错。今天如果我路过此地而不去参拜，他明天知道了，也不太好。”于是下马进府，参拜张茂，张茂问：“那边战况如何？”胡富说：“杨元帅被鬼王困在白马关，现遣小将回来搬取救兵。”张茂道:“这老贼！他当时那么逞能,今天不也会输阵吗？”又问胡富，“杨文广是否有表章进呈？”胡富回答说有。张茂又问是否有家书，胡富心想，他无故问起家书，肯定有什么不好的主意，不如隐瞒不告诉他。于是回答说没有。张茂看他不像在说真话，就命人在他身上搜出表章和家书。张茂将表章和书信拿在手中，对胡富说：“你如果替我办件事情，我就保奏你为护驾大将军。”胡富问是何事。张茂道：“你今天将表章书信藏起来，另外再假造一封，说他降了李高材，让你回来接家属。然后说你忠心报国，不愿意背叛朝廷，于是才将此书进呈圣上。”胡富说：“这种事怎么能做？周王好不厉害，丞相不要连累我，害我被诛灭九族。”张茂大骂道:“你这忘恩背义之贼，周王能诛你的九族，我就不能诛你九族吗！”于是喝令左右将胡富拿下，紧紧捆绑，威胁说要用铜锤将胡富砸为肉泥。胡富被众人绑得疼痛难忍，叫道：“丞相饶命，小人愿意服从。”张茂大喜，命众人放开胡富。胡富对张茂说：“丞相奏明圣上之后，如果周王加罪，请丞相为小人做主。”张茂道：“这是我应该做的，不要你多言。”于是准备好假家书，又让人为胡富准备酒食，吃完后一同入朝进奏。

◎ [九族]

包括父族，即自己的父母、兄弟、姐妹、儿女、姑姑的子女、姐妹的子女、女儿的儿子；母族，即外祖父、外祖母、娘舅；妻族，即岳父、岳母。诛九族是一种残忍的株连法。

张茂来到殿上，对神宗说：“西番国八臂鬼王下了迷魂阵，将杨文广活捉而去，于是杨文广率军投降了。李王现在派胡富悄悄回来接家属，胡富不肯背叛圣上，于是将此事告知微臣。微臣不敢隐瞒，特意来向圣上奏明。现有杨文广家书在此，请圣上过目，便知究竟。”神宗打开家书一看，大怒道：“朕没有辜负这厮，不想他居然背叛朕！就算是被擒，也应当以死相拼！朕如果不杀他全家，就不能警戒后人。”于是下令，让金瓜武士五六百人前往天波府中，无问大小男女，全都拿赴法场斩首示众。武士领旨而去。

◎ [法场]

古时执行死刑的场所。清朝时期北京最有名的法场在宣武门外菜市口。

周王听说神宗要拿杨府家属，大惊，慌忙到御前问道：“发生了什么事，要将杨门老幼进行诛杀？”神宗说：“卿有所不知，今杨文广被擒，居然领兵投敌，叛我大宋！”又将家书交给周王过目。周王问：“这家书是从哪里来的？”神宗道：“杨文广派胡富接家眷，胡富不肯叛朕，因此将此书交给张茂，张茂刚才交朕过目。”周王说：“这是一封假造的家书。”神宗问：“怎么见得是假的？”周王于是请神宗宣胡富上殿审问。神宗下旨，宣胡富上殿。胡富上来后，周王问：“杨文广父子真的反了？”胡富吓得战战兢兢，顺着周王的问话说：“反了。”周王又问：“是真反了？”胡富回答：“是真反了。”周王笑着说：“陛下看他这话，就知道是假的。”张茂见周王在殿上不停盘问胡富，担心事情泄漏，慌忙奏道：“边关来报，西贼侵略甚急，请陛下再派良将领兵讨伐。”周王问：“何人来报边情甚急？”张茂说：“殿下还不知杨文广已被擒拿，现有胡富在此作证。”周王指着胡富说：“你好好将实情说来！”胡富以目视张茂，张茂也以目光同他交流。胡富于是将之前编好的那些内容都说了出来。周王道：“我不相信，岂有战败后杨家父子投降，却没有一卒逃回汴梁之事？”张茂道：“全军都被迷昏，全部投降了。”这时，侍臣奏报，捉了杨府全家，在午门听旨发落。周王听完，厉声说：“你二人挟私报仇，如果断送了无辜者的性命，到时只怕难逃追究。要知道天网恢恢，疏而不漏。”说完跪下奏道：“陛下要有自己的主意，这件

◎ [天网恢恢，疏而不漏]

古人认为，世间的人和事都逃不出上天的安排。天道像一张网一样，编织得虽然有些疏，但不会漏掉作恶的人。

事情非同小可。如果杨文广等不曾投降，陛下将他家属杀了，消息传到边关，一定会激反杨家父子，到时大宋江山就保不住了。”神宗问周王该怎么办，周王道：“依臣之见，暂且将杨家老幼放回府中，让臣将胡富带回去审问一番。如果他不说实话，就遣人到白马关探访。若真是杨文广反了，那时再拿他家眷问罪不迟。”神宗答应按周王的意思办，于是下令放了杨家老小。

周王带了胡富回到府中，坐定后唤来胡富说：“你从实招来，免受刑具。不然，我一定打死你。”胡富说刚才殿上所讲就是实情。周王看他不老实，于是喝令左右将他重责二十大板。胡富怎么会承认呢？周王只好先将他关到监狱。晚上，周王心生一计，于是唤来狱官说：“待会儿你要如此如此而行。”

这天夜里，胡富正在狱中，只见三三两两的人在说：“真是冤屈。”胡富问什么事情冤屈，众人说：“就是杨府的事。听说有一人从白马关回来，说杨家父子降了鬼王，帮助鬼王攻打甘州城。张丞相手下知道后，将他捉去见了丞相。丞相将此事奏明圣上，圣上大怒，骂周王袒护杨家，吓得周王也不敢再为杨家说话了，此事不知真假如何。张丞相后来屡次催促圣上速速捉拿杨府家眷问斩，治杨家反叛朝廷之罪。

于是兵丁到杨府，将杨家老小拿到法场杀了。张丞相又向圣上奏请，放了那白马关的来人，圣上也答应了。只是周王说要绑那人去法场过夜，明天才能将他放掉。”正在说着，忽听门外人来报，说张丞相派人前来。狱官将那人接进来，那人问胡富在哪里，狱官如实回答。那人说：“我张爷奏请朝廷将他放了，你为什么又将他关在里面？”狱官道：“小人实在不知，是周王吩咐将他送进来的。”那人道：“你去请胡将军出来，我有句话对他说。”狱官于是忙开门放出胡富，那人让狱官和其他人都退下，于是附在胡富耳边低声说：“丞相已经奏明圣上，请他马上放了你。只是周王对丞相说，要绑

你去法场过这一晚，明天再放。丞相询问缘由，周王说，祸是你惹的，所以要去法场为杨家几十口人做个交代。丞相因他是金枝玉叶，不敢得罪，只得答应。现在丞相派我告诉你，今天晚上不管周王再问你什么，你只需一口咬定杨家反了就行。圣上已将你释放，周王也不敢将你拿去拷打。丞相又说，如果到法场见到了冤魂，就说明天丞相会做法事超度他们。”胡富对来人千恩万谢，那人于是辞别离开。

周王先派人将四五十口棺椁放在法场，去了盖子，命人躺在里面，等胡富来到的时候，都装做鬼叫，向他讨命。又命人将猪血泼在法场，等胡富来到，告诉他说那是人血。吩咐完毕后，周王派人到狱中将胡富提出，带到法场。差人带着胡富，来到法场，将灯笼照在地上，对胡富说："斩得好苦，这里都是血。"胡富看那里放着很多棺材，于是问道："放这么多棺木在这里是为什么？"差人说："周王对杨家有情，吩咐说杀一个，用棺材盛一个，不要抛尸。"说完，将胡富反绑在木柱上。差人道："他们被杀，都是因为你的话。你在这里给他们一个交代吧，我不管你了。"说完自己提灯回去了。

◎ [棺椁]

棺是装殓死人的器具。古人的棺有两层，里面称为棺，外面称为椁。棺椁也泛指棺木。

等到三更时分，只听得这边棺木内叫苦、那边棺木内叫苦，其中还有一副棺木内爬起一人来骂道："胡富贼徒，我家没人反叛。让你回来搬救兵，你却为何心生歹意，害我一家性命？"胡富吓得魂飞魄散，赶快解释说："不干我的事，都是张丞相叫我做的。我不肯，他让人把我绑了，要用铜锤砸死我。今天你们被冤杀，张丞相说明天就大做法事为你们超度。"说完，那鬼喊着叫宣姑娘、鲍奶奶近前来掐死这个贼人。忽然，三四副棺木内都爬出人来，吓得胡富高声喊叫："鬼来了鬼来了！"附近居民被叫醒，慌忙过来问："三更半夜你喊什么？"胡富道："有许多鬼来，如果不是老哥们出来，我就被捉去了。"其中有一人道："你平生不做亏心事，半夜不怕鬼敲门。如果你不陷害杨家府的人，他也就不会来找你。怕他们干什么呢！"胡富吓得六神无主，这时只要图个心安理得，又以为他们真是周围的居民，于是说道："老哥你慢慢听我说。这场冤屈与我无关。"那人道："怎么与你无关？杨家父子都是聪明人，怎么会都被鬼王捉走？"胡富于是将自己奉命回来搬取救兵、张茂设计谋害的事详细说了一遍。周王忽然走出来说："果然如此！你早说出来，也不至于受这么多惊吓。"于是让人解开绳索，将胡富带回府中。

人物点击

宋神宗

名赵顼，北宋第六代皇帝，宋英宗赵曙之子，宋仁宗的孙辈。在位期间，对北宋日益衰败的政治感到不满，于是任用王安石，推行变法，试图振兴国家，史称"王安石变法"。但因改革操之过急，最终未能成功。宋神宗曾经发动过对西夏的大规模战争，并且一度获胜，但最后仍未能灭掉西夏。《杨家将》故事中的宋神宗任用奸臣张茂为相，并试图任命张茂挂帅西征。后在周王建议下，改用杨文广父子。当杨家父子在前线被围时，神宗听信张茂的谗言，认为杨家反叛朝廷，因此下令将杨家满门抄斩。后经周王劝阻和调查，真相大白，神宗仅对张茂给予撤职处分。最后杨怀玉怒杀张茂，神宗欲将杨家严办，不料杨怀玉等心灰意冷，潜入太行山，不再出仕为官。

第三十九回 杨门十二女征西

周王从胡富口中套出了实情，次日到天波府中将此事经过详细说了一遍。众夫人忙拜谢周王活命之恩，周王道："杨元帅受困白马关，现在形势危急，我马上入朝奏请圣上发兵。但那八臂鬼王变化多端，不知满朝有谁能去擒他，因此我先来与众夫人商议。从前府上出过女将，今天或者还有。如果真有，我马上进奏圣上，请他下旨，让女将领兵前去解围。"众夫人道："府中倒是有些女将，但都从未出征对阵，只怕去不得。请殿下耐心等一两天，我们再作答复。"

杨文广因胡富走后久无音讯，心中闷闷不乐。刘青禀道："小将愿突出城去，请救兵前来解围。"文广点头答应。刘青命人打开东门，手提狼牙棒，趁着夜色冲杀一阵，趁乱冲出包围，然后星夜回到汴梁天波府中。只见周王正在和众夫人商议军情，刘青向前禀道："小将刘青，因杨元帅等陷在白马关，现在特来搬取救兵。"周王问："边情怎么样了？"刘青说："杨元帅被困在白马关，无日无夜不在等着朝廷派兵救助。"周王道："我先进奏圣上，请他派一人为监军，你府中赶快挑选一人统军，事不宜迟。"说完直接进宫面圣。

周王上殿后，将勘问胡富以及刘青所说的情况一一奏明神宗。

◎ [狼牙棒]

古代常用的兵器之一，棒的头部像枣核一样，在上面钉有铁钉，形似狼牙，因此称为狼牙棒。

◎ [充军]

古代刑法的一种，将犯人发派到远方或边疆条件艰苦的地方服劳役。

◎ [庶人]

平民、无官爵的人。贬为庶人相当于今天的撤除一切职务。

◎ [枪]

古代常见的兵器之一，属于长柄的刺击兵器。由矛演变而来。

神宗大怒，贬胡富到辽东口充军，罢张茂为庶人。周王又奏道："杨元帅受困已久，请陛下派人去救。"神宗道："谁可领兵前去？"周王道："殿前检点孙立可为监军。正帅还要在杨府中挑选。"神宗允奏，于是下令让孙立为监军，引军五万前往白马关解围。

周王去后，众夫人唤杨门妇女说："老爷陷在白马关，谁领兵去救？"杜氏夫人所生一女名满堂春，出来说："妾愿领兵救之。"宣娘在旁问："你有什么本领敢去解围？"满堂春道："侄女年纪虽小，但一定去得，姑姑不必过虑。"宣娘说："好大话！姑姑虽年老，你且过来与我比试比试如何？"满堂春于是欣然拈枪，到后花园中跨马，与宣娘战了几个回合。宣娘一看她枪法还行，于是停下来说："去得去得。"这时穆夫人已经去世，只有魏老夫人还在。宣娘于是请出魏太太说："如今朝廷听信谗言，不肯相信我家，动不动就要全家抄斩，我们今天不用领朝廷之兵，干脆聚集家兵与满堂春、邹夫人、孟四嫂、董夫人、周氏女、杨秋菊、耿氏女、马夫人、白夫人、刘八姐、殷九娘等前去解围。"这些女子都是寡妇。魏太太道："这样也好。"于是查点家兵，共两千有余。宣娘于是号令诸军放炮一声，往白马关进发。

忽周王引军到来，在马上道："是位娘子出兵？怎么不入朝领兵前去？"宣娘在马上欠身施礼道："圣上听信谗言，昨天将我全家绑缚入朝，何等的羞辱！我们还有什么面目入朝领兵？干脆带着家兵，前去破贼算了。"周王道："臣下事君，只求尽心，不能计较个人得失荣辱。我已经奏过圣上，命孙立为监军，你们一行人为正统军，领军五万前去救人。"宣娘道："蒙殿下盛情，日后全家一定相报。既然孙将军同行，那么须听我的号令，不然难以克敌。"孙立道："愿听军令。"宣娘于是告别周王，催军前进。没几天就到了甘州。

张奉国围了杨文广一个月，还不见宋国发兵来救，于是对西夏王说："现在文广被困白马关，想必出不来了。请陛下派人领兵攻打甘州，甘州一得，到汴梁之路就无险可守了。到时我们得了汴梁，文广孤军在此，就算没饿死，也无力回天了。"李王听完大喜，问："命何人引军前去为好？"张奉国道："臣妻管氏，可以领兵前去。"李王于是命管三娘领军二万前去攻打甘州。管三娘领旨，带兵前往甘州。

正行走间，前军回报说宋国发兵来到。管三娘听完，命令军士摆开阵势。宣娘也下令军士摆开阵脚，命满堂春出阵。满堂春得令，策马向前问："来者何人？"管三娘道："我乃西夏国大元帅张奉国之妻管三娘是也。"说完又问来将是谁。满堂春道："我乃征敌大元帅杨文广之女满堂春是也。"管三娘说："你父亲如今已快成为饿鬼，你们还提兵来干什么？只恐马上就要成为我的刀下之鬼。"满堂春大怒，挺枪直取管三娘。三娘拍马舞刀迎敌。斗了五十回合，不分胜负。三娘便飞刀来砍满堂春。满堂春拈弓搭箭，射落其刀。三娘于是拈箭搭弦，去射三娘。三娘拿起飞刀，砍断来箭。满堂春道："这泼妇果然厉害。"又战了数回合，三娘逐渐体力不支，于是拨马逃走，其手下军士乱窜，阵脚大乱。满堂春一看，挺枪去追三娘，三娘正在策马逃窜，忽然被宣娘带一军截住去路，满堂春正好赶上，将三娘一枪刺于马下。于是宣娘命催军前进，离白马关十里下寨。

次日，宣娘升帐，唤过魏化说："你到城中告诉我弟。就说明天出兵交战，令四门擂鼓呐喊十次以后，听到角响三声，从四门一拥杀出。"魏化得令，趁夜溜进城中，进帐将十二寡妇出兵，及白天宣娘跟他说的话告知文广，文广迅速进行安排。

第二天，宣娘升帐，唤满堂春、邹三夫人、孟四嫂道："你等领兵五千，杀入东门。"又唤过董夫人、周氏女、马夫人、孙立等领兵五千，杀入北门。又令魏化、杨秋菊、耿氏女、白夫人等领兵

五千，杀入南门。又令刘八姐、殷九娘、刘青等杀入西门。并下令“四门不可乱杀进去，只听三声角响，再一齐杀进，不许退后。”满堂春等各自领兵前去。宣娘分派已定，听得城里正在擂鼓呐喊。

鬼王在营中听城内擂鼓呐喊，外面又有宋兵来救，无法判断宋兵的进攻方位，敌兵也都开始心慌。关内擂鼓之声不绝，敌兵们也越发惊慌。鬼王正要提兵出迎，只听得关外宋营中响起三声号角，内外宋兵一齐杀来。却说文广在城内擂鼓呐喊十次之后，听到城外号角声，命军士打开四门，一齐杀出。城外军士听了，也都往四门杀进。八臂鬼王驱军迎敌，敌兵看城中出来的，城外进来的，都是宋兵，勇不可当，大多抛了刀枪，各自逃生，被宋兵杀死者不计其数。宣娘催动大军，将敌兵赶到莫耶关。八臂鬼王走进关中，命四门多设弓弩手，阻止宋人杀进，然后命人查点军士，发现伤损了五万。

忽然又有一卒进来禀告说："管夫人被满堂春斩了。"奉国大哭，发誓要杀杨家子弟。

文广赶到莫耶关，只见四门紧闭，弓弩手甚多，于是下令收军，退回到十里外平旷地带扎寨。宣娘、满堂春等进来相见，文广、公正等人见了，全家大哭一场。宣娘道："如果不是周王力救，我们全家恐怕都要被杀了。"

文广扎下营寨，宣娘入帐对他说："贤弟派胡富回去搬兵，那厮从张茂府前经过，受张茂指使陷害我家。圣上听信后要将我家满门抄斩，幸得周王设计，才查明事情真相，免了全家死罪。"怀玉道："朝廷听信谗言，这样对待我家。想我们在这里苦战，真是没意思！不如将帅印还给朝廷，带着全家上太行山去，不受朝廷约束，岂不更好！"文广道："不可，吾家世代忠勇，不能做此不义之事，玷辱家门。"宣娘说："八臂鬼王如果举兵前来，一定会使出更加歹毒的计策，我们要用计擒拿他。"

宣娘于是遣数十骑兵到兰州，取来纸张百箱。不一天，纸张取到。宣娘口念咒语，用手指在纸上画符一道，哈气一口，命军士各拿一小张带于身上，遇到鬼王下迷魂阵，就将纸一招，自然天色光明，飞沙走石落地。众军一一领纸。

八臂鬼王因满堂春杀了其妻，非常愤恨，向西夏李王奏道："今天一定再施迷魂阵，杀得他寸草不留，才消臣心头之恨。"西夏李王道："卿还是仔细为好，来将看来非常厉害。"鬼王道："不妨。"于是号令诸军到往关外平旷之地，和宋军对垒。

第二天，鬼王派人前去骂阵。宣娘等出阵迎战。鬼王假意与宣娘斗了几个回合，见势不能敌，于是口念咒语，一时飞沙走石，天昏地暗。只见宋军都拿出纸符在手，面色不变，飞沙走石纷纷落地，丝毫不能伤害他们。鬼王心想，这下坏了，被这泼妇破了迷魂阵。于是拨马回走，想先回西夏再作计较。宣娘从后面赶来，鬼王于是拨马南走，结果遇上文广。他掉马向东，又被魏化阻拦。往北方逃窜，正遇满堂春，大喝一声："鬼贼休走！"鬼王硬着头皮和满堂春战了几个回合，无奈身心俱疲，哪里是满堂春的对手。满堂春见他力量不支，找个机会，将他拽了过来，高举在头。鬼王连忙求饶，满堂春道："喊姑姑便饶了你。"鬼王于是连喊姑姑。满堂春将鬼王扔在地上，命随从绑了，带回白马关。

鬼王出阵迎敌后，探马不断来报，说阵前鬼王的计策并不好用了。西夏李王忧愤不已，深恐宋军胜后，追究他的责任，因此生出了自尽的想法。这时，左丞柯自仙奏道："宋君宽仁大度，以往之降者无不加官晋爵，抵抗者纯属自取灭亡。如今宋国兵临城下，成败已分，鬼王不识时务，欺蒙大王，一误再误，大王现在何不派使前往宋营，献上图籍，表示归顺，仍然每年交出贡物，尚不失为一国之主，这样做岂不是保全了我西夏一国？何必寻死，侮辱先人，又让外人取笑呢？"西夏李王沉吟不语，过了一会儿说道："现在宋运正盛，我西夏国看来无法与之抗衡，就依卿所奏吧！"于是命城上竖起降旗，并遣人上交降书，到宋营投送。

文广升帐坐定，下人报称满堂春将鬼王抓住，现正在帐外。文广吩咐将鬼王押解进帐，大喝道："我大宋并不曾侵犯你西夏国，虽然西夏国向我大宋进贡，也不过每年一次而已，尔等在一方享乐，何等快活！你为何要妄生事端，调唆西夏李王，侵我边境？现在你被我擒住，就要国破家亡，还有什么好说？"鬼王低头不语，文广喝令军士将他推出斩首。不一会儿，刀斧手执行完毕，忽听下人来报，西夏王遣使前来议降。文广心想，这西夏王真会挑时候，本来再等片刻，我即命人攻进城去，将你一朝君臣全都活捉。既然你们此时来降，我也不能不答应。于是传令唤入使臣。使臣进到帐前，告知其主归顺之意。文广犹豫未决，只听宣娘进言说："西夏本就是蛮荒之地，我们得之无益，只不过徒费钱财和人力。元帅顺应答应他

◎ [进贡]

在中国古代，周边少数民族必须定期向中原汉族王朝进献土特产和各种宝物，称为进贡。

们归降，以彰我大宋怀柔远人之德。”大伙都表示同意，于是文广批了降书，让使臣回奏西夏李王。同时，修表回奏朝廷，将征西之事，奏明天子。又吩咐手下，准备宴席，犒赏全军，三天后班师回朝。

人物点击

西夏李王

原型是西夏开国皇帝李元昊，西夏是党项族人建立的王朝，主要生活在今天宁夏一带。李元昊原本接受宋朝的封赏，任宋朝的节度使、西平王，但在党项族经济、军事发展到比较成熟的时候，李元昊建立了党项族自己的国家，自封为帝。在位时，与宋朝、吐蕃、回鹘等周边国家作战，多次获得胜利，大大扩展了西夏的版图。同时，他也实行了许多有利于西夏发展的政策。《杨家将》故事中，西夏李王认为，西夏年年向宋进贡，反而遭受宋朝的羞辱，因此在大臣张奉国的调唆之下，发兵进犯宋朝，试图夺取宋朝的天下。西夏李王出兵后，连连获胜，夺去了宋朝的多个城市。后来，宋朝派杨文广父子出征，李王在初胜之后，杨家将扭转了战局，最后将张奉国活捉。张奉国被俘后，被杨家父子处死。

第四十回 杨家意冷归太行

文广开宴犒赏众军，大家都尽兴而归。自此，西夏平定，文广下令三军班师回京，只留下邓海、杨顺镇守白马关、莫耶关。邓海等得令，前往修筑关隘。

次日，文广令三军路途不许骚扰百姓，一声炮响，大军离开白马关，往汴梁而回。数日后，到了汴梁。杨文广入朝奏道："臣奉命讨伐西夏，斩了张奉国首级放在皇城之外，现在不敢擅自呈进，请陛下敕令传示四夷，以儆效尤。"群臣都来进贺，神宗大喜，下命传递二颗首级遍示天下，于是封杨文广为宁国公，宣娘为代国夫人，满堂春等十一女将都封为骠骑将军。魏化为护国大将军、守西侯，公正为定西伯，唐兴为镇西伯，彩保为抚夷伯，怀玉为平远侯，其他将领也都一一封赏。神宗召文广上殿，好言抚慰，赐玉带一条，黄金百斤。又下令设宴犒劳征西将士，君臣尽欢而散。

次日，文广入朝谢宴。出殿后，到周王府中拜谢周王。辞别回府，周王又来天波府中庆贺杨家获胜。文广于是命家人备好酒菜款待周王。酒至半酣，说起张茂之事，周王道："圣上非常宠爱这个贼人。当初陷害忠良，只将他贬为庶人。如今他又找机会回来，复了相位。"文广道："执法贵在公正。执法不公，对无辜之人施用滥刑，对有罪之人百般开罪，百姓怎能不心寒，国家怎能不衰败？”周王说：“老国公所说真是金玉之论啊，只是无奈朝廷昏庸，我们也改变不了局面。”这天晚上，周王开怀畅饮，直到漏下三更，方告辞回府。

第二天一早，文广升厅坐定，四子一齐跪下禀告说：“可恨张茂陷害我家，今夜儿要把他家满门诛杀方才解恨！”文广喝道：“我家刚刚受了皇恩，荣耀无比，怎么能做这种事情？到时王法无情，岂能饶了你们？不要说接受恩荣了，恐怕连命也保不住。”公正等应声而退。

他们兄弟四人退下后，怀玉说：“三位哥哥在上，我想此事只能暗暗去做，不让爹爹知道。”于是他兄弟几人做好准备，等到元丰二年端午之夜，悄悄将脸抹黑，扮成强盗，打入张茂府中，将家属全部诛杀，只走脱了范夫人。范夫人第二天进奏神宗，神宗大惊，命殿前检点下之勇满城搜拿凶犯，搜了十天，没有半点线索。范夫人又向神宗催促，神宗怒问群臣说：“国家大臣被人杀死，你们一连十天捉不到人，难道要朕对此置之不问！这样，国家没了王法，还要朕做什么？”于是气呼呼地退朝。神宗退到偏殿中，发现枢密副使张兴跟了过来。此人平时与张茂关系密切，记得张茂曾经与杨家结仇，于是提醒神宗，说灭门的事，可找杨家查问。神宗一听，沉默不语，吩咐改天再议。

这天晚上，钦天监监正刘江星夜来到杨府。告知守门者，说有机密要事禀告。而怀玉等人因做了这件大事，每天提防朝廷缉捕，于是睡在府门的廊下，听到外面有人敲门，就起来看看情况。这时正好遇到守门人前来禀告。怀玉道：“有什么事？”守门者回答说：“钦天监监正刘江说有要事来禀。”怀玉道：“你只放他一人进来。如果门口人多，就说明天再来。”守门者于是出到门口，从门缝里一看，只有刘江一人，于是开门将他放进来。刘江与怀玉相见说：“下官

◎ [漏下三更]

古代没有钟表，为了判断晚上的时间，一般使用叫做漏的器具。漏中装满沙，底部有小孔，表面有刻度。沙通过小孔均匀地流出，沙的表层指示的刻度均匀地变动，这样就可以将时间动态反映出来。漏下三更就是说沙漏刻度指示在三更之时。

◎ [枢密副使]

枢密院是宋代重要的政治机构，专掌军事政令，调动禁军，权力很大。其正副长官称为枢密使、枢密副使。

白天往宫中回禀天象之事，却发现枢密副使张兴说张茂之死与杨家有关，因此特来府上通报。”怀玉说：“我家没有做这种事，烦劳大人厚爱，日后一定叩谢。”于是刘江辞别而去。

这天夜晚，怀玉聚集众兄弟姐妹商议说：“刚才钦天监刘江到府上告知，张兴在圣上面前进言，说杀张茂全家的是我杨府之人。我想明天如果再有人附和，圣上一定会下旨捉我等问罪。朝廷不怜惜忠良，陷害我家的人屡屡得到宽恕，我们辅他何益！再说奸佞之臣代代都有，他们自认为是文臣，高我家一等，我等武夫不知道怄了多少闲气！依我之见，不如趁现在圣上还未下令拿问，我们赶紧纠集家兵，走上太行山，免得在此担惊受怕，受这些窝囊气！只有一件不放心，如今爹爹病重，万一惊动了他，让他急火攻心该怎么办？”宣娘道：“那倒无妨，我用一辆安云车去载他，让他像躺在平地上一样安稳，这样可保万无一失。只是你父忠勇，知道了这件事，一定会绑了你等入朝请罪。”公正道：“吩咐众人，千万莫将这件事告诉他。请姑姑进去问病，将爹爹骗入安云车内，我等马上出发。”说完，宣娘到文广卧房问：“贤弟病情如何？”文广说：“看来活不太长了。”宣娘道：“贤弟起来，我们另外迁到干净的地方居住吧！将大小事务抛开，不闻鸡犬人言，安心养病，自然可以活得长久。”文广不知是计，于是爬起来，扶着宣娘走进安云车内。这天夜晚，怀玉命家人和护卫军士收拾宝物辎重，用车载马驮，整备停当后，全家往太行山而行。

◎ [安云车]

一种特制的大车，人进去之后，就像在平地上一样。

第二天，范夫人进奏说：“妾已经访得强贼，就是天波府的杨怀玉等人。他们当天将脸面抹黑，抢进张府，杀了我全家。请陛下敕旨捉拿。”神宗又想起昨天张兴的话，于是大怒，命孙立带领三千羽林军，围住杨府，把杨门全家抓来，满门抄斩！旨意刚下，巡守外城御史汪万顷奏道：“昨夜五鼓时分，杨府举家离开，奔太行山去了。”周王大惊道：“国有佞臣，忠良没有立身之地。之前张茂伪造家书，

陷害杨家，差点让杨家满门被杀，论罪本应处斩。但陛下因偏爱张茂，没有追究，只是将他贬为庶人，当时杨家众人就很不服了。今天张茂死了，杨府知道陛下肯定不会善罢甘休，担心灾祸降临，因此举家离开汴梁。只是陛下想想，将来如果国家再有危难，四夷再有叛乱，到时再派谁去征讨呢？”神宗说：“那这事该怎么办才好？”周王道：“依臣之言，不如发下诏书，召回杨怀玉等，让他家仍住天波府中。

敕令重修天波楼，对张茂之死再不加追究，或者可以挽回杨家之心。”神宗一听有道理，随即命人修诏，交给周王，让他前往太行山召回杨怀玉等，赦免前罪。

◎ [香案]

放置香炉和烛台的条桌。古人迎接皇帝正式诏书，要摆设香案，以表示恭敬。

周王得旨，直接奔向太行山。没过几天到了太行，怀玉等将周王接进厅中。周王说："圣上有诏，跪听宣读。"怀玉等忙排香案，穿戴好衣冠接旨。周王读完圣旨，怀玉等接诏，叩头谢恩，然后整酒为周王洗尘。周王在席上问："老国公在哪里？"怀玉道："老父患病非常严重，恐怕日子不长就要离开人世了。"周王问："让我进去一看怎么样？"怀玉道："不敢劳动王驾。"周王说："内家亲属，就不用客气了。"怀玉道："殿下切莫将我家上太行山的事告知老父，倘若他知道了，一定会气死。"周王道："你又说鬼话，他现在不是就在太行山上吗？还用我告诉他？他如果不知，当天是怎么上来的？"怀玉于是将安云车一事告知周王。周王点头说原来如此。见到文广后，周王对他说："老将军病体何如？"文广道："烦劳殿下垂念，想必不久就会归于黄泉了。只是未能报答殿下之恩，心中多有不安。"说完，泪流满面。周王看他情词恳切，病情危急，也挥泪对他说："老国公请忍耐些吧。"他也担心如果说出上太行之事，会让文广受到惊恐。于是说了不多就辞别而出，对怀玉说："圣旨来召你家回京，你们马上准备起程吧。"怀玉道："臣宁愿死在这里也不回去了。"周王说："你不回去，难道愿意背负背逆的罪名，辜负朝廷对你家的深恩？"怀玉说："恕臣大胆直言，我家的苦情，想一一对殿下说明。若细细算起来，不是臣等负了朝廷，而是朝廷负了臣家。臣始祖继业，遭潘仁美、王钦陷害，撞李陵碑而死。七郎被仁美下令万箭穿心而亡。六郎被王钦、谢金吾所害，充军汝州。后来狄青害我祖父，张茂又害我父亲。朝廷不明，亲信文臣，对我们这等武将，却十分疏远。每次谗言一入，臣等性命就会堪忧，不知那个时候，朝廷是否想到过我家曾为朝廷立下汗马功劳而略加体恤？这些事情历历在目，人们都可做证，难道是臣在此编造欺骗殿下！”

周王听完后说：“你不愿回朝，难道会去外邦帮助外人？”怀玉说：“臣家世代忠于国家，性情刚烈，绝不会阿附权贵，所以不为朝廷大臣所容。大宋有恩于我家，我家自然不能叛离大宋而助外邦。再说，大宋有佞臣，外邦就没有吗？臣既然决定隐身避祸，不再辅佐大宋天朝，也绝不会去辅助外邦。”

说完，怀玉又叹息说：“一贼灭，一贼兴，谁人又能保护国家，让它得到万世的安宁！”周王苦苦劝说，怀玉只是不听。不得已，周王只能辞别回京。

周王回到汴梁，入奏神宗，将怀玉所说的话，详细对神宗说了。神宗听完，若有悔意地说：“唉，这是寡人的过错啊。”于是慨叹一番。又对周王说：“烦劳卿带着朕的诏书再往太行山去召杨家子弟。朕想，古代帝王梦卜求贤，治理天下，如今朕有这样的贤良之臣，怎么能让他们隐遁山林而不加任用呢？这样岂不是让天下万世骂朕是无道昏君？卿快快起程，好好替朕劝说他们。”

◎［寡人］

少德的人，古代君主的自称，表示自谦。在唐朝之前，诸侯王都可以使用，在此之后，只有皇帝才能自称寡人。

周王领旨，星夜赶到太行山，见了怀玉又反复劝说。怀玉等人只是付之一笑，也不加辩论。见周王苦苦相劝，怀玉心有不忍，于是对周王说：“殿下情意深厚，怀玉另有一番话，请殿下转达圣上，让殿下此次也不至于白来一趟。”周王问：“有什么话要说呢？”怀玉道：“如果朝廷有事调遣我家，我家一定遵命而行。但如果是宣我家入朝任职，就算将臣等碎尸万段，也决不依从。”周王听罢点点头，知道多说也是无益，只得辞别离去。

怀玉于是带领全家送周王至山下，拜别周王。周王含泪，依依不忍离别。怀玉道：“殿下勿忧微臣，说不定后会可期。”周王于是挥泪离去。

怀玉等回到山上，命手下人砍伐木头搭建房子，耕种田地自食其力。又贴出告示，让家兵不许下山掳掠民财，世代做清白的百姓，让后人知道杨家是个忠勇之家，绝非不归王化的叛乱贼臣。

人物点击

周王

宋神宗的亲弟弟，为人正直，敢于在神宗面前直言进谏。西夏国侵犯宋朝边境，宋神宗任命无能的奸臣张茂挂帅出征，周王知道后，极力劝谏，使得神宗改而任命杨文广父子为帅。在杨文广父子被张茂设计陷害时，周王用计夜审胡富，从胡富那里得知，杨文广父子被西夏围困在前线，说杨家父子投降，是张茂的诬陷。周王将此事奏明神宗，神宗听说后，罢免了张茂的职务，同时让杨门十二寡妇出征。后来张茂被杀，神宗试图捉拿杨家父子进行严惩，杨家潜入太行山。在周王的劝谏下，神宗心生悔意，希望再次重用精忠为国的杨家将，于是派周王两次前往太行山劝杨家回京任职。杨家虽然对周王怀有感激，但经过多次事变，杨家已经对朝廷之事心灰意冷，周王没有办法，只能挥泪告别太行。